을 유 세 계 문 학 전 집 · 113

호모 파버

호모 파버

HOMO FABER

막스 프리쉬 지음 · 정미경 옮김

❖ 을유문화사

옮긴이 정미경

서울대학교 독어독문학과 및 동 대학원을 졸업하고, 2002년 독일 베를린자유대학에서 '이방인과 양가성'에 대한 주제로 박사 학위를 받았다. 2014년 독일 베를린자유대학 초빙교수를 역임한 바 있다. 현재 경기대학교 글로벌어문학부 교수로 재직 중이다. 주요 연구 분야는 독일 현대문학, 젠더, 영화와 문학, 아동청소년문학 등이다.

옮긴 책으로 『몸앓이』, 『팀 탈러, 팔아 버린 웃음』, 『지붕 위의 카알손』, 『카알손은 반에서 최고』, 『돌아온 카알손』 등이 있다. 저서로 『키치의 시대, 예술이 답하다』, 공저로 『문학의 탈경계와 상호예술성』, 『독일영화 20』, 『오늘날의 유럽』이 있다.

을유세계문학전집 113
호모 파버

발행일 · 2021년 7월 30일 초판 1쇄
지은이 · 막스 프리쉬 | 옮긴이 · 정미경
펴낸이 · 정무영 | 펴낸곳 · (주)을유문화사
창립일 · 1945년 12월 1일 | 주소 · 서울시 마포구 서교동 469-48
전화 · 02-733-8153 | FAX · 02-732-9154 | 홈페이지 · www.eulyoo.co.kr
ISBN 978-89-324-0506-3 04850 978-89-324-0330-4(세트)

차례

첫 번째 정거장

폭설로 인해 세 시간이나 지체한 뒤 우리는 뉴욕의 라과디아 공항을 출발했다. 비행기는 이 구간에서 흔히 볼 수 있는 슈퍼 컨스텔레이션 기종이었다. 타자마자 나는 곧장 잠을 청했다. 벌써 밤이었다. 탑승하고도 바깥 활주로에서 40분을 더 기다렸다. 헤드라이트에 비친 눈발이 활주로 위로 분설이 되어 날리다가 소용돌이쳤다. 신경이 들떠 금방 잠들지 못한 건 스튜어디스가 나눠 준 신문 때문이 아니었다. '세계 최대 네바다 비행기 추락 사고' 특보는 정오에 이미 읽은 기사였다. 나를 예민하게 한 건 바로, 정지해 있는 비행기 엔진이 공회전하며 덜덜거리는 진동이었다. 게다가 내 옆자리에 앉은 젊은 독일 남자도 왠지 신경 쓰였다. 뭐라고 설명할 수는 없지만 그 사람의 행동 하나하나가 눈에 띄었다. 외투를 벗어도, 자리에 앉아 바지 주름을 잡아도, 하물며 누구나처럼 특별히 하는 일 없이 그냥 자리에 앉아 출발을 기다리기만 해도 희한하게 눈에 띄는 사람이었다. 붉은색 피부에 금발인 이 사내는 안전벨트도 하기 전에 자기소개부터 했다. 한 단계씩 가속치를 올리며 굉음을 내는 엔진 때문에 이름을 듣는 둥 마는 둥 했다.

난 완전히 녹초가 되어 있었다.

지연된 비행기가 출발하길 기다리는 세 시간 내내 아이비는 내가 그럴 생각이 눈곱만큼도 없다는 걸 알면서도 결혼하자고 졸라 댔다.

혼자 있으니 맘이 편했다.

마침내 출발했다.

난 여태껏 이토록 눈보라가 심한 날 이륙해 본 적이 없었다. 랜딩 기어가 새하얀 활주로에서 비상하자마자 황색 유도등이 사라지고 희미한 불빛마저 보이지 않았다. 나중에는 폭설에 맨해튼의 불빛 한 점 보이지 않을 정도였다. 보이는 거라곤 격렬하게 요동치다 다시 출렁거리는 비행기 날개의 녹색 점멸등뿐이었다. 심지어 이 녹색 점멸등마저 짧은 순간 안개 속으로 사라졌다. 마치 장님이 된 기분이었다.

흡연 표시등이 들어왔다.

옆자리 사내는 뒤셀도르프 출신이었다. 30대 초반 정도였으니 그리 젊은 축은 아니었지만, 어쨌든 나보다는 젊었다. 그가 주저 없이 내뱉은 말에 따르면 과테말라로 가는 중이었고, 내가 이해하기로는 사업상 여행이었다.

상당히 강한 돌풍이 몰아쳤다.

옆자리 사내가 내게 담배를 권했다. 딱히 피울 생각이 없었지만 난 내 담배를 꺼내 물고 고맙다는 인사를 한 뒤 다시 신문을 집어 들었다. 나로서는 영 내 소개를 하고픈 맘이 없었다. 아마도 불친절하게 보였을 거다. 하루도 빠짐없이 계속되는 회의에, 힘겨운 한 주를 보낸 터라 그만 쉬고 싶었다. 사람을 대하는 건 피곤한 일이다. 잠시 후 일을 좀 하려고 가방에서 서류를 꺼냈다. 아쉽게도 때마침 뜨거운 고기 수프가 나왔고, 이 독일 남자를 더 이상 말릴 재간이 없었다(그의 어눌한 영어에 내가 독일어로 답하자 그는 금방 내가 스위스 사람임을 알아챘다). 그는 날씨며, 제대로 알지도 못하는 레이더에 대해 떠들어 댔다. 그러다가 제2차 세계 대전 이후 으레 그렇듯 유럽의 형제애로 진격했다. 난 몇 마디 하지 않았다. 고기 수프를 다 떠먹고 나서는 창밖을 내다보았다. 축축하게 젖은 비행기 날개 위 녹색 점멸등 외에는 아무것도 보이지 않았지만, 때때로, 비행할 때 그렇듯 번득번득 섬광이 일고 모터 보닛이 빨갛게 달아올랐다. 비행기는 점점 고도를 높이고 있었다.

그러다가 난 잠이 들었다.

돌풍이 잦아들었다.

대체 왜 이렇게 신경을 건드리는지 모르겠지만, 전형적인 독일인 얼굴을 한 그가 왠지 낯익었다. 눈을 감고 곰곰이 생각해 보았지만 도통 알 수가 없었다. 붉은 기운이 도는 그 얼굴을 뇌리에서 떨쳐 버리려 하자, 정말 그렇게 되었다. 얼마나 피곤했던지 어림잡아 여섯 시간을 내리 잤다. 하지만 깨어나자마자 그자가 다시 신경을 긁었다.

그는 벌써 아침 식사를 하고 있었다.

나는 아직 자는 척했다.

(오른쪽 눈으로 보니) 우리는 미시시피강 위 어디쯤엔가에서 고도를 유지하며 순항 중이었다. 아침 햇살을 받아 프로펠러가 반짝이고 특별할 것 없는 창들로도 훤히 내다보일 정도였다. 한 치의 흔들림도 없이 텅 빈 공간에 고요히 떠 있는 비행기 날개 역시 반짝였다. 구름 한 점 없는 하늘에 우리도 꼼짝 않고 누워 있었다. 수백 번도 더 한 여느 비행과 다름없이 모터는 정상적으로 작동하고 있었다.

"좋은 아침입니다!" 그가 말했다.

나도 답례했다.

"잘 주무셨어요?" 그가 물었다.

아래에서는 운무가 피어오르고 위로는 햇살이 눈부셨지만 미시시피강 지류를 알아볼 수는 있었다. 황동과 청동 같은 물줄기가 흘렀다. 이른 아침이었다. 너무 익숙한 구간이었다. 좀 더 잠을 청하려고 난 눈을 감았다.

그자는 로로로 문고판 책을 읽고 있었다.

눈을 감아 봤자 아무 소용 없었다. 말짱하게 깨어 옆자리 남자가 자꾸만 신경 쓰였다. 마치 눈을 감은 채 그를 흘끔거리는 꼴이었다. 결국 난 아침 식사를 주문했다…… 짐작하기로, 이자는 미국을 처음 방문한 것 같은데, 미국에 대한 평가를 벌써 끝내 놓은 상태였다. 그는 (대체로 미국인들은 문화인이 못 된다고 생각했지만) 그럼에도 인정하지 않을 수 없는 이런저런 점이 있다고 했다. 예컨대 대부분의 미국인은 독일에 우호적인 태도를 보인다는 거다.

난 뭐라고 반박하지 않았다.

독일 사람 누구도 재무장을 원하지 않지만 러시아인들이 미국을 그렇게 하도록 종용한다는 것이었다, 비극적이게도. 자기는 코카서스 전투에 참여했다면서 스위스인(그는 호의를 가지고 슈비처*라고 말했다)인 나는 그 전투에 참여한 적이 없으니 이 모든 걸 판단할 수 없을 거라고 했다. 러시아 사람이라면 자기가 잘 아는데, 무기를 들어야만 뭘 좀 가르쳐 줄 수 있는 족속이라는 거다. "러시아인이라면 잘 알지요!" 그는 여러 번 그 말을 했다. "오직 무기로만 뭘 좀 가르쳐 줄 수 있어요. 다른 방법은 러시아인에게 씨도 안 먹히니까요."

난 사과를 깎았다.

"저 훌륭한 히틀러가 말한 대로 우등한 인종과 열등한 인종을 나누는 건 물론 말도 안 되지만, 아시아인은 아시아인인 거잖아요."

난 사과를 깨물었다.

면도도 할 겸, 15분 정도 혼자 있고 싶은 마음에 서류 가방에서 전기면도기를 꺼냈다. 난 독일 사람을 썩 좋아하는 편은 아니다. 요아힘이라는 독일 친구가 있긴 하지만…… . 화장실에서 자리를 옮길 수 없을까 궁리했다. 이 옆자리 신사 양반과 더는 가까워지고 싶지 않을뿐더러 그가 환승하는 멕시코시티까지는 최소한 네 시간은 남아 있었다. 난 자리를 옮기기로 마음먹었다. 빈자리도 있던 터였다. 면도를 한 뒤 전보다 더 자유롭고 안정된 기분을 느끼며—난 면도하지 않은 상태가 정말이지 싫다—객실로 돌아왔을 때, 그는 바닥에 떨어진 내 서류를 누가 밟을까 봐 집어 두었다가 내밀었다. 그로선 개인적인 호의를 표한 셈이었다. 서류를 가방에 넣으면서 고맙다고 말했다. 그런데 너무 과하게 감사를 표했던지, 그는 그 기회를 틈타 냉큼 다른 질문들을 해 대기 시작했다.

"혹시 유네스코에서 일하시나요?"

꿈틀, 위장의 움직임이 느껴졌다. 최근 자주 있는 일이긴 한데, 그렇다고 심각하거나 특별히 통증이 있는 건 아니었다. 그냥 사람에게 위장이 있구나 하는 정도의 멍청한 느낌이었다. 아마도 그래서 그렇게 불쾌한 기분이 들었는지 모르겠다. 자리에 앉아 이 불쾌감을 떨쳐 버리기 위해 내 업무인 '개발도상국에 대한 기술 원조'에 대해 이야기하기 시작했다. 그런 말이라면 딴생각을 하면서도 얼마든지 늘어놓을 수 있다. 무슨 생각을 했는지는 기억나지 않는다. 모든 국제기구가 그렇듯 유네스코가 그에게 깊은 인상을 남긴 것 같았다. 그는 더 이상 나를 슈비처취급하지 않고 내가 무슨 권위자라도 되는 양 내 말에 귀를 기울였는데, 그 모습에선 존경심마저 느껴졌다. 비굴해 보일 정도로 관심을 보였지만, 그렇다고 그가 내 신경을 건드리는 걸 막지는 못했다.

중간 기착을 해서 기뻤다.

비행기에서 내려 세관 검색대 앞에서 헤어지는 순간 좀 전에 들었던 생각이 불현듯 떠올랐다. 그의 얼굴은 어딘가 요아힘을 연상시키는 데가 있었다. 요아힘의 얼굴이 그처럼 붉은빛이 돌고 통통한 건 아니었지만.

하지만 다시 그 생각을 지워 버렸다.

그곳은 텍사스주 휴스턴이었다.

늘 겪는 일이지만, 지구의 반을 나와 함께한 카메라로 인해 번거로운 수속을 마치고 세관을 나와 한잔할 겸 곧장 바로 갔다. 그런데 뒤셀도르프 친구가 벌써 바에 앉아 있는 게 아닌가! 심지어 자리 하나를—아마도 나를 위해서겠지!—비워 두고 말이다. 난 그길로 화장실로 내려갔고, 달리 볼일도 없던 터라 손을 씻었다.

환승 대기 시간은 20분이었다.

손을 씻고 말리는 몇 분 동안 난 거울 속 얼굴을 들여다보았다. 얼굴은 밀랍처럼 하얗고 자줏빛 혈관이 두드러져 잿빛과 누런빛이 돌아 시체처럼 끔찍한 행색이었다. 네온사인 탓이려니하며 손을 씻었다. 손도 누렇고 자줏빛이었다. 그때 공항 내 어디에나 들려 지하층까지 나오는 흔한 스피커에서 안내 방송이 흘러나왔다. "승객 여러분께 알려 드립니다, 승객 여러분께 알려 드립니다!" 무슨 일인지 알 수가 없었다. 밖은 뜨겁지만 이 화장실은 시원한데 손에서 땀이 났다. 기억나는 건 거기까지다. 다시 정신을 차렸을 때는 내 옆에 뚱뚱한 흑인 여자 청소부가 무릎을 꿇고 앉아 있었다. 좀 전에는 있는 줄도 미처 몰랐었는데 그 여자는 이제 바짝 붙어 있었고, 검은 입술의 거대한 입과 선홍색 잇몸이 눈에 들어왔다. 여전히 몸을 숙인 자세로 난 스피커에서 흘러나오는 소리를 들었다.

"곧 비행기가 이륙합니다."

거듭 안내 방송이 나왔다.

"곧 비행기가 이륙합니다."

이런 안내 방송이라면 익히 아는 바다.

"멕시코, 과테말라, 파나마행 모든 승객 여러분께서는……."
그 사이로 엔진 소음이 들렸다. "5번 게이트로……." 다시 엔진
소음. "와 주시면 감사하겠습니다."

난 몸을 일으켰다.

흑인 여자는 여전히 무릎을 꿇고 앉아 있었다.

다시는 담배를 피우지 않겠노라 맹세하면서 얼굴을 파이프
아래 기대려고 했지만 세면대 때문에 여의치 않았다. 더워서 발
작을 일으킨 거야. 별거 아니야. 어지럽고 더워서 발작이 난 것
뿐이야.

"승객 여러분께 알려 드립니다."

금방 다시 기분이 나아졌다.

"페이버 승객님! 페이버 승객님은……."

나였다.

"안내 데스크로 와 주시기 바랍니다."

안내 방송을 들으며 나는 공용 세면대 물에 얼굴을 적셨다. 비
행기가 나를 빼놓은 채 그냥 계속 비행했으면 하고 바랐다. 물
은 내 땀보다 딱히 더 차갑지도 않았다. 그런데 그 흑인 여자가

갑자기 왜 웃는 건지 도통 알 수가 없었다. 웃어 대느라 그녀의 가슴이 푸딩처럼 출렁거렸다. 그녀는 웃음을 참지 못했다. 그녀의 거대한 입이며 곱슬머리, 희고 시커먼 눈이 아프리카를 클로즈업해 놓은 것 같았다. 다시 안내 방송이 나왔다. "비행기가 곧 이륙합니다." 흑인 여자가 내 바지를 이리저리 훔쳐 주는 동안 난 휴지로 얼굴을 닦았다. 심지어 빗질도 했는데, 오직 시간을 보내기 위해서였다. 스피커에선 연이어 안내 방송이 흘러나오고, 도착, 출발 어쩌구 하더니 또다시 나를 찾았다.

"페이버 승객님, 페이버 승객님……."

여자는 사례비를 줘도 받으려 하지 않았다. 내가 살아 있고 주님이 그녀의 기도를 들어준 것만으로도 기쁜 일이라는 거였다. 지폐를 무작정 찔러 줬으나 그녀는 흑인 출입 금지 구역의 계단까지 따라와서 극구 지폐를 내 손에 도로 쥐여 주었다.

바는 비어 있었다.

난 등받이 없는 의자에 미끄러지듯 앉아 담배에 불을 붙이고는 바텐더가 차가운 잔에 올리브를 넣고 술을 따르는, 별로 특별할 것도 없는 행동을 지켜봤다. 그는 얼음이 잔으로 퐁당 떨어지지 않도록 은색 칵테일 셰이커 앞에 달린 체를 엄지손가락으로 잡고 있었다. 난 지폐를 내밀었다. 바깥에서는 슈퍼컨스텔레이션이 이륙하기 위해 내 앞을 지나 활주로로 향하고 있었다. 날 태우지 않고 말이다! "승객 여러분께 알려 드립니다!" 스피커에서 지지직거리며 다시 안내 방송을 시작했을 때 난 마티니 드라이를 한 잔 마시고 있었다. 잠시 아무 소리도 나지 않았다.

바깥에서는 익히 아는 굉음으로 막 머리 위를 날아오를 슈퍼컨스텔레이션이 엔진을 돌리는 소리가 요란스럽게 울렸다. 그러다가 다시 안내 방송.

"페이버 승객님! 페이버 승객님께서는……."

그게 나란 걸 눈치챈 사람은 없었다. 마냥 기다릴 수는 없겠지, 난 혼잣말을 했다. 전망대로 나가 우리 비행기를 바라봤다. 얼핏 봐도 이륙 준비를 끝낸 것 같았다. 셸 정유회사 유조차는 가 버렸지만 프로펠러는 아직 돌아가고 있지 않았다. 우리 비행기의 승객 무리가 탑승하기 위해 빈 광장 너머로 걸어가는 모습을 보자 안도의 한숨이 나왔다. 뒤셀도르프 친구 양반은 상당히 앞쪽에 있었다. 난 프로펠러가 작동하기를 기다렸다. 스피커가 지지직거리더니 다시 쫑알대기 시작했다.

"안내 데스크로 와 주시기 바랍니다!"

하지만 이번에는 내가 아니었다.

"셰르본 승객님, 로젠탈 승객님께서는……."

난 하염없이 기다렸다. 네 개의 십자형 프로펠러는 꿈쩍도 하지 않았다. 나 한 사람을 기다리는 이런 짓거리라니, 정말이지 견디기 힘들었다. 다시 안내 방송이 나오자 난 지하층으로 내려가서 화장실 빈 칸에 들어가 문을 잠그고 숨어 버렸다.

"페이버 승객님, 페이버 승객님!"

여자 목소리였다. 다시 땀이 나기 시작하자 어지러울까 봐 털썩 자리에 앉았다. 밖에서 보면 발이 보였다.

"마지막 안내 방송입니다."

거듭되는 멘트. "마지막 안내 방송입니다."

대체 왜 숨는 건지는 나도 몰랐다. 부끄러운 생각이 들었다. 꼴등이 되는 건 평소 내 방식이 아니지 않은가. 스피커가 나를 포기한 걸—최소한 10분은 그랬다—확인할 때까지 난 계속 숨어 있었다. 이유는 모르겠지만 그냥 계속 비행할 마음이 도통 내키지 않았다. 슝 하고 비행기가 이륙하는 소리가—슈퍼컨스텔레이션, 그건 내가 익히 아는 소리다!—들릴 때까지 난 잠긴 문 뒤에 숨어 있었다. 그런 다음 창백한 얼굴이 눈에 띨까 봐 얼굴을 문질렀다. 보통 사람들처럼 화장실 칸에서 나온 뒤 유유히 휘파람을 불며 홀에서 모종의 신문을 샀다. 이 텍사스주 휴스턴이라는 데에서 뭘 해야 할지 아무런 생각이 들지 않았다. 정말이지 이상했다. 갑자기 내가 없어지다니! 스피커에서 방송이 나올 때마다 매번 귀를 쫑긋하다 몇 가지 일을 처리하러 웨스턴 유니언 공항 우체국으로 갔다. 나 없이 멕시코시티로 날아갈 수하물과 관련해 전보를 보내야 했고, 우리의 조립이 24시간 연기되어야 한다고 카라카스에 전보를 치고 뉴욕으로도 전보를 보내야 했다. 내가 막 볼펜을 다시 집어넣는 순간, 한 손에 승객 명단을 든 우리 스튜어디스가 내 팔꿈치를 붙잡았다.

"여기 계셨군요!"

난 할 말을 잃었다.

"늦었어요, 페이버 승객님. 늦었다고요!"

소용없게 된 전보 용지를 손에 든 채 난 어차피 중요하지도 않은 온갖 핑계를 늘어놓으며 우리의 슈퍼컨스텔레이션이 있는 곳으로 그녀를 따라갔다. 바닥과 트랩에서 눈을 떼지 못한 채 마치 감옥에서 형장으로 끌려가는 사람처럼 걸어갔다. 내가 비행기에 오르자마자 트랩은 곧장 기체에서 분리되어 멀어져 갔다.

"미안합니다." 내가 말했다. "정말 미안해요."

승객들은 모두 안전벨트를 한 채 한마디 말도 없이 고개를 돌렸다. 잠시 잊고 있었던 나의 뒤셀도르프 친구 양반은 얼른 다시 창가 자리를 내주며 대체 무슨 일이 있었던 거냐며 걱정했다. 난 시계가 멈추었노라고 말하며 태엽을 감았다.

평상시와 다름없는 이륙이었다.

곧이어 나의 친구 양반이 들려준 얘기는 꽤나 흥미로웠다. 위장 장애도 사라진 터라 이제 그 친구가 약간 괜찮은 사람처럼 여겨졌다. 그는 독일 시가가 아직 세계 최고 수준은 아니란 걸 인정하고는, 질 좋은 연초가 좋은 시가의 전제 조건이라고 말했다.

그가 지도를 펼쳤다.

그의 회사가 확장할 예정인 과테말라 플랜테이션은 플로레스에서도 오직 말을 타고나 갈 수 있는 세상 끝에 있는 것처럼 보였다. 하지만 멕시코 지역인 팔렝케에서는 지프로 곧장 갈 수 있다고, 심지어 내시*라면 이 정글을 관통해서 갈 거라고 그가 주장했다.

그로선 초행길이었다.

종족은 인디오.

역시나 저개발 지역 지원 업무를 담당하고 있는 나로서는 그의 이야기가 흥미로웠다. 우리는 길을 내야 한다는 데 의견 일치를 보았다. 어쩌면 작은 비행장도 있어야 할 텐데, 무엇보다 중요한 건 교통을 연결하고 푸에르토 바리오스에서 선적할 수 있게 하는 거였다. 대담하게 한번 일을 벌여 보는 것도 영 말이 안 되는 건 아니었다. 어쩌면 정말로 독일 시가의 미래가 달린 일일지도 모르니.

그는 지도를 접었다.

나는 행운을 빌었다.

어차피 50만 대 1 척도인 그의 지도에서는 뭘 제대로 알아볼 수가 없었다. 하얀색 면은 미지의 땅이었고 초록색 국경 사이로 난 두 개의 파란 선은 강이었다. 유일하게 표기된 이름(붉은색으로 씌어 있었는데, 돋보기로 봐야 읽을 수 있었다)은 마야 유적지 정도였다.

난 다시 한번 행운을 빌었다.

그의 형제 중 하나가 몇 달 전부터 거기 어딘가에 살고 있는데, 기후 때문에 고생하는 게 분명했다. 상상이 가고도 남았다. 평원의 열대성 기후에다 우기의 습함, 작열하는 태양…….

이걸로 우리의 대화는 끝났다.

나는 창밖을 내다보며 담배를 피웠다. 아래로는 푸른색 멕시코만(灣)과 작은 구름 떼, 초록 바다 위에 드리워진 보랏빛 구름 그림자가 펼쳐졌다. 늘 보던 색채의 향연이었다. 그런 거라면 벌써 영상으로 찍을 만큼 찍었다. 난 아이비가 내게서 훔쳐 간 잠을 보충하기 위해 눈을 감았다. 비행기는 이제 고요히 날았고, 옆자리 양반도 조용했다.

그는 소설을 읽고 있었다.

난 소설을 별로 대수롭지 않게 여긴다. 꿈도 마찬가지다. 아이비 꿈을 꾼 것 같은데, 어쨌든 쫓기는 기분이었다. 현실에서는 한 번도 가 본 적이 없는, 라스베이거스에 있는 카지노 바였다. 계속해서 스피커에서는 내 이름을 불러 대는 소리가 나고 한바탕 야단법석이더니 돈을 딸 수 있는 파랑, 빨강, 노랑 슬롯머신과 즉석 복권 판매기가 어지럽게 놓여 있었다. 현실에서 나는 결혼하지 않았는데도 이혼하기 위해, 실오라기 하나 걸치지 않은 사람들과 함께 기다리고 있었다. 어찌 된 영문인지, 존경해 마지않는 나의 은사님이신 취리히 공과대학의 O 교수님도 오셨는데 완전히 센티멘털한 분위기였다. 그분은 수학자이자 전기역학 교수임에도 계속해서 울었다. 민망한 일이었지만, 가장 황당한 일은 바로 내가 그 뒤 셀도르프 작자와 결혼한 사이라는 점이었다! 난 저항하려고 했지만 손으로 입을 가리지 않고는 도저히 입을 열 수조차 없었다. 치아가 몽땅 빠져 조약돌처럼 입에 가득한 느낌이 들었기 때문이다.

잠에서 깨어나자마자 곧장 바깥을 내다봤다.

우리는 망망대해 위에 있었다.

문제가 생긴 건 왼쪽 엔진이었다. 프로펠러 하나가 구름 한 점 없는 하늘에 뻣뻣한 십자 모양을 하고 서 있었다. 그게 다였다.

말했듯이, 발아래는 멕시코만이었다.

최소한 외모로는 아직 애처럼 보이는, 스무 살 남짓한 스튜어디스가 나를 깨우느라 왼쪽 어깨를 잡았었다. 그녀가 녹색 구명조끼를 내밀며 뭐라고 설명하기도 전에 난 상황을 파악했다. 내 옆자리 남자는 구명조끼를 막 채우고 있었다. 이런 유의 비상 훈련을 받을 때 그렇듯 우스꽝스러워 보였다.

우리는 최소한 2천 미터 상공을 날고 있었다.

윗니 오른쪽 네 번째에 있는 의치는 말할 것도 없고 빠진 이는 물론 하나도 없었다. 문득 안심되고 솔직히 즐거운 기분마저 들었다.

앞쪽 복도에 기장이 나타났다.

"전혀 위험한 상황이 아닙니다."

단지 주의하기 위한 조치다, 우리 비행기는 심지어 엔진 두 개로도 비행할 수 있다, 현재 우리는 멕시코 해안에서 약 14킬로미터 떨어진 곳에 위치해 있고 탐피코를 향해 가고 있다, 모든 승객 여러분께서는 안정을 유지해 주시고 잠시 금연해 주시면 감사하겠다는 내용이었다.

"감사합니다."

모든 승객이 가슴에 녹색 구명조끼를 입고 교회에서처럼 앉아 있었다. 난 정말로 흔들리는 치아가 없는지 혀로 살펴보았다. 다른 일 따윈 신경도 쓰이지 않았다.

시각은 10시 25분.

"미국에서 폭풍우로 인해 지연되지만 않았어도 우리는 이 시각쯤 멕시코시티에 도착했을 텐데 말이에요." 난 뒤셀도르프 친구에게 말했다. 무슨 말이라도 하기 위해서였다. 난 엄숙한 분위기를 싫어한다.

대꾸가 없었다.

난 그에게 정확한 시간을 물었다.

역시나 대답이 없었다.

남은 엔진 세 개는 정상적으로 작동했다. 하나 고장 난 게 심각하게 느껴지지 않았고, 비행기가 고도를 유지하고 있는 게 보였다. 연무 속으로 해안이 나타났다. 일종의 석호였다. 그 뒤로는 늪이 보였다. 하지만 탐피코가 보일 낌새는 전혀 없었다. 난 옛날에 생선을 먹고 식중독에 걸린 적이 있어 탐피코라면 잘 알았다. 그 식중독은 죽을 때까지 잊지 못하리라.

"탐피코는 세상에서 제일 더러운 도시예요. 기름으로 얼룩진 항구지요. 이제 곧 아시게 될 겁니다. 기름 냄새, 아니면 생선 비린내가 진동해요." 내가 말했다.

그는 입고 있던 구명조끼를 만지작거렸다.

"정말이지 충고드리는데, 선생님, 생선은 드시지 말아요. 절대로요." 내가 말했다.

그가 애써 미소를 지어 보였다.

"토착민들은 당연히 면역이 되어 있지만 우리 같은 사람들은요……." 내가 말했다.

듣는 둥 마는 둥 하며 그가 고개를 주억거렸다. 난 말하자면 아메바에 대해, 내지는 탐피코에 있는 호텔에 대해 일장 연설을 하고 있었다. 뒤셀도르프 친구가 내 말에 전혀 귀 기울이지 않는다는 걸 눈치채고는 그의 소매를 잡아당겼다. 그건 평소 내 방식이 아니다. 난 서로 소매를 잡는 이런 식의 광기를 정말이지 싫어한다. 하지만 그가 도통 들으려고 하지 않았다. 난 1951년, 그러니까 6년 전 탐피코에서 생선을 먹고 식중독을 일으킨 이야기를 지루하게 들려주었다. 그러는 동안 비행기는 알려 준 대로 해안을 따라가지 않고 갑자기 내륙을 향하고 있었다. 그러니까 탐피코로 가는 게 아니었다! 말문이 막힌 난 무슨 일인지 스튜어디스에게 알아볼 참이었다.

다시 흡연이 허용되었다!

아마도 탐피코 비행장이 우리의 슈퍼컨스텔레이션(그 당시는 DC-4 기종이었다)에는 너무 작거나 아니면 엔진 결함에도 불구하고 멕시코시티로 계속 비행하라는 지시를 받았을 수도 있었다. 시에라마드레오리엔탈산맥을 코앞에 두고도 난 우리가 멕시코시티로 비행 중인 걸 알아채지 못했다. 우리의 스튜어디스는—난 그녀의 팔꿈치를 잡았는데, 말했듯이 이건 평소 내방식이 아니다—설명해 줄 시간이 없었다. 기장의 호출을 받았던 것이다.

실제로 우리는 고도를 높이며 비행하고 있었다.

난 아이비 생각을 하려고 애썼다.

고도를 점점 높이고 있었다.

아래로는 여전히 얕고 혼탁한 늪지대가 펼쳐지고, 그 사이로 곶과 모래가 보였다. 늪은 녹색이었다가 다시 붉은색으로 바뀌었는데, 뭐라고 말로 표현할 수 없는, 립스틱처럼 새빨간 늪도 있었다. 원래는 늪이 아니라 석호였다. 태양이 반사되는 곳에서는 금속으로 된 술이나 알루미늄 은박지처럼, 어찌 되었건 금속성 물질처럼 반짝거렸다. 그러다가 다시 야트막한 누런 웅덩이와 더불어 파란 하늘색이나 (아이비의 눈 색깔 같은) 물색으로 바뀌더니, 자줏빛 잉크를 뿌린 듯 반점이 희미하게 나타났다. 아마도 해초인 것 같았다. 물줄기가 합류하는 지점에선 미국식 밀크커피처럼 갈색을 띠고 있었다. 그 모습을 보니 역겨웠다. 몇 킬로미터 내내 석호만 보였다. 뒤셀도르프 친구도 비행기가 상승하고 있다는 걸 느끼고 있었다.

사람들이 다시 대화를 나누기 시작했다.

스위스 에어 항공사가 항상 비치해 두는, 제대로 된 지도가 이 기내에는 없었다. 비행기가 육지로 접근해 가는데도 탐피코를 향해 간다고 하는 이 멍청한 정보가 맘에 걸렸다. 그것도 세 개의 엔진으로 고도를 높이면서 말이다. 나는 번쩍거리는 세 개의 원형을 찬찬히 살펴보았는데, 착시 현상으로 인해 가끔 멈춘 것처럼 보이자 예의 불길한 경련이 일었다. 신경을 곤두세울 이유는 없었지만, 눈앞에 펼쳐지는 광경이 왠지 우스꽝스러웠다. 프로펠러 하나가 십자 모양으로 뻣뻣하게 서 있는데 최고속으로 나는 광경이라니.

우리의 스튜어디스는 딱해 보였다.

그녀는 광고에 나오는 사람처럼 미소 짓는 얼굴로 한 줄 한 줄 걸어가며 구명조끼를 입어 불편함은 없는지 물었다. 농담을 건네자 그녀의 웃음기가 싹 가셨다. 산악지대에서 수영을 할 수 있기나 한 건지 내가 물었던 것이다.

명령은 명령이었다.

나는 딸뻘 정도로 어린 그녀의 팔을, 그것도 손목을 잡고는 손가락을 치켜세우며 (물론 농담으로!) 그녀가 나에게 이 비행을 하도록 강요했다고, 다른 누구도 아닌 바로 그녀가 그렇게 했다고 말했다.

"고객님, 위험한 상황이 아니에요, 전혀요. 우리는 약 한 시간 20분 후에 멕시코시티에 착륙할 거예요." 그녀가 말했다.

그녀는 누구한테든 그렇게 말하고 있었다.

나는 그녀가 다시 미소 지으며, 안전벨트를 하지 않은 사람은 없는지 살펴보는 임무를 다하도록 그녀를 놔주었다. 잠시 후, 그녀는 아직 점심때가 아니었는데도 식사 주문을 받았다……. 다행히 지상의 날씨는 좋았고, 거의 구름 한 점 없었다. 구름은 거의 없었지만 산악 지대에 이르면 으레 그렇듯 돌풍이 일고 예의 온난 상승 기류가 나타났다. 그래서 비행기는 하강하며 흔들리다 다시 균형을 잡고 결국 상승했지만 다시 흔들리는 날개로 하강하곤 했다. 몇 분 동안 고요하게 비행하다 다시 덜컹거리며 날개가 흔들리고 건들거렸다. 마침내 비행기가 제자리를 잡고 더는 문제없을 것처럼 상승하다 다시 흔들리곤 했다. 돌풍에 흔히 있는 일이었다.

저 멀리 푸른 산맥이 보였다.

시에라마드레오리엔탈산맥이었다.

아래로는 붉은 황무지가 펼쳐졌다.

그 직후, 뒤셀도르프 양반과 내가 점심으로 그린 샐러드를 넣은 평범하기 짝이 없는 새하얀 샌드위치와 주스를 막 받았을 때 갑자기 두 번째 엔진마저 고장 나자 사람들은 당연히 패닉 상태에 빠졌다. 무릎에 점심거리를 두고 있었지만 피할 수 없는 상황이었다. 누군가 비명을 질렀다.

이 순간부터 모든 일이 급속히 진행되었다.

다른 엔진마저 고장 날까 두려워 비상 착륙을 결정한 것이 분명했다. 어쨌든 우리는 하강했고, 스피커가 지지직거려서 방송되는 지시 사항을 거의 한 마디도 알아들을 수 없었다.

우선 이 점심을 어떻게 해야 하나 걱정되었다.

두 개의 엔진으로도 괜찮다고는 하지만, 우리는 하강하고 있었다. 착륙 전에 그러듯 움직이지 않는 랜딩 기어 바퀴를 공중에 내놓고 말이다. 나는 점심을 그냥 통로 바닥에 내려놓았다. 그러는 동안 우리는 아직 적어도 고도 500미터 상공에 있었다.

이제 돌풍은 잦아들었다.

금연 표시등도 점등되었다.

비상 착륙 시 비행기가 산산조각 나거나 화염에 불타는 등 위험을 의식하면서도 내가 평정심을 잃지 않는 데 나 자신도 놀랐다.

생각나는 사람은 없었다.

이미 말했지만 모든 일이 순식간에 벌어졌다. 발아래로 모래사막이 보이더니 암벽과 같은 구릉 사이로 평평한 골짜기가 펼쳐졌다. 완전히 헐벗은, 말하자면 황무지였다.

숨죽이듯 긴장되는 순간이었다.

비행기는 아래에 활주로가 있는 양 하강했다. 나는 머리를 창문에 갖다 댔다. 원래는 제동 날개가 밖으로 나오고 마지막 순간에야 이런 활주로가 보이는 법인데. 제동 날개가 나오지 않는 게 이상했다. 비행기는 추락하지 않기 위해 필사적으로 선회 비행을 피하는 게 분명했다. 비행기는 착륙에 유리한 평평한 곳을 날고 있었다. 비행기 그림자가 점점 더 가까이 다가왔다. 그림자는 비행기보다 더 빠르게 씽씽 날아, 마치 붉은 모래 위로 회색 누더기가 펄럭거리는 것처럼 보였다.

그러다가 암벽이 나타났다.

비행기는 다시 고도를 높이기 시작했다.

다행히 다시 모래사막이 나타났다. 하지만 용설란이 있는 모래였다. 두 개의 엔진이 풀가동되어 집 높이 정도 고도를 유지하며 날았다. 랜딩 기어가 다시 들어갔다. 그러니까 동체 착륙을 하시겠다! 우리는 평소 날던 높이대로 날았다. 랜딩 기어도 없이 꽤나 고요한 상태로 말이다. 하지만 말했듯이 집 높이 정도의 고도였다. 활주로가 나타날 리 만무하단 걸 잘 알면서도 난 얼굴을 창문에 바짝 대고 있었다.

활주로도 없는데 돌연 랜딩 기어가 다시 빠져나오더니 제동 장치까지 가세했다. 마치 주먹으로 배를 가격당한 느낌이었다. 브레이크가 잡힘. 엘리베이터를 타고 하강하는 듯한 느낌. 마지막 순간 난 자제력을 잃고 말았다. 양쪽에서 질주하는 용설란을 마지막으로, 얼굴을 양손으로 가리고 말았다! 결국 비상 착륙은 순전한 부딪힘이자 무의식 상태로의 추락과 다름없었다.

그리고 찾아온 정적.

달리 마땅한 표현을 못 찾겠는데, 정말이지 천운이 따랐다. 아무도 비상문을 열지 않았다. 나를 포함한 그 누구도 꼼짝하지 않았다. 우리는 안전벨트를 한 상태로 앞으로 쏠린 채 매달려 있었다.

"움직이세요!" 기장이 말했다. "여러분, 움직이세요!"

아무도 꼼짝하지 않았다.

"자, 움직이세요!"

다행히 불이 나지는 않았다. 안전벨트를 풀어도 된다고 사람들에게 말해야 했다. 문이 열렸지만 익히 봐 왔던 식의 트랩은 물론 나오지 않았다. 오븐을 열었을 때처럼 열기가 훅 들어왔을 뿐. 공기가 타는 듯이 뜨거웠다.

난 다치지 않았다.

마침내 줄사다리가 설치되었다!

누가 지시를 내린 것도 아닌데 사람들은 날개 아래 그늘로 모여들었다. 황무지에서는 말하는 것이 엄격하게 금지되기라도 한 듯 모두 침묵하고 있었다. 우리의 슈퍼컨스텔레이션은 약간 앞쪽으로 기울어져 있었다. 상태가 나쁘지는 않았다. 앞쪽 랜딩기어만 덜렁거렸는데, 그것도 모래에 함몰되어서 그렇지 멀쩡했다. 시리듯 푸른 하늘에는 십자 모양의 프로펠러 네 개와 세 개의 꼬리 날개가 반짝거리고 있었다. 말했듯이 아무도 꼼짝하지 않았다. 기장이 입을 열 때까지 모두 기다리는 눈치였다.

"음, 도착했네요!" 기장이 웃었다.

사방천지 보이는 거라곤 용설란과 모래뿐. 좀 전에 어림잡아 본 것보다 훨씬 더 멀리, 붉은 산맥이 놓여 있었다. 온통 누런색 모래

천지였다. 그 위로 뜨끈한 공기가 녹은 유리처럼 어른거렸다.

시각은 11시 5분.

난 시계태엽을 감았다.

녹색 구명조끼를 입은 채 별다른 행동하지 않고 둘러서 있는 동안, 태양으로부터 타이어를 보호하기 위해 승무원들이 담요를 끄집어내 왔다. 대체 왜 아무도 구명조끼를 벗지 않는 건지.

난 숙명이나 운명 따위를 믿지 않는다. 엔지니어로서 난 개연성의 방정식으로 예측하는 데 익숙하다. 대체 왜 숙명이라는 것인가? 타마울리파스에 비상 착륙하지 않았다면 모든 것이 달라졌을 거라는 건 인정한다. 이 헹케라는 젊은 친구를 알게 되지도 않았을 것이고 한나에 관한 소식을 다시 듣지도 않았을 것이다. 또 내가 아버지라는 걸 오늘까지도 몰랐을 것이다. 타마울리파스에 비상 착륙하지 않았더라면, 그 모든 게 어떻게 달라졌을지 상상도 할 수 없다. 아마도 자베트가 죽지는 않았을 거다. 모든 일이 그리된 게 우연 이상이었음은 이론의 여지가 없다. 우연의 연속이었다. 하지만 그렇다고 숙명이란 말인가? 개연성 없는 일을 경험 가능한 사실로 간주하느라고 신비주의 따위가 필요하지는 않다. 수학이면 충분하다.

수학적으로 풀이해 보면 이렇다.

개연성(정사각형 주사위를 60억 번 던졌을 때 숫자 1이 나올 확률은 10억 번가량 된다)과 비개연성(같은 주사위로 여섯 번

던졌을 때 숫자 1이 나올 확률은 1이다)은 본질에 따라 나누어지는 것이 아니라 빈도수에 따라 나누어지고, 이 경우 원천적으로 빈도수가 더 높은 것이 더 믿을 만하다. 하지만 비개연적인일이 한 번 일어나더라도 그것은 더 고차원적인 일도 아니요, 문외한이 믿고 싶어 하는 대로 기적이나 그 비슷한 것은 더더욱아니다. 우리가 개연성에 대해 말할 때는 물론 비개연성을 가능성의 한계 상황으로 포함하고 있다. 그리고 비개연성이 발생하더라도 우리 같은 사람들에게는 경탄하거나 경악하거나, 신비주의에 빠질 하등의 이유가 없다.

다음을 참고하라.

에른스트 몰리, 『개연성과 법칙』; 한스 라이헨바흐, 『개연성이론』; 화이트헤드, 러셀 공저 『수학 원칙』; 미세스, 『개연성과통계학과 진실』.

멕시코 타마울리파스 황무지에서 우리는 3박 4일, 총 85시간체류했다. 여기에 관해서는 별반 보고할 거리가 없다. (내가 그에 관해 이야기할라치면 누구나 기대하는 것처럼 보이는) 어마어마한 체험은 없었다. 덥기는 또 얼마나 더웠는지! 물론 나도스펙터클한 디즈니 영화를 얼른 떠올리고 잽싸게 카메라를 집어 들었다. 하지만 별달리 눈길을 끄는 건 전혀 없었고, 가끔 우리를 놀라게 한 도마뱀이나 일종의 모래거미 같은 게 전부였다.

기다릴 수밖에, 도리가 없었다.

타마울리파스 황무지에서 내가 첫 번째로 한 일이란 바로 뒤 셀도르프 양반에게 나를 소개하는 거였다. 그가 내 카메라에 관심을 보였다. 난 렌즈에 대해 설명해 주었다.

다른 사람들은 책을 읽었다.

얘기하다 보니 곧 알게 된 것이지만, 다행히도 그는 체스를 둘 줄 알았다. 난 여행 다닐 때 항상 휴대용 체스를 챙기곤 하는데, 그 덕분에 우리는 구원받다시피 했다. 그가 코카콜라 빈 상자 두 개를 냉큼 구해 와, 우리는 사람들이 웅성거리는 소리를 피해 멀찍이 비행기 꼬리 날개 아래 그늘로 가서 자리 잡았다. 옷을 벗어젖히고, 모래의 열기로 인해 신발과 자키 팬티만 걸친 채.

오후 시간이 휙 지나갔다.

저녁노을이 물들기 직전, 군용 비행기 한 대가 나타나 뭐 하나 던져 주는 것 없이 오랫동안 맴돌다 북쪽 몬테레이 방향으로 사라졌다. 난 이 모든 걸 촬영했다

저녁 식사로는 치즈 샌드위치와 바나나 반쪽이 나왔다.

체스를 두는 몇 시간 동안은 말을 하지 않아도 되니, 체스란 게임은 정말이지 좋다. 상대방이 뭐라 말해도 들을 필요조차 없다. 체스 판만 들여다 볼뿐, 개인적인 일 따위 물어볼 필요도 없고 진지하게 체스 게임에 몰두해도 무례한 행동이 아니다.

"선생님 차례예요!" 그가 말했다.

그가, 최소 20년간 소식을 듣지 못한 내 친구 요아힘을 아는 정도가 아니라 바로 그 동생이라는 사실은 우연히 밝혀졌다……. 지평선에 검게 늘어선 용설란들 사이로 달이 뜨자 (이

또한 나는 촬영했다) 체스 게임을 계속할 정도로 환했지만 갑자기 한기가 느껴졌다. 우리는 담배나 한 대 피울 겸 모래가 있는 밖으로 나갔다. 거기서 난, 황무지는 말할 것도 없고 경치 따윈 아무래도 좋다고 고백했다.

"설마 진심으로 하신 말씀은 아니죠!" 그가 말했다.

이 모든 게 그에게는 엄청난 체험거리라는 거였다.

"그만 자러 갈까요?" 내가 말했다. "슈퍼컨스텔레이션 호텔로요. 숙박 시설이 완비된 사막에서 보내는 휴가죠!"

추웠다.

사람들이 체험담을 말할 때면 난 대체 그게 뭔지 종종 궁금했다. 난 엔지니어고 사물을 있는 그대로 보는 데 익숙하다. 사람들이 말하는 대상을 난 모두 아주 정확히 본다. 난 장님이 아니지 않은가. 타마울리파스 사막 위로 떠오른 달을 본다. 그 어느 때보다 더 선명하다고 할 수 있겠다. 하지만 그건 우리의 행성을 돌고 있는 계산 가능한 덩어리고, 중력의 문제로 흥미롭긴 하지만 어째서 그게 엄청난 체험이라는 건가? 나는 달빛 아래 시커멓게 보이는 톱니 모양의 바위들을 본다. 그것들이 어쩌면 원시 시대 동물의 톱니 모양 등짝처럼 보일 수도 있겠다. 하지만 난 그것이 바위, 즉 암석임을 알고 있다. 아마 화산 작용으로 생겨난 것 같은데, 그건 나중에 조사하고 확인해 보면 될 터. 겁낼 이유가 무엇인가? 원시시대 동물이 더 이상 존재하는 것도 아닌데. 왜 그것들을 상상해야 한단 말인가? 미안하지만, 내 눈에는 화석화된 천사가 보이지 않는다. 악마도 마찬가지고. 난 보이는 것만 본다. 지질 침식의 일반적인 형태들, 거기에 더해 모래 위로 드리워진 나의 긴 그림자 같은 것을 본다. 하지만 유령은 보지 않는다. 뭐 하러 여자들처럼 약해져야 한단 말인가? 난 노아의 홍수가 아니라, 바람에 물결치는 모래가 달빛에 비친 모습을 본다. 이런 게 내게는 놀라운 일이 아니다. 이것은 환상적이지도 않고 설명 가능한 사실이다. 난 빌어먹을 영혼이라는 게 어떻게 생겨 먹었는지 모른다. 사막의 밤, 검은 용설란처럼 보일지도 모르지. 내가 보는 것은 용설란이라는 식물이다. 단 한 번 꽃을 피우고 죽는 식물. 나아가 난 내가 (이 순간 그렇게 보일지라도) 지구상 최초의 인간도, 최후의 인간도 아니라는 사실을 안다. 게다가 내가 최후의 인간이라고 단순하게 상상해도 별다른 감흥이 없다. 그건 사실이 아니니까. 히스테리를 부릴 이유가 뭐란 말인가? 산맥은 산맥일 뿐. 빛에 따라서는 다르게 보일 수도 있겠지만, 그것은 시에라마드레오리엔탈산맥이고, 우리는 죽음의 왕국에 서 있는 게 아니라 멕시코 타마울리파스 사막에 있는 거다. 가장 가까운 도로에서 100킬로미터 가까이 떨어진 곳이라는 게 좀 난감하긴 하지만, 그렇다고 이게 엄청난 체험이라는 건가? 내게 비행기는 비행기일 따름이다. 난 거기서 명이 끊긴 새 한 마리가 아니라 엔진에 결함이 생긴 슈퍼컨스텔레이션을 볼 뿐 그 이상도 이하도 아니다. 달빛은 제 마음대로 비행기를 비출 수 있을 테고. 전혀 있지도 않은 것을 왜 내가 체험해야 한단 말인가? 영원의 소리 같은 것을 듣겠다고 마음먹을 순 없다. 걸음을 뗄 때마다 모래가 서걱거리는 소리 외에 난 아무 소리도 듣지 못한다. 추워서 덜덜 떨리지만 일고여덟 시간이 지나면 다시 해가 뜬다는 사실을 알고 있다. 세상의 끝일 이유가 있는가? 단지 무언가를 체험하기 위해 말도 안 되는 것을 상상할 수는 없다. 난 녹색의 밤에 하얗게 빛나는 모래벌판 끝 지평선을 본다. 여기서부터 30킬로미터는 됨 직하다. 어째서 거기 탐피코 방향에서 내세가 시작된다는 건지 이해가 되지 않는다. 난 탐피코를 알고 있다. 순전히 상상으로 인해 불안해하거나 순전히 불안으로 인해 환상적으로 되는 것, 곧 신비주의를 난 거부한다.

"자, 갑시다!" 내가 말했다.

헤르베르트는 서서 여전히 체험하고 있었다.

"근데 말이에요," 내가 말했다. "요아힘 헹케라고, 취리히에서 공부한 적 있는 친구가 있는데, 혹시 그 사람과 친척 아니에요?" 주머니에 양손을 찔러 넣고 윗옷의 깃을 올려 세운 채 우리가 서 있었을 때 갑자기 툭 튀어나온 말이었다. 막 기내로 올라가려던 참이었다.

"요아힘요? 제 형인데요."

"뭐라고요!" 내가 말했다.

"그렇다니까요. 과테말라에 있는 형을 찾아가는 중이라고 말씀드렸잖아요."

우리는 웃지 않을 수 없었다.

"세상 참 좁군요!"

사람들은 외투와 담요를 덮고 덜덜 떨며 며칠 밤을 기내에서 보냈다. 물이 남아 있는 한, 승무원들은 차를 끓였다.

"그 친구는 어떻게 지내요?" 내가 물었다. "20년 동안 소식을 전혀 못 들었어요."

"네, 뭐 잘……." 그가 말했다.

"당시엔 친한 사이였는데." 내가 말했다.

내가 전해 들은 말은 그렇고 그런 것들이었다. 결혼했고 애가 하나 있었고(내가 흘려들었던 게 분명하다. 그렇지 않았다면 나중에 좀 더 알아봤을 텐데), 전쟁이 난 뒤에는 포로수용소에 있다가 뒤셀도르프로 돌아왔다 등등. 시간이 어떻게 흘러가는지, 나이가 어떻게 드는지 놀랄 따름이었다.

"우리는 형 걱정을 하고 있어요." 그가 말했다.

"왜요?"

"형은 저 아래서 유일한 백인이거든요. 그런데 두 달 전부터 소식이 끊겼어요."

그가 계속 형 이야기를 했다.

대부분의 승객은 벌써 잠이 들어, 목소리를 낮춰야 했다. 배터리를 아끼느라 기내 대형 조명을 소등한 지 오래였다. 좌석 위 소형 램프도 꺼 달라는 요청이 있었다. 깜깜했다. 바깥에만 모래가 환하게 빛나고 비행기 날개가 달빛 아래 번쩍거리며 서늘한 모습을 하고 있었다.

"폭동이라뇨?" 내가 물었다.

나는 그를 안심시켰다.

"폭동이라뇨? 그냥 편지가 분실된 거 아닐까요?" 내가 말했다.

누군가 우리에게 제발 좀 조용히 해 달라고 했다.

날지 않고 사막에 정지해 있는 슈퍼컨스텔레이션에 탄 마흔두 명의 승객. 모래로부터 보호하느라 엔진과 랜딩 기어 바퀴를 담요로 둘둘 만 비행기. 승객들은 비행할 때와 마찬가지로 자기 자리에 앉아 머리를 기울인 채 대개는 입을 벌리고 잠들어 있었다. 죽음 같은 정적. 바깥에는 네 개의 십자 모양 프로펠러가 빛나고 날개 위로 하얀 달빛이 내려앉았다. 미동도 없었다. 우스꽝스러운 광경이었다.

누군가 꿈속에서 잠꼬대를 했다.

아침에 깨어나 작은 창문을 통해 내다보자 모래가 보였다. 모래가 이렇게 가까이 있다니, 순간 부질없이 화들짝 놀랐다.

헤르베르트는 다시 로로로 문고판을 읽고 있었다.

난 수첩을 집어 들었다.

'3월 27일 카라카스에서 기계 조립!'이라고 적혀 있었다.

아침으로는 주스에 비스킷 두 쪽이 제공되었다. 기장은 음료수는 물론 식료품이 오고 있다며 걱정하지 말라고 사람들을 안심시켰다. 그 말은 하지 않는 게 나았겠다. 당연히 사람들은 하루 종일 엔진 소리가 들리기만을 기다리고 있었으니.

다시 미친 듯한 폭염이 시작되었다!

기내가 더 더웠다.

들리는 거라곤 바람 소리뿐. 눈에 띄지는 않지만 가끔 모래 쥐가 내지르는 날카로운 소리와 도마뱀이 부스럭거리는 소리가 들리기도 했지만, 대개는 끝없는 바람 소리뿐이었다. 바람은,

말했듯이, 모래를 소용돌이치게 만들지는 못했지만 흘러내릴 정도는 되어 번번이 우리의 발자국을 지워 갔다. 그럴 때마다 마치 인적이 끊긴 것처럼 보였다. 마흔두 명의 승객과 다섯 명의 승무원이 여기 없기라도 한 양.

면도가 하고 싶었다.

딱히 촬영할 만한 것도 없었다.

난 면도를 하지 않으면 기분이 언짢다. 다른 사람들 때문이 아니라 나 자신 때문이다. 면도를 하지 않으면 식물 같은 존재가 된 느낌이 들어 자꾸만 턱으로 손이 간다. 면도기를 가져와 할 수 있는 게 없는지 이것저것 해 봤다. 전기 없이는 먹통인 기계로 할 수 있는 건 아무것도 없으니 말도 안 되는 짓을 한 셈이었다. 그건 나도 잘 안다, 사막에는 전기도, 전화도, 플러그도, 그 무엇도 없다는 걸. 바로 그 점이 나를 예민하게 만들었다.

정오에 엔진 소리가 한 차례 들렸다.

헤르베르트와 나를 제외한 승객 모두가 찌는 듯한 태양 아래 서서 황색 모래와 회색 엉겅퀴, 붉은 산맥 넘어 자줏빛 하늘을 바라보고 있었다. 하지만 그건 흔히 볼 수 있는 DC-7이 나지막이 윙윙거리는 소리에 지나지 않았다. 저 멀리 고공에서 반짝이는 비행기는 눈처럼 하얀빛을 반사하며 어제 이 시각쯤 우리가 착륙했어야 할 멕시코시티로 향하고 있었다.

분위기는 그 어느 때보다 비참했다.

다행히도 우리에게는 체스가 있었다.

많은 승객이 우리를 본떠 신발과 팬티만 걸치고 만족해했다.

부인들에게는 좀 더 어려운 문제였다. 어떤 여인들은 치마를 걷어 올리고 푸른색, 흰색, 분홍색 브래지어를 한 채, 블라우스를 터번처럼 머리에 두르고 있었다.

많은 승객이 두통을 호소했다.

구토하는 사람도 있었다.

헤르베르트와 나는 다시 꼬리 날개 아래 그늘로 가서 웅크리고 앉았다. 주날개처럼 꼬리 날개도 햇빛에 달구어진 모래에 반사되어, 심지어 그늘에서도 헤드라이트 불빛 아래 앉아 있는 것 같았다. 매번 그렇듯 우리는 체스를 두면서 별로 이야기를 나누지 않았다. 그러다 문득 내가 물었다.

"그러니까 요아힘이 재혼을 하지는 않았다는 거요?"

"네, 안 했지요." 그가 말했다.

"이혼했어요?"

"네."

"우린 체스를 자주 두었지요. 그 당시 말이에요."

"아, 네." 그가 말했다.

그의 단음절이 나를 자극했다.

"그런데 누구랑 결혼했었어요?"

시간을 때우느라 던진 질문이었다. 담배를 피울 수 없어서 난 초조했다. 더 이상 수가 없다는 걸 잘 알면서 헤르베르트가 꾸물거리는 통에 난 불도 없이 담배 한 대를 입에 물고 있었다. 한참 말이 없다가, 내 쪽에서 그렇게 물었던 것처럼 별거 아니라는 듯 그가 한나라는 이름을 말했을 때, 난 작은 말 하나면 이길 수 있는, 확실히 유리한 상황에 놓여 있었다.

"한나 란츠베르크. 뮌헨 출신 여성이었죠. 반은 유대인이고."

나는 아무 말도 하지 않았다.

"선생님 차례예요." 그가 말했다.

그가 눈치챌 정도로 내가 행동한 것 같지는 않다. 엄격하게 금지되어 있는데도 난 실수로 담배에 불을 붙였다가 얼른 껐다. 내 수를 골똘히 생각하는 시늉을 하다가 체스 말을 하나하나 잃었다.

"아니, 대체 왜 그래요, 왜 그러시냐고요?" 그가 웃으며 말했다.

우리는 그 판을 끝내지 못했다. 난 기권하고 말을 새로 세우기 위해 체스 판을 뒤집었다. 한나가 아직 살아 있는지 감히 물어 볼 용기가 나지 않았다. 몇 시간이고 우리는 한마디 말도 없이 체스를 두었다. 그늘에 있으려면 이따금 코카콜라 상자를 밀고 움직여야 했는데, 그 말인즉슨 태양의 열기로 막 달구어진 모래 위에 매번 앉아야 한다는 뜻이었다. 우리는 묵묵히 가죽 체스 판 위로 몸을 숙인 채 사우나에서처럼 땀을 뻘뻘 흘렸고 안타깝게도 땀방울에 체스 판이 얼룩졌다.

마실 거라곤 물 한 방울 없었다.

한나의 생사를 왜 묻지 않았는지 나도 모른다. 한나가 테레진*으로 갔다고 할까 봐 두려웠는지도.

그녀의 지금 나이를 계산해 보았다.

그녀의 모습이 잘 떠오르지 않았다.

저녁 무렵, 노을이 물들기 직전 마침내 약속한 비행기가 나타났다. 경기용 비행기였는데, 한참 맴돌더니 낙하산을 이용해 물건을 투척하기 시작했다. 자루 세 개와 상자 두 개였는데, 300미터 반경에서 집어올 수 있었다. 사막에서 캔 맥주를 들고 있으니 우리는 구조된 셈이었다. 카르타 블랑카, 세르베사 멕시카나. 심지어 독일인 헤르베르트도 인정하지 않을 수 없는 좋은 맥주였다. 브래지어와 팬티만 입은 무리들. 다시 일몰이 시작되자 난 영상을 촬영했다.

한나 꿈을 꾸었다.

간호사 한나가 말을 타고 가는 꿈이었다!

셋째 날, 다행히 처음으로 헬리콥터가 와서 두 아이를 데리고 있는 아르헨티나 엄마를 급한 대로 실어 가고 우편물을 가져갔다. 헬리콥터는 한 시간 동안 우편물을 기다려 주었다.

헤르베르트는 뒤셀도르프로 가는 편지를 후다닥 썼다.

모두 앉아서 편지를 썼다.

부인은 없는지, 어머니나 아이는 없는지 애정 어린 사람들의 질문 공세를 피하기 위해서라도 대충 뭐라도 써야 했다. 난 에르메스베이비 소형 타자기(오늘날까지도 여기서 모래가 나온다)를 꺼내 와 윌리엄스에게 편지를 쓸 참으로 펀치가 난 종이를 끼우고 날짜를 찍고는 줄을 바꾸었다. 인사말 자리다.

"사랑하는……."

결국 난 마음을 바꿔 아이비에게 편지를 쓴 거다. 한번은 깨끗하게 마무리 지을 필요가 있다고 생각하던 참이었다. 마침 시간도 나고 여유도 생겼으니. 막막한 사막에서 찾은 여유.

"사랑하는 당신에게."

지금, 통행이 가능한 곳에서 100킬로미터 가까이 떨어진 곳 사막에 웅크리고 있노라고는 벌써 썼다. 덥다, 날씨는 좋다, 다친 데도 없다 등도 다 썼고, 거기에 더해 실감 나도록 몇 가지 디테일을 덧붙였다. 코카콜라 상자라든가 팬티 차림, 헬리콥터, 체스 동무를 사귀었다는 둥, 이 모든 걸 늘어놓아도 한 면을 채우지 못했다. 뭘 더 써야 하나? 멀리 파란 산맥이 보인다. 또 뭘 쓰지? 어제 맥주를 마셨다. 또 뭐가 있지? 필름을 보내 달라고 청할 수도 없는 노릇이었다. 다른 여자들처럼 아이비가 궁금해하는 건 내 감정 상태란 걸 난 안다. 나 자신은 아무것도 느끼지 않는데 말이다. 사실 내가 정확히 알고 있는 건, 사랑했던 한나와도 결혼하지 않았는데, 왜 아이비와 결혼해야 하는가이다. 하지만 상처를 주지 않고 그걸 말로 표현하려니 여간 어려운 일이 아니었다. 아이비는 한나에 대해 전혀 몰랐고, 사랑스러운 여인이긴 하지만 잠자리를 한 모든 남자와 결혼해야 한다고 믿는 그런 타입의 미국 여성이었으니 더욱 그랬다. 게다가 아이비는 결혼한 몸이었다. 몇 번째인지는 모르지만, 워싱턴에서 공무원으로 일하는 그녀의 남편은 이혼에 대해 꿈도 꾸지 않는 것 같았다. 그녀를 사랑하고 있었으니까. 아이비가 규칙적으로 뉴욕으로 오는 까닭을 그가 아는지 모르겠다. 그녀는 정신과 상담을 받으러 간다고 했고, 사실 그렇기도 했다. 어쨌든 내 집 문을 두드리는 자는 없었다. 평소 현대식 사고를 하는 아이비가 왜 그토록 결혼 생활에 의미를 두는지 이해가 안 갔다. 어차피 마지막에는 싸우기만 한 것 같은데 말이다. 그것도 사사건

건. 스튜드베이커*나 내시 따위로 싸우다니! 그런 생각만 했을 뿐인데, 갑자기 마치 자동으로 타이핑을 하듯 써 내려갔다. 좀 전과 반대로, 헬리콥터가 이륙할 때까지 편지를 끝내느라 시계를 봐야 할 정도였다.

벌써 엔진이 돌아가고 있었다.

스튜드베이커를 원한 건 내가 아니라 아이비였다. 특히 색상은 그녀의 취향이지 내 취향이 아니었다(그녀의 생각으로는 토마토색 빨강이었고, 내 생각으로는 나무딸기색 빨강이었다). 어차피 기술적인 건 그녀의 관심 밖이었다. 아이비는 마네킹이었다. 그녀는 차 색깔에 맞춰 옷을 고르는 것 같았다. 차 색깔은 립스틱 색깔을 따르고, 혹은 그 반대일지도 모른다. 내가 아는 거라곤 나에 대한 그녀의 끊임없는 비난들이다. 취향이 없다는 둥, 결혼할 생각이 없다는 둥. 이미 말했듯, 그녀는 그러면서도 사랑스러운 연인이었다. 하지만 내가 그녀의 스튜드베이커를 팔 생각을 하자 질색하면서, 나무딸기색 스튜드베이커에 맞춘 자기 옷장을 단 한 순간이라도 생각해 봤냐며, 그런 생각조차 하지 않는 게 내 전형적인 행태란다. 내가 이기적인 인간이라서, 조야한 취향에 야만인이라서, 여자에게 몰인정한 인간이라서 그렇다는 거다. 그녀의 잔소리라면 귀에 못이 박이도록 들어서 정말이지 지긋지긋했다. 난 기본적으로 비혼주의자라고 충분히, 자주 말해 주거나 최소한 알아채도록 했음에도, 결국 아이비는 우리가 이 슈퍼컨스텔레이션을 세 시간 동안 기다려야 했던 공항에서 또다시 그 얘기를 꺼냈다. 심지어 내가 하는 말을 들으며 울기까지 했다. 하지만 아이비에게는 보다 확실한 게 필요할 것 같았다. 이 비상 착륙 때 화재로 내가 타 죽었더라도 그녀는 나 없이 살 수 있을 것 아닌가! 우리의 재회를 다시는 기대하지 못하도록 나는 (다행히도 먹지를 대고서) 충분히 알아듣게 썼다.

헬리콥터가 이륙 준비를 마쳤다.

편지를 다시 읽어 볼 틈도 없이 봉투에 넣어 붙인 뒤 주고는 헬리콥터가 이륙하는 모습을 지켜보았다.

수염이 점점 자랐다.

전기가 없는 게 너무나 아쉬웠다.

게다가 슬슬 지루해지기 시작했다. 사실 마흔두 명의 승객과 다섯 명의 승무원이 사막에서 오랫동안 구조되지 않은 채로 있다는 건 엄청난 사건이었다. 우리 대부분은 급한 용무로 여행하고 있지 않은가 말이다.

한번은 문득 물었다.

"아직 살아 있어요?"

"누가요?" 그가 물었다.

"한나요, 형수 말이에요."

"아, 네." 신속하게 졸을 죽이고 시작한 나의 공격을 어떻게 막아야 할지 골몰한 채 그가 휘파람 소리를 내며 말했다. 그러잖아도 내 신경을 긁는 휘파람 소리가 멜로디 없이 저음으로 마치 배출구에서 쉬 하고 바람 빠지는 소리처럼 무의미하게 들렸다. 다시 묻지 않을 수 없었다.

"지금은 어디 살아요?"

"저도 몰라요."

"살아 있긴 해요?"

"그렇게 추정하고 있지요."

"그걸 모른다고요?"

"네, 몰라요. 그렇게 추정하고 있어요." 메아리라도 된 양 똑같은 말만 반복했다. "그렇게 추정한다고요."

그에게는 체스가 더 중요했다.

"수가 없네요." 잠시 후 그가 말했다. "수가 없어요."

체스를 말하는 거였다.

"망명은 갈 수 있었던 거요?"

"네, 그러니까 그때가……."

"언제요?"

"1938년에요. 막바지에."

"어디로요?"

"파리로요. 몇 년 후 우리도 파리에 가 있었으니, 아마도 그 후엔 다른 곳으로 갔을 거예요. 그때가 제 인생의 황금기였죠! 코카서스로 가기 전이었어요. 파리의 지붕 아래!"

더 꼬치꼬치 물을 수도 없는 노릇이었다.

"흠, 한 수 물리지 않으면 이거 당최 수가 없는 것 같은데요." 그가 말했다.

체스가 점점 재미없어졌다.

나중에 들은 바로는, 그 당시 여덟 대의 미군 헬리콥터가 우리를 데려가기 위해 멕시코 국경에서 당국의 허가를 기다리고 있었다.

난 에르메스베이비 타자기를 닦았다.

헤르베르트는 책을 읽었다.

할 수 있는 거라곤 마냥 기다리는 일뿐이었다.

한나와의 사연은 이렇다.

한나와는 하려고 해도 결혼할 처지가 못 되었다. 그 당시, 1933년에서 1935년 사이에 난 스위스의 취리히 연방공과대학의 조교로 일하며 (소위 말하는 맥스웰의 도깨비의 의미에 관해) 박사 논문을 쓰고 있었고, 한 달에 300프랑켄을 벌었다. 다른 건 차치하고 경제적인 문제로라도, 그 당시 결혼을 고려할 수 있는 상황이 전혀 아니었다. 결혼 이야기를 하지 않은 것에 대해 한나도 뭐라고 한 적이 없었다. 게다가 난 마음의 준비가 되어 있었다. 그 당시 결혼하려고 하지 않은 건 기본적으로 한나 자신이었다.

출장 일정을 바꾸고 단순히 젊었을 적 친구를 다시 만나기 위해 개인적인 일로 과테말라를 경유하겠다는 결정은 멕시코시티의 신공항에서, 그것도 마지막 순간에 내려졌다. 난 이미 출구에 서 있었고, 다시 한번 악수를 하며 요아힘이 애당초 나를 기억이라도 한다면 형에게 인사를 전해 달라고 헤르베르트에게 부탁했다. 그러는 동안 다시 익숙한 안내 방송이 나왔다. "알립니다, 알립니다." 또 슈퍼컨스텔레이션 비행기였다. "파나마, 카라카스, 페르남부쿠로 가시는 승객 여러분께서는 모두⋯⋯." 다시 비행기에 오르고 안전벨트를 할 생각만 해도 지긋지긋했다.

"아이고, 가셔야겠네요!" 헤르베르트가 말했다.

직업에 관한 한 난 지극히 성실하다 못해 지나칠 정도로 꼼꼼한 축에 들었다. 어쨌거나 순전히 기분에 따라 출장을 변경하는 건 말할 것도 없고, 망설이는 일조차 아직 없었다. 한 시간 후 난 헤르베르트와 함께 비행하고 있었다.

"너무 한가하신 거 아니에요!" 그가 말했다.

정말이지 어쩌다 그렇게 된 건지 나도 모르겠다.

"이제 터빈이 날 한 번 기다리라지요." 내가 말했다. "맨날 나만 터빈을 기다렸는데, 이제 그것들이 날 기다리는 거죠."

물론 이건 말도 안 되는 소리였다.

캄페체에서부터 벌써 끈적끈적한 태양과 쩍쩍 달라붙는 공기가 만들어 낸 열기가 우리를 맞이했다. 태양의 열기에 부패한 진흙에서 악취가 진동했다. 얼굴에서 땀을 닦아 내면 몸에서 비린내가 나는 것 같았다. 난 아무 말도 하지 않았다. 결국엔 더 이상 땀도 닦지 않고 두 눈을 감고는 벽에다 머리를 기대고 두 발을 쭉 뻗은 자세로 입을 다문 채 숨만 쉬고 있었다. 뒤셀도르프의 여행 안내서에 따라 헤르베르트는 매주 화요일 확실하게 기차가 있다고 철석같이 믿고 있었다. 하지만 다섯 시간이나 기다리고 나서야 화요일이 아니라 월요일이라는 사실이 갑자기 드러났다.

난 일언반구도 하지 않았다.

적어도 호텔에서는 샤워도 할 수 있고 수건도 있었다. 수건에서는 이 지역에서 흔히 그렇듯 장뇌(樟腦) 냄새가 났다. 샤워를 하려고 하면 곰팡이 슨 커튼에서 손가락만 한 딱정벌레들이 떨어졌다. 난 그것들을 익사시켰지만 잠시 후면 다시 배수구에서 스멀스멀 기어 올라오는 바람에 결국 그것들을 발꿈치로 짓이기고 나서야 마침내 샤워를 할 수 있었다.

이 딱정벌레들이 꿈에 나왔다.

난 헤르베르트와 헤어져 다음 날 낮에 돌아가는 비행기를 타기로 결심했다. 하지만 동지애로 생각이 오락가락했다.

다시 위통이 느껴졌다.

난 실오라기 하나 걸치지 않고 누워 있었다.

밤새 악취가 진동했다.

헤르베르트도 벌거벗은 채 누워 있었다.

캄페체는 어쨌거나 도시이고 전기가 있는, 사람 사는 곳이어서 면도를 할 수 있었다. 전화기도 있었지만 전선마다 검은 대머리수리가 줄지어 앉아, 개가 굶어 죽든 당나귀가 뒈지든, 아니면 말이 도살되기를 기다리고 있었다. 그러다가 푸덕거리며 내려앉았다. 우리가 막 도착했을 때도 그놈들은 너덜너덜한 내장 덩어리를 이리저리 뜯고 있었다. 피가 줄줄 흐르는 창자를 부리에 물고 있는 시커먼 새 떼는 차가 와도 흩어지지 않았다. 그놈들은 썩은 시체를 슬쩍한 다음 날지 않고 종종걸음으로 어딘가로 끌고 갔다. 이 모든 게 시장 한가운데서 벌어졌다.

헤르베르트가 파인애플을 하나 샀다.

이미 말했듯, 난 멕시코시티로 돌아가기로 결심한 터였다. 절망적인 상태였다. 그런데 왜 그렇게 하지 않았는지는 나도 모르겠다.

갑자기 정오가 되었다.

우리는 야외, 방파제 위에 서 있었다. 그곳은 악취가 덜했지만 대신 그늘이 없어서 더 더웠다. 몸을 숙이고 파인애플을 먹어 과즙이 뚝뚝 떨어졌다. 단물로 끈적끈적해진 손가락을 씻으러 방파제 너머로 내려갔다. 미지근한 물은 마찬가지로 끈적거렸는데, 설탕물이 아니라 소금물처럼 끈적였다. 손가락에서는 해조와 엔진 오일과 조개 냄새가, 딱히 뭐라 정확하게 말할 수 없이 묘한 부패의 냄새가 진동해서 얼른 수건에다 닦았다. 그런데 갑자기 엔진 돌아가는 소음이 들렸다! 난 멍하게 일어섰다. 내가 타야 할 멕시코시티행 DC-4가 막 머리 위를 날아가 열려 있는 바다를 향해 선회하더니 말하자면 파란색 초산에 녹듯, 뜨거운 하늘 위에서 녹아 버렸던 거다.

난 아무 말도 하지 않았다.

그날이 어떻게 흘러갔는지 전혀 모른다.

좌우지간 그날은 지나갔다. 캄페체에서 팔렝케와 코아트사코알코스를 경유한 우리 기차는 기대 이상이었다. 디젤 기관차였는데, 네 개의 객차 안에는 에어컨 장치가 있었다. 덕분에 더위는 물론 이 말도 안 되는 여행의 의미도 잊을 수 있었다.

"요아힘이 날 알아보기나 할까요?"

기차는 이따금 밤에 텅 빈 구간에 서 있었다. 어찌 된 영문인지 알 수 없었다. 불빛도 한 점 없어, 멀리서 천둥 번개가 치면 정글을 지나고 있구나 하는 정도만 알 따름이었다. 어떤 곳은 늪이었는데, 거뭇거뭇한 나무 뭉치 뒤로 번개가 번쩍번쩍했다. 밤을 뚫고 기차는 빽빽 기적을 울렸다. 무슨 일인지 궁금했지만 창문을 열 수가 없었다. 그러다 다시 달리기 시작했다. 완전히 평편하고 직선 구간임에도 시속 30킬로미터로. 어쨌든 앞으로 가고 있으니 불만은 없었다.

문득 내가 물었다.

"그런데 그 두 사람은 왜 이혼했대요?"

"몰라요." 그가 말했다. "형수가 공산주의자가 되어서 그런 거 아닐까요?"

"그것 때문에요?"

그가 하품을 했다.

"잘 모르겠어요. 그냥 잘 안 되었어요. 한 번도 이유를 물어본 적이 없어요."

한번은, 기차가 다시 멈추었을 때 밖을 내다보려고 문으로 갔다. 바깥에는 우리가 잊고 있던 열기와, 축축한 어둠과 고요함이 있었다. 나는 발판 아래로 내려갔다. 번개를 동반한 고요함이 느껴졌다. 곧게 뻗은 선로 위에 물소 한 마리가 있을 뿐 아무것도 보이지 않았다. 기관차의 헤드라이트에 눈이 부셔 물소는 박제라도 된 듯 고집스럽게 서 있었다. 금방 이마와 목에서 다시 땀이 났다. 기적을 울리고 또 울렸다. 사방이 덤불뿐이었다.

얼마 후 물소는 (혹은 그 비슷한 것이) 느릿느릿 헤드라이트에서 벗어났고 덤불을 스치는 소리, 나뭇가지가 부서지는 소리, 그다음엔 철썩 하는 소리가 들렸다. 보이진 않지만 물에 철퍼덕 하는 소리도 났다.

기차는 계속해서 달렸다.

"그 친구들한테 애가 있었어요?" 내가 물었다.

"딸 하나요."

우리는 목덜미에다 잠바를 대고 맞은편 빈자리로 다리를 뻗은 채 잠을 청했다.

"형수를 아세요?"

"네." 내가 말했다. "왜요?"

그 직후 그는 잠이 들었다.

동틀 무렵 우린 여전히 덤불 속에 있었다. 막막한 정글의 지평선 위로 해가 얼굴을 내밀고 허연 왜가리 무리가, 기어가는 우리 기차 앞으로 떼 지어 날아올랐다. 끝없이 이어지는 덤불들. 도무지 가늠이 안 될 지경이었다. 가끔 인디언 오두막 몇 채가 고목 아래 웅크려 있고, 드문드문 야자수가 하나씩 보였다. 그 외에는 대부분 활엽수와 아카시아, 이름 없는 나무들이었다. 우거진 수풀에는 노아의 방주 이전에나 있었을 법한 양치류가 특히 많았다. 유황색 새들이 우글거리고, 불투명한 유리잔 뒤에서 해가 이글거리듯 다시 증기가 피어올랐다. 열기가 보일 정도였다.

난 꿈을 꾸었다. (한나 꿈은 아니었다!)

다시 텅 빈 구간에 멈춰 섰다. 팔렝케였다. 우리 외에는 내리는 이도 타는 이도 없는, 세상 어딘가에 있는 조그마한 간이역이었다. 선로 옆에 작은 헛간 같은 건물 하나와 신호만이 있을 뿐 황량했다. (내 기억이 맞다면) 선로도 달랑 하나였다. 우리는 팔렝케가 맞는지 세 번이나 물어봤다.

금방 다시 땀이 줄줄 흘러내렸다.

기차가 다시 출발하자 우리는 짐을 들고 마치 세상의 끝, 최소한 문명의 끝에 남겨진 듯 서 있었다. 뒤셀도르프 양반을 플랜테이션으로 곧장 데려가기 위해 마중 나오기로 한 지프는 당연히 흔적도 없었다.

"드디어 도착했군요!"

나는 웃었다.

어쨌거나 작은 길이 나 있었다. 30분이 지나 지친 기색이 역력할 때쯤 관목 더미에서 아이들이 나오더니 곧 마부가 와서 우리 짐을 받아 들었다. 그 사람은 물론 인디오였다. 지퍼가 달린 누런 서류 가방만큼은 내가 직접 들었다.

닷새 동안 팔렝케에 매달려 있었다.

우리는 늘 손 닿는 곳에 맥주 캔을 두고 해먹에 매달려 있었다. 땀 흘리기가 우리 삶의 목표라도 되는 양 땀을 흘리면서. 어떤 결정도 내릴 수 없었다. 사실 맥주 유카테카가 너무나 훌륭해서 아주 만족스러웠다. 고산지대의 맥주보다 더 나았다. 해먹에 매달린 우리는 다시 땀 흘리기 위해 맥주를 마시는 꼴이었다. 본래 우리 목적이 무엇이었는지도 잊을 지경이었다.

우리는 지프를 원했다!

계속해서 말하지 않으면 잊기 십상이었지만, 우리는 하루 종일 별로 말이 없었다. 참 묘한 상황이었다.

지프, 좋지, 그런데 어디서?

말을 하면 목만 말랐다.

우리가 묵었던 쪼끄만 호텔인 라크루아의 주인에게 랜드로버가 한 대 있었다. 팔렝케에서 유일한 차량임이 분명했다. 하지만 역에서 손님과 맥주를 실어 오느라 그 자신도 차가 필요했다. 인디언 유적지에서 뭘 발굴하려는 피라미드 애호가들이 그곳을 찾았다. 현재는 한 사람만 체류하고 있었다. 젊은 미국인이었는데, 말이 많은 친구였다. 하지만 다행히도 낮에는 늘 나가 있었다. 그 사람 말로, 우리도 한번 구경해야 한다는 그 폐허들에 파묻혀 살았다.

난 그럴 맘이 눈곱만치도 없었다!

걸음을 뗄 때마다 땀이 나 즉시 맥주로 땀을 대체해야 했다. 우리가 하는 일이라곤 맨발로 해먹에 누워 담배를 피우면서 꼼짝하지 않는 것, 유일하게 취할 수 있는 태도는 무감각한 상태로 있는 것뿐이었다. 심지어 국경 너머 플랜테이션이 몇 달 전부터 폐허가 되었다는 소문에도 우리는 아랑곳하지 않았다. 헤르베르트와 나는 서로 물끄러미 쳐다보며 맥주를 마셨다.

우리에게 남은 유일한 기회는 랜드로버였다.

랜드로버는 이 자그마한 호텔 앞에 며칠이고 서 있었다.

하지만 이미 언급했듯, 그 차는 주인한테 필요하지 않은가!

해가 지고 나서야 (해가 지는 법은 없고, 증기 속에서 지쳐 갈

뿐이지만) 약간 시원해져서 헛소리라도 할 수 있었다. 예컨대 독일 시가의 미래에 대해! 이렇게 여행하는 꼬락서니 자체가 헛웃음이 났다. 토착민들의 반란이라고! 난 한순간도 그걸 믿지 않았다. 그러기엔 이 인디오들이 너무 부드럽고 평화로우며 아이들 같았다. 저녁이면 그들은 허연 밀짚모자를 쓰고 땅바닥에 버섯처럼 웅크리고 앉아 밤새 옴짝달싹하지 않았다. 그들은 불빛 없이도 만족했고 조용했다. 그들에게는 햇빛과 달빛이면 충분했다. 여자들처럼 유약한 민족이었고, 낯설면서도 무해한 존재였다.

대체 뭘 믿느냐고 헤르베르트가 내게 물었다.

아무것도 안 믿지!

그럼 뭘 할 거냐고 그가 물었다.

샤워지.

난 아침저녁으로 샤워를 했다. 땀을 흘리면 병자처럼 보여, 나는 땀을 극도로 싫어한다(홍역을 제외하면 평생 아파 본 적이 없다). 내 생각에, 헤르베르트는 내가 아무것도 믿지 않는다는 데 동료로서 상처를 받은 것 같았지만, 뭘 믿기엔 너무 더웠다. 아니면 헤르베르트처럼 아무거나 믿으면 될 노릇이었다.

"자, 극장에나 가세!" 내가 말했다.

헤르베르트는 인디언 오두막밖에 없는 팔렝케에 극장이 있다고 진지하게 믿었고, 내가 웃자 화를 냈다.

비는 한 번도 내리지 않았다.

밤마다 치는 번개는 우리의 유일한 저녁 오락거리였다. 팔렝케에는 전기를 생산하는 디젤 엔진이 있지만, 저녁 아홉 시면 꺼져 사람들은 갑자기 정글의 어둠 속에 매달려 석영등 빛처럼 파란 번개를 보고 있었다. 그러다 빨간 개똥벌레가 보이고 나중에는 끈적끈적하게 달이 보였다. 너무 뿌예서 별은 보이지 않았다……. 그냥 너무 더워서 요아힘이 편지를 쓰지 않은 거야. 그 점은 나도 이해가 간다. 우리처럼 그도 하품이나 해 대면서 해먹에 매달려 있을 거다. 아니면 죽었거나. 그렇게 믿을 이유는 없었다. 국경을 넘어가 직접 보기 위해 지프를 손에 넣을 때까지 마냥 기다릴 수밖에.

헤르베르트가 나에게 버럭 소리쳤다.

"지프요? 근데 어디서요?"

잠시 후 그는 코를 골았다.

코 고는 소리 외에는, 디젤 엔진이 꺼지자마자 대개 정적이 감돌았다. 말 한 마리가 달빛 아래에서 풀을 뜯어 먹고 있었고, 같은 울타리 안에 있는 노루 한 마리는 조용했다. 저 멀리 검은 암퇘지 한 마리가 있었고, 번개를 무서워한 칠면조 수컷 한 마리가 울어 대자 그 소리에 놀란 거위들이 갑자기 같이 꽥꽥댔다. 그렇게 갑자기 경보가 울리더니 다시 조용해졌다. 평원 위로 번개가 치고 말이 풀 뜯어 먹는 소리만 밤새 부스럭거렸다.

나는 요아힘을 생각했다.

그런데 어떤 생각을?

그냥 잠이 오지 않았다.

우리의 유적지 광팬 친구만 말이 많았다. 잘 들어 보면 제법 흥미로운 얘기도 있었다. 톨텍족, 사포텍족, 아즈텍족*은 심지어 사원을 짓기도 했지만 바퀴를 알지는 못했다는 거다. 그 친구는 보스턴 출신 음악가였다. 단지 전류에 대해 일자무식이라는 이유로 자신들을 더 고상하고 더 심오한 존재라고 여기는 여느 예술가들처럼 그도 가끔 내 신경을 건드렸다.

결국 나도 잠이 들었다.

아침이면 매번 이상한 소음에 잠이 깼다. 공장에서 나는 소리 같기도 하고, 음악 소리 같기도 하고, 딱히 뭐라 설명할 수 없는 소음이었다. 큰 소리는 아니었지만 금속성으로 단조롭게 귀뚜라미처럼 날뛰는 소리였다. 기계 장치인 게 분명한데 정확히 뭔지는 알 수 없었다. 나중에 아침 식사를 하러 마을로 갈 때면 소리가 사라지고 특별히 눈에 띄는 것도 없었다. 하나뿐인 술집에 손님이라곤 우리뿐이었다. 우리는 항상 같은 걸 주문했다. 불같이 매웠지만 아마도 건강한 음식일 것 같은 멕시칸 스타일의 계란요리 우에보스 아 라 멕시카나*에 토르티야와 맥주를 곁들였다. 검은 머리를 땋아 올린 뚱뚱한 노부인인 인디언 주인은 우리를 연구자라고 생각했다. 그 여자 머리를 보면 깃털이 떠올랐다. 청록빛이 나는 검은색 깃털. 거기다 한 번씩 미소 지을 때면 상아색 이가 드러나고 검은 눈은 부드러웠다.

"주인장한테 한번 물어봐요." 헤르베르트가 말했다. "우리 형을 아는지, 마지막으로 본 게 언제인지."

알아낸 건 별로 없었다.

"자동차 한 대를 기억하고 있답니다." 내가 말했다. "그게 다예요." 아무것도 모르기는 앵무새도 마찬가지였다.

"히히, 감사합니다!"

나는 스페인어로 새랑 이야기했다.

"히히, 감사합니다, 히히!"

둘째 날인가 셋째 날인가, 평소처럼 아침 식사를 할 때였다. 마야의 아이들이 구걸하는 건 아니고, 그냥 우리 식탁 앞에 서서 때때로 미소를 지으며 뚫어져라 쳐다보았다. 헤르베르트는 닭장 같은 이 마을을 구석구석 잘 뒤져 보면 어딘가 지프 한 대쯤은 분명 있을 거라는 생각에 꽂혀 있었다. 오두막 뒤나 호박, 바나나, 옥수수 덤불 속 어딘가에 있을 거라는 거였다. 그러든 가 말든가 내버려 두었다. 다른 모든 일도 마찬가지지만 말도 안 되는 소리 같았다. 어차피 아무래도 상관없었다. 난 해먹에 매달렸고, 헤르베르트는 하루 종일 보이지 않았다.

심지어 영상을 찍고 싶은 마음도 들지 않을 정도로 만사가 귀찮았다.

그 맛 좋은 유카테카 맥주도 떨어졌다. 그걸 빼면 팔렝케에는 끔찍한 맛이 나는 럼뿐이었다. 코카콜라가 있긴 했지만 난 콜라라면 쳐다보기도 싫었다.

럼을 마시고 잠들었다.

어쨌든 몇 시간 동안 아무 생각도 하지 않았다.

어둑어둑할 때쯤 헤르베르트가 지쳐서 창백한 얼굴로 돌아왔다. 그는 우연히 시냇물을 발견해 목욕을 했다고 말했다. 또 구부러진 군도(그는 그렇게 주장했다)를 들고 옥수수밭으로 들어가는 두 남자도 만났다고 했다. 하얀 바지에 하얀 밀짚모자를 쓴, 마을의 남자들과 별다를 바 없는 인디오들이었지만 손에 군도를 들고 있었다는 거였다.

물론 지프에 대해선 일언반구도 없었다!

그는 겁을 먹은 것 같았다.

전기가 들어오는 한, 나는 면도를 했다. 헤르베르트는 다시 코카서스 이야기를 늘어놓았다. 러시아군에 관한 으스스한 이야기는 나도 이미 알고 있었다. 나중에 맥주가 떨어지자 우리는 영화관에 갔다. 팔렝케를 구석구석 꿰고 있는 우리의 유적지 광팬 친구가 안내했다. 실제로 영화관이 있긴 했는데, 골함석 지붕을 이은 헛간이었다. 예고편으로 해럴드 로이드가 나오는 1920년대풍 도둑 영화가 상영되었다. 영화 내용은 멕시코 상류층의 사랑놀음에 관한 거였다. 캐딜락과 브라우닝 총기가 등장하는 불륜에다 대리석과 야회복이 빠지지 않았다. 우리는 배꼽을 잡고 웃었는데, 반대로 네댓 명의 인디오는 꾸깃꾸깃한 스크린 앞에 미동도 없이 웅크리고 앉아 있었다. 커다란 밀짚모자를 쓰고 재미있다는 건지 재미없다는 건지 몽골인들은 좀처럼 속을 알 수가 없다……. 말했듯 보스턴의 음악가인 우리의 친구는 프랑스계 미국인이었다. 유카탄에 매료된 그는 우리가 유적에 아무런 관심을 보이지 않는 게 도무지 이해가 안 되는 듯했다. 우리에게 여기서 뭘 하는 거냐고 그가 물었다.

우리로선 어깨만 으쓱할 뿐이었다.

지프를 기다리고 있단 걸 말하라고 상대방에게 미루면서 헤르베르트와 나는 서로 쳐다보기만 했다. 그 친구가 우리를 어떻게 생각했을지.

럼주는 맥주와 달리 마시고 나서 땀이 나지 않는 장점이 있다. 대신 다음 날 다시 그 이상한 소음이 시작될 때쯤 머리가 아팠다. 피아노 소리 같기도 하고 기관총 소리 같기도 하고, 그러다가 노랫소리도 들렸다. 여섯 시에서 일곱 시 사이 매번 그런 소리가 들렸고, 매번 이 일을 캐 보리라 생각하지만 하루가 저물도록 잊어버리곤 했다.

여기서는 사람들이 죄다 잊는다.

한번은 멱을 감으려고 했지만, 헤르베르트는 그 전설적인 시냇물을 다시 찾지 못했다. 그러다가 우연히 유적지에 다다랐고, 작업 중인 우리의 예술가와 맞닥뜨렸다. 사원이라고 하는 바위는 타 죽을 듯한 열기로 뜨거워져 있었다. 그의 유일한 걱정거리는 땀방울이 종이 위에 떨어지지 않는 거였다! 우리가 방해되는지 그는 인사를 하는 둥 마는 둥 했다. 그는 석판 양각 위에 투사용지를 팽팽하게 펼치고는 몇 시간이고 검은 분필로 그 위를 베꼈다. 단지 탁본을 뜨기 위한 것이라니, 미친 짓이었다. 그는 이상형문자와 신들의 찌푸린 얼굴을 사진 찍으면 안 된다고, 찍으면 그들이 즉사한다고 철석같이 믿고 있었다. 멋대로 하라지.

나는 예술사가가 아니다.

순전히 심심풀이로 피라미드를 올라갔다 온 뒤 (계단이 상당히 가파르다. 폭과 높이가 뒤바뀐 형국이어서 숨이 찰 지경이다) 열기로 인해 어지러워 소위 궁궐터라고 하는 곳의 그늘로 가서 누워 버렸다. 사지를 쭉 뻗고 숨을 몰아쉬었다.

축축한 공기.

끈적끈적한 태양.

내일까지 지프를 구하지 못하면, 혼자서라도 돌아가기로 결심했다……. 그 어느 때보다 무더웠다. 이끼가 끼고 곰팡이가 피고, 길고 푸른 꼬리를 가진 새들이 윙윙거렸다. 누군가 사원에다 실례를 했는지 파리까지 꼬였다. 잠을 청해 봤지만 동물원에 있는 것처럼 윙윙거리고 소란스러웠다. 대체 누가 그런 소리를 내는지, 휘파람 소리와 새된 소리, 지저귀는 소리가 들렸다. 원숭이, 아니면 새, 고양이과 동물일지도 모른다. 짝짓기를 하느라고, 아니면 죽음에 대한 공포 때문인지도.

위가 꿈틀거리는 게 느껴졌다. (담배를 너무 많이 피웠다!)

"11세기인가 13세기인가 여기에 큰 도시가 있었다고 해요. 마야 도시." 헤르베르트가 말했다.

그게 무슨 상관이람!

아직도 독일 시가의 미래에 대해 믿고 있느냐는 내 질문에는 코대답도 않고 그는 마야의 종교와 예술, 그 비슷한 것들에 대해 늘어놓더니 이내 코를 골았다.

그가 코를 골도록 내버려 두었다.

나는 신발을 벗었다. 뱀들이 오갔지만 시원한 공기가 필요했다. 더위로 인해 가슴이 요동쳤다. 아무도 해독할 수 없는 상형문자를 집으로 가져가려고 자기 휴가를 포기하면서까지, 또 모아 둔 돈을 몽땅 날려 가며 이 쨍한 태양 아래에서 작업을 하다니, 우리의 탁본 예술가에게 경탄해 마지않을 수 없었다.

참 이해할 수 없는 사람도 많다!

이 마야 족속만 봐도, 바퀴는 모르면서 피라미드를 만들고, 전부 이끼 끼고 습기로 부스러지는 원시림에다 사원을 짓다니, 대체 왜?

솔직히 나 자신도 이해할 수 없었다.

일주일 전에는 카라카스에 있었고, 오늘은 (늦어도) 다시 뉴욕에 도착했어야 했다. 그런데 한때 내 여자 친구였던 여자와 결혼한 젊은 시절 친구를 만나 안부 인사를 나누기 위해 여기 처박혀 있다니.

대체 왜!

우리는 매일 유적지 광팬 예술가 선생을 여기 데려다주고 저녁 무렵 돌돌 만 탁본과 함께 데려가기 위해 오는 랜드로버를 기다렸다…… 헤르베르트를 깨워 다음 기차로 돌아가겠다고 말하리라 결심했다.

새들이 윙윙거렸다.

비행기라곤 하나도 안 보이고!

이 희뿌연 하늘을 보고 싶지 않아 머리를 옆으로 돌리면 그때마다 바닷가에 와 있다는 생각이 들었다. 우리의 피라미드는 섬이나 배이고, 사방은 바다였다. 거기에는 덤불말곤 아무것도 없었다. 끝없이, 회녹색으로 대양처럼 평편하게 펼쳐진 덤불뿐!

오후에는 저 너머로 연보랏빛 보름달이 보였다.

헤르베르트는 여전히 코를 골았다.

바퀴도 모르고 도르래도 모르면서 그들이 이 네모난 돌을 여기로 가져왔다는 게 놀랍다. 아치 모양도 없었는데! 실용적인 것을 좋아하는 나로서는 어차피 맘에 들지 않는 장식들은 차치하고라도 이 유적지가 지극히 원시적이라고 생각되었다. 기술은 없고 대신 신을 가졌다는 이유로 마야를 사랑하는 우리의 유적지 광팬 친구와는 반대다. 그는 52년마다 새로운 시대를 연다는 데 열광한다. 말하자면 기존의 그릇들을 죄다 부수고 모든 아궁이를 없애 버리고는 사원에서 채화한 불을 온 나라로 가져가 새로운 토기를 굽는다. 불쑥 생겨난 한 민족이 자신들의 도시를 (파괴하지 않고) 떠나 단순히 종교적인 이유로 이동하다 결국 100킬로미터나 150킬로미터 너머 별다를 것도 없는 정글 속 어딘가에 완전히 새로운 사원 도시를 건립한다. 그는 이게 경제적이지 않을지는 모르지만 의미 있다고, 바로 천재적이고 심오(심원)하다고 생각한다, 그것도 진지하게.

때때로 불쑥불쑥 한나 생각이 났다.

깨우자 헤르베르트가 벌떡 일어났다. 무슨 일이냐고? 아무 일도 없단 걸 확인하자 그는 다시 코를 골기 시작했다. 단지 무료하지 않으려고 말이다.

엔진 소리는 낌새도 없었다.

마야 시대처럼 갑자기 엔진이 없어진다면 어떨지 상상해 보았다. 뭐라도 생각해야 하지 않나. 이 네모난 돌들을 가져온 걸로 말하자면 순진한 경탄이라는 생각이 들었다. 그들은 단순히 경사로를 만든 다음 바보같이 인력을 소모하면서 네모난 돌을 끌었던 건데, 바로 그 점이 원시적이라는 거다. 한편 그들에겐 천문학도 있다! 유적지 광팬 친구에 따르면 그들의 달력은 양력으로 계산해 365.2422일 대신 365.2420일을 사용했다. 그런데도 그들은, 모두가 인정해 마지않는 수학으로 기술을 발전시키지 못하고 결국 몰락의 길을 걸었다.

드디어 랜드로버를 손에 넣었다!

우리가 저 너머 과테말라로 가야 한다는 말을 유적지 광팬 친구가 들었을 때 기적이 일어났다. 그는 열광했다. 즉시 자기 수첩을 가져와서 남은 휴가 일수를 세더니, 과테말라에는 마야 유적이 넘쳐나는데 어떤 곳은 거의 발굴되지 않았다고 말했다. 우리가 자기를 데려가 주면, 라크루아 호텔 주인과의 우정에 힘입어, 우리가 구하지 못한 랜드로버를 구하기 위해 모든 수단을 강구하겠다고 했고, 실제로 그렇게 했다.

(가격은 하루에 100페소.)

우리가 짐을 꾸린 것은 일요일, 끈적끈적한 달이 뜬 더운 밤이었다. 매일 아침 나를 깨웠던 그 이상한 소리는 음악임이 밝혀졌다. 고대 악기 마림바의 짤랑거리는 소리였는데, 음정 없는 두드림으로, 금방이라도 발작을 일으킬 것 같은 끔찍한 음악이었다. 보름달과 관련된 어떤 축제 날의 춤판을 위해 그들은 밭으로 일하러 가기 전에 매일 아침 연습을 했던 거다. 다섯 명의 인디오가 탁자처럼 긴, 일종의 나무로 된 실로폰 악기를 작은 망치로 미친 듯이 두드려 댔다. 난 정글에서 고장 날 것에 대비해 엔진을 정비했다. 우리의 랜드로버 아래 누워 있으니, 춤 따위를 구경할 시간이 없었다. 여자아이들이 줄지어 광장에 둘러 앉았는데, 대부분 갈색 가슴에 젖먹이를 안고 있었다. 춤꾼들은 땀을 흘리고 야자수 우유를 마셨다. 밤이 깊어지자 사람들이 더 많아져 마을 사람 모두가 모인 것처럼 보였다. 여자아이들은 달의 축제를 위해 평소 입던 옷이 아니라 미국 기성복을 입고 있었다. 우리의 예술가 마르셀은 이 광경에 몇 시간째 흥분해 있었다. 물론 내 근심은 다른 데 있었다! 우린 무기도, 나침반도, 아무것도 없었다. 민속 음악 따윈 내 관심사가 아니었다. 난 랜드로버에 짐을 실었다. 누군가는 해야 할 일이었고, 앞으로 나아가기 위해 난 기꺼이 그 일을 맡았다.

한나는 독일을 떠나야만 했다. 그 당시 그녀는 뷜플린 교수 밑에서 예술사를 전공하고 있었다. 예술사는 나와 거리가 먼 학문이었지만, 우리는 결혼 생각 없이도 금방 얘기가 통했다. 한나도 결혼 생각은 없었다. 우리 부모님은 차치하고라도 우리는 이미 말했듯이, 너무 젊은 나이였다. 부모님은 한나를 아주 좋은 아이라고 여겼지만 내가 유대인 피가 흐르는 여성과 결혼할 경우 내 경력을 걱정했고, 그건 나를 화나다 못해 분노하게 만들었다. 난 한나와 결혼할 마음의 준비가 되어 있었다. 당시 분위기로 난 어떤 의무감을 느끼고 있었다. 뮌헨대학 교수였던 그녀의 아버지는 그 당시 보호감호 상태였다. 때는 바야흐로 소위 말하는 흉흉한 소문이 난무하던 시절이었다. 당연히 위험에 처한 한나를 그냥 내버려 둘 수는 없었다. 우리가 정말로 서로 사랑했다는 사실을 접어 두더라도 난 비겁한 인간은 아니었다. 난 뉘른베르크 전당 대회가 있던 그날을 정확히 기억하고 있다. 우리는 독일 인종법이 공표되는 라디오 앞에 앉아 있었다. 기본적으로 그 당시 결혼을 하지 않으려고 한 건 한나였다. 난 결혼할 준비가 되어 있었다. 14일 이내 스위스를 떠나야만 한다는 말을 한나에게 들었을 때 난 툰에서 장교로 근무 중이었다. 즉시 취리히로 가서 한나와 함께 경찰청 외사과로 갔고, 거기서 내 제복이 상황을 바꿀 수는 없었지만 어쨌든 우리는 고위 간부와 면담을 할 수 있었다. 한나가 내민 서류를 그가 살펴보고 직원을 시켜 관련 문서를 가져오게 한 광경, 한나가 앉고 나는 서 있었던 모습을 지금도 기억한다. 그런 다음 이 숙녀가 내 신부냐는 선의의 질문과 우리의 당혹감. 스위스는 작은 나라이고, 수많은 난민을 다 받아들일 자리가 없으며, 망명자의 보호권이라는 게 있지만 한나는 해외로 이주할 시간이 충분하단 걸 우리는 이해해야 했다. 그러다가 마침내 문서가 왔는데, 살펴보니 한나 것이 아니라 이미 해외로 이민 간 동명의 이민자 거였다. 양쪽 다 얼마나 안도했는지! 한나가 백지장처럼 창백한 얼굴로 창구에 다시 불려갔을 때 난 대기실에서 장교 장갑과 장교 모자를 쥐고 있었다. 그녀는 사람들이 실수로 그녀 주소로 잘못 보낸 편지에 대한 우편료 20라펜*을 지불해야 했다. 그 일로 그녀가 얼마나 불같이 화를 냈던지! 나한테는 그게 웃기는 일이었다. 아쉽지만 난 그날 저녁 내 신병들이 있는 툰으로 돌아가야 했다. 돌아가면서, 한나에게 체류 허가가 나오지 않으면 그녀와 결혼하기로 마음먹었다. (내 기억이 맞다면) 그 직후 그녀의 늙은 아버지는 보호감호 상태에서 돌아가셨다. 말했듯이 난 마음을 정하고 있었으나 그렇게 되지는 않았다. 그 이유는 나도 모른다. 한나는 항상 무척 예민하고 비약적이며, 예측하기 힘든 기질의 사람이었다. 요아힘 말로는 조울증 기질이 있었다. 한나가 독일 사람이라면 별로 얽히고 싶어 하지 않은 터라, 요아힘은 그녀를 한두 번 정도만 봤다. 내 친구 요아힘은 나치가 아니라고 그녀에게 몇 번 다짐했지만 소용없었다. 그녀의 불신을 이해 못하는 건 아니었지만, 우리의 관심사가 항상 일치하지 않은 것은 차치하고, 그녀는 내게 수월한 사람이 아니었다. 나는 그녀를 몽상가, 예술의 요정이라 불렀다. 대신에 그녀는 나를 호모 파버라고 불렀다. 때때로 우리는 정식으로 말다툼을 벌였다. 예컨대 그녀가 늘 또 간청해서 간 극장에서 돌아오면 잘 싸웠다. 한나는 한편 공산주의적인 경향을 보였는데, 이 점이 나는 견디기힘들었다. 다른 한편으로 히스테리라는 말을 피하자면 신비주의적인 경향이 있었다. 나로 말하자면 두 발을 땅에 디디고 서있는 그런 타입의 인간이다. 그럼에도 불구하고 우리는 함께 무척 행복했던 것 같은데, 그 당시 왜 결혼에 이르지 못했는지 정말 모르겠다. 그냥 일이 그렇게 되었다. 우리 아버지와 달리 난 반(反)유대주의자는 아니었다고 생각한다. 서른 살 미만의 대부분 남자처럼 난 아버지가 되기에 너무 어리고 미숙했다. 이미 말했듯 난 박사 논문을 쓰는 중이었고 부모님과 함께 살고 있었는데, 이 점을 한나는 전혀 이해하지 못했다. 우리는 항상 그녀의 하숙방에서 만났다. 그러던 차에 에셔 비스사로부터 일자리 제안을 받았다. 젊은 기술자에게는 더없이 좋은 기회였다. 그때 내 걱정거리는 바그다드의 기후가 아니라 취리히에 있는 한나였다. 그 당시 그녀는 임신 중이었다. 임신했다는 말을 하필이면 에셔 비스사 첫 면접 날 들었다. 나로서는 가능하면 빨리 바그다드의 자리를 수락하기로 결심한 터였다. 내가 사색이 되어 경악했다는 그녀의 주장에 대해 나는 오늘날까지도 반박한다. 난 단지 "확실해?" 하고 물었을 뿐이다. 어쨌거나 객관적이고 이성적인 질문이었다. 내가 "병원에 가 봤어?"라고 물었다는 그녀의 단호함에 난 기만당한 기분이 들었다. 그 질문도 객관적이고 정당하긴 마찬가지였다. 그녀는 병원에 가지 않고도 자신이 잘 안다는 거였다! 나는 2주 정도 기다려 보자고 말했다. 백 퍼센트 확실하다며 그녀가 웃었고, 난 한나가 안 지 한참 되었지만 말하지 않은 거라고 짐작하지 않을 수 없었다. 그 점에서도 난 기만당한 기분이었다. 그녀의 손에 내 손을 얹었다. 그 순간 별다른 생각이 떠오르지 않았다. 그건 사실이다. 난 커피를 마시고 담배를 피웠다. 그녀의 실망이란! 물론 아버지가 된 기쁨에 덩실덩실 춤을 추지는 않았다. 그건 사실이다. 그러기엔 정치적 상황이 엄혹했다. "진찰받을 의사는 있어?" 하고 나는 물었다. 당연히, 한번 진료를 받아 보자고 그냥 한 말이었다. 한나는 고개를 끄덕였다. "그건 문제가 아니야, 어떻게 될 거야!" 그녀가 말했다. "그게 무슨 말이야?" 내가 물었다. 나중에 한나는 그녀가 아이를 원하지 않는다는 데 내가 안도했다고, 심지어 기뻐했다고, 그래서 그녀가 울 때 내가 팔을 그녀의 어깨에 둘렀다고 주장했다. 그 문제에 대해 더 이상 말하고 싶어 하지 않은 쪽은 그녀였고, 그런 터라 난 에셔 비스사며 바그다드 일자리, 기술자로서의 직업적 전망에 대해 얘기했다. 그것들이 결코 아이에 반하는 것은 아니었다. 심지어 바그다드에서 얼마나 벌게 될지도 말했다. "네가 네 아이를 원하면 우리는 물론 결혼해야지"라는 말은 말 그대로였다. 나중에 그녀는 내가 결혼해야 한다고 말했다며 날 비난하지 않았나! "나랑 결혼할래, 안 할래?" 난 솔직히 까놓고 물었다. 그녀는 고개를 저었고, 난 어찌할 바를 몰랐다. 나는 요아힘과 체스를 두면서 많은 이야기를 나눴다. 요아힘은 의학적인 것에 대해 자문해 주었는데, 주지하다시피 그건 별문제가 아니다. 법적인 문제에 대해서도 이야기했지만, 필요한 추천서를 받기만 하면 이것 역시 주지하다시피 별문제가 없다. 애당초 이래라저래라 할 입장이 못 되었던 요아힘은 체스 판에 눈을 고정한 채 파이프를 채웠다. 국가시험을 앞둔 의학도였던 그는 그녀와 내가 도움이 필요할 경우 도와주기로 약속했다. 그가 호들갑을 떨지 않아서 고맙고 조금 당황스럽긴 했지만 기뻤다. 그는 "네 차례야"라고 무심하게 말했다. 나는 아무런 문제 없다고 한나에게 알렸다. 불현듯 헤어지자고 한 건 한나였다. 짐을 싸고는 갑자기 뮌헨으로 돌아가겠다고 정신 나간 소리를 하는 게 아닌가. 난 정신 차리라며 그녀를 가로막았다. 그녀가 유일하게 한 말은 "끝이야!"였다. 내가 우리 아이라고 말하는 대신 네 아이라고 말했던 것이다. 그 말은 한나가 날 용서할 수 없게 만들었다.

팔렝케에서 플랜테이션까지는 비행 거리로 계산할 때 100킬로미터가 될까 말까 했다. 그러니까 길 비슷한 게 나 있으면 차로 150킬로미터 정도 되었다. 그건 별거 아닐 테지만 물론 사정이 그렇지는 않았다. 우리가 가는 방향으로 나 있는 유일한 길은 이미 폐허가 되어 습지대와 양치류들 속에서 홀연히 사라져 버렸다.

어쨌든 우리는 앞으로 나아갔다.

첫날은 60킬로미터.

우리는 서로 교대하며 운전대를 잡았다.

둘째 날은 30킬로미터.

무작정 하늘이 보이는 방향으로 차를 몰았더니 지그재그 모양이었다. 통과할 수 있는 곳은 덤불뿐이었다. 그런데 멀리서 보는 것처럼 그렇게 틈 없이 빽빽한 것은 아니었다. 가다 보면 어디나 빈터가 있고 심지어 가축 떼를 만난 적도 있지만 양치기는 보이지 않았다. 다행히 큰 늪지대는 없었다.

번개가 쳤다.

비는 한 번도 내리지 않았다.

기름통이 덜커덩거리는 게 자꾸 신경 쓰였다. 자주 멈춰 그것들을 단단히 묶었지만 뿌리와 썩은 나무줄기 위로 30분 정도 달리면 다시 덜커덩거렸다.

마르셀이 휘파람을 불었다.

그는 뒷자리에 앉아 이리저리 마구 흔들렸지만 소년처럼 휘파람을 불며 수학여행이라도 가는 양 즐거워했다. 몇 시간이고 그는 프랑스 동요를 불러 댔다.

"옛날 옛적 배 한 척이⋯⋯."

헤르베르트는 오히려 말수가 줄었다.

요아힘 얘기는 별로 하지 않았다.

헤르베르트는 검은 대머리수리를 유독 싫어했다. 그놈들은 우리가 살아 있는 한 우리에게 아무 짓도 하지 않는다. 다만 썩은 고기를 먹는 맹금에게 기대할 수 있는 바로 그런 악취만 풍길 뿐. 이 추악한 놈들은 항상 떼 지어 몰려다닌다. 잘 흩어지지도 않아, 일단 작업 중이면 아무리 경적을 울려 봐야 소용없다. 날개만 퍼덕이고 썩은 짐승의 고기 주변을 총총 뛰어다닐 뿐 절대 포기하는 법이 없다⋯⋯. 한번은 헤르베르트가 운전대를 잡았는데 제대로 열 받아 갑자기 가속 페달을 밟고 검은 무리 가운데로 돌진해 버려 검은 털들이 휘몰아쳤다!

나중에 보니 바퀴에도 검은 털이 묻어날 정도였다.

결국 그 냄새에 적응할 때까지 몇 시간이고 들척지근한 악취가 가시지 않았다. 그것들이 바퀴 홈에 들러붙어 할 수 없이 홈 하나하나 손으로 떼어 낼 수밖에 없었다. 다행히 우리에겐 럼주가 있었다! 럼주가 없었다면 아마도 우리는, 적어도 셋째 날에 돌아갔을 거다. 두려워서가 아니라, 이성적으로 판단해서.

우리 위치를 알 수가 없었다.

위도 18도 어디쯤 될까⋯⋯.

마르셀은 "옛날 옛적 배 한 척이……" 노래를 하거나 아니면 밤늦게까지 다시 장광설을 늘어놓았다. 코르테스와 몬테수마가 어떻고 (역사적인 사실이니 거기까진 참을 만했다), 백인의 멸망이 어떻고 (반박하기엔 너무 덥고 습했다) 말이 많았다. 결국 몰락하게 될 서양 기술자의 헛된 승리며 (화약을 가졌다고 코르테스를 기술자라고 하다니!) 인디언의 영혼이 어쩌고저쩌고. 수소폭탄이 떨어진 후 고대 신의 회귀는 거부할 수 없는 사실이 되었다고 일장연설을 하더니, 페니실린 덕분에 (말 그대로!) 죽음의 절멸 시대가 왔다는 둥, 지상의 모든 문명 지역으로부터 영혼이 사라졌다는 둥, 마키*의 영혼이 어떻다는 둥 지껄여 댔다. 자기가 아는 '마키'란 말이 나오자 헤르베르트가 번쩍 정신이 들어 "뭐라는 거예요?" 하고 물었다. "예술가의 허튼소리지요!" 하고 내가 말했다. 우리는 그가 미래가 없는 아메리카, '미국식 라이프 스타일' 이론을 늘어놓든가 말든가 내버려 두었다. 요는 미국이 삶을 미화하려고 한다는 건데, 삶이란 미화될 수 없다는 거였다.

난 잠을 청해 보았다.

마르셀이 내 일에 대해, 내지는 유네스코에 대해 아는 척할 때는 정말이지 인내심이 한계에 다다랐다. 기술자는 백인 선교사의 마지막 버전이고, 산업화는 죽어 가는 종족에 대한 마지막 복음이며, 삶의 표준화는 삶의 의미에 대한 대체물이라는 거다.

혹시 공산주의자인지 내가 물었다.

마르셀은 아니라고 대답했다.

셋째 날, 길이 난 자취라곤 없이 다시 덤불 숲을 가로질러 무작정 과테말라 방향으로 차를 몰았을 때, 난 이 상황을 더 이상 견디기 힘들었다.

난 돌아가자고 제안했다.

"이게 대체 말이 되는 일이에요?" 내가 말했다. "가솔린이 떨어질 때까지 그냥 운에 맡기고 무작정 가는 게?"

헤르베르트가 지도를 꺼내 왔다.

웅덩이마다 우글거리는 도롱뇽이 내 신경을 긁었다. 하루살이 물웅덩이마다 도롱뇽이 득시글거렸다. 어딜 가나 이놈의 번식이라니. 비옥함의 악취가, 만개한 부패의 냄새가 났다.

침만 뱉어도 싹이 나지 않겠나 원!

나야 알고 있었지만 50만 분의 1 척도 지도라는 건 돋보기를 대고 봐도 하얀 종이 외에는 도무지 알아볼 수 있는 게 없었다. 파란색 지류가 하나 나 있고 일직선으로 국경이 표시되어 있을 뿐, 새하얀 빈 종이에는 위도선만 그려져 있었다! 나는 돌아가자고 했다. 겁이 난 건 아니지만 (겁낼 게 뭐 있겠는가!) 모든 게 부질없는 짓 같았다. 오직 헤르베르트 때문에 우리는 앞으로 계속 나아갔다, 불행히도. 왜냐하면 그 직후 정말로 우리는 강가 내지는 도랑에 다다랐기 때문이다. 그건 다름 아닌, 멕시코와 과테말라 사이를 경계 짓는 우수마신타강이었다. 어떤 곳은 말라 있고 어떤 곳은 물이 거의 흐르지 않는 것처럼 보였지만, 그렇다고 손쉽게 건널 정도의 강물은 아니었다. 하지만 다리 없이도 건널 수 있는 곳이 분명 있을 터였다. 난 수영을 하고 싶었지만, 부득부득 고집을 꺾지 않고 강가를 따라 운전한 헤르베르트가 마침내 건널 수 있는 지점을 찾아냈다. 그곳은 (나중에 밝혀진 일이지만) 요아힘이 건넜던 곳이었다.

나는 수영을 했다.

마르셀도 같이 수영을 했다. 우리는 혹시 뭐가 들어갈까 봐 입을 다문 채 등을 대고 물에 누웠다. 희뿌옇고 뜨뜻미지근한 물에서는 악취가 풍겼고 움직이기만 하면 거품이 일었지만, 어쨌든 물은 물이었다. 수많은 잠자리 떼와 자꾸 재촉하는 헤르베르트가 성가시고, 뱀이 있을지도 모른다는 생각에 썩 마음이 편하진 않았다.

헤르베르트는 뭍에 남아 있었다.

우리의 랜드로버는 미끌미끌한 이회토(혹은 그 비슷한 것)에 차축까지 박혀 있었고 헤르베르트가 연료를 채웠다.

나비 떼가 윙윙거렸다.

녹슨 양철통이 물에 처박혀 있는 걸 보니 요아힘도 (그가 아니면 누구겠는가?) 언젠가 한 번 이곳에서 주유했었다는 추론이 가능했지만, 난 아무 말 하지 않고 계속 수영을 했다. 그러는 동안 헤르베르트는 랜드로버를 미끌미끌한 이회토에서 끄집어내느라 애먹었다…….

나는 돌아가자고 했다.

갑자기 이 모든 게 구역질 났지만 난 물속에 그냥 있었다. 벌레들, 갈색 물에서 이는 수포들, 나른하게 내리쬐는 햇살. 등을 대고 물속에 누워 올려다보면 하늘은 푸성귀로 뒤덮여 있었다. 몇 미터짜리 이파리들이 축축 늘어져 꼼짝하지 않고, 그 사이로 아카시아나무가 얼기설기 얽히고 기근 식물이 늘어져 있었다. 미동도 없었고 가끔 강 위를 나는 붉은 새가 있을 뿐 창백한 하늘 아래 죽은 듯 (헤르베르트가 차를 빼내느라 가속 페달을 밟지만 않는다면) 모든 게 고요했다. 태양은 탈지면에 젖은 듯 끈적끈적하고 뜨거웠으며, 희뿌연 가운데 원 모양의 무지개가 떠올랐다.

나는 돌아가자고 했다.

"이건 정말 멍청한 짓이에요. 이 빌어먹을 플랜테이션을 우리는 결국 찾지 못할 거요." 내가 말했다.

나는 다수결로 결정하자고 했다.

휴가가 끝나 가는 것을 알게 된 마르셀도 돌아가는 데 한 표를 던졌다. 실제로 헤르베르트가 랜드로버를 다른 편 강가에 세워 놓는 데 성공했을 때는, 궤적도 없는 길을 무작정 가는 건 말도 안 되는 짓이라고 그를 설득하는 일만 남아 있었다. 내가 드는 근거에 반박할 수 없었던 그는 우선 내게 뭐라고 했지만 나중에는 입을 다물고 그냥 듣기만 했다. 불쑥 끼어든 마르셀이 없었다면 그는 거의 넘어온 상태였다.

"저기요!" 그가 소리쳤다. "내시 바퀴 자국이 있어요!"

우린 농담하는 줄 알았다.

"농담 아니라고요!" 그가 다시 소리쳤다.

딱지처럼 굳은 흔적은 군데군데 물에 씻겨 나가 손수레 자국처럼 보이기도 했다. 하지만 딴 곳에서는 토질에 따라 실제 타이어 자국을 알아볼 수 있었다.

마침내 우리는 길 자취를 찾아낸 셈이었다.

그렇지 않았다면, 말했듯 나는 더 이상 가지 않았을 것이다. 그러면 (난 이 생각에서 벗어나지 못하고 있는데) 그 모든 것이 달라졌을 거다.

이제 돌아가는 길은 없었다.

(안타깝게도!)

넷째 날 아침에 우리는 두 명의 인디오가 구부러진 칼을 손에 들고 밭을 지나가는 것을 보았다. 헤르베르트가 팔렝케에서 보고 살인자라고 생각했던 두 사람과 똑 닮아 있었다. 그들이 들고 있는 구부러진 칼은 다름 아닌 낫이었다.

그런 다음 처음으로 담배밭이 나왔다.

저녁이 되기 전에 도착하리라는 희망을 안고 우리는 그 어느 때보다 신경이 곤두섰다. 게다가 여태와는 차원이 다른 열기가 뿜어져 나오고, 사방의 담배밭 사이로 인공 도랑들이 곧게 뻗어 있었지만 사람이라곤 어디에도 보이지 않았다.

우리는 다시 길 자취를 잃어버렸다.

다시 타이어 자국을 찾아라!

금방 해가 졌다. 우리는 랜드로버 위로 가서 입에 손가락을 대고 있는 힘껏 큰 소리로 휘파람을 불었다. 거의 다 왔음이 분명했다. 초록빛 담뱃잎 위로 벌써 해가 기울기 시작하는 동안 우리는 휘파람을 불고 경적을 울렸다. 태양은 피로 가득 찬 방광처럼 역겹게, 아니면 콩팥이나 뭐 그 비슷한 것처럼 연무 속에 팽창해 있었다.

달도 마찬가지였다.

할 수 있는 거라곤 어둑어둑한 가운데 서로 멀어지는 것뿐이었다. 타이어 자국을 찾아 저마다 어딘가로 터벅터벅 걸어갔다. 각자 외따로 걸어가야 할 곳을 할당됐다. 타이어 비슷한 걸 발견하면 휘파람을 불기로 했다.

휘파람을 부는 건 새들뿐이었다.

우리는 달빛 아래에서도 수색 작업을 계속했는데, 결국 헤르베르트가 죽은 당나귀를 파먹고 있는 검은 대머리수리와 맞닥뜨리고 말았다. 그는 소리소리 지르고 욕을 해 대며 분을 참지 못해 검은 새들을 향해 돌팔매질을 했다. 역겨운 광경이었다. 당나귀의 두 눈은 파헤쳐져 두 개의 시뻘건 구멍이 나 있었고 혀도 마찬가지였다. 헤르베르트가 돌팔매질을 계속하는 동안, 그놈들은 이제 항문에서 내장을 끄집어내려 했다.

우리가 맞은 네 번째 밤이었다.

마실 것도 더는 없었다.

난 피곤해 죽을 지경이었다. 대지는 펄펄 끓었다. 난 양손으로 머리를 받친 채 웅크리고 앉았다. 푸른 달빛 아래서 땀이 났다. 반짝반짝 반딧불이 튀어 다녔다.

헤르베르트가 이리저리 서성거렸다.

마르셀만 잠들어 있었다.

한번은 갑자기 발소리가 들리지 않아 헤르베르트 쪽을 쳐다보니 그가 죽은 당나귀 곁에 서 있었다. 잽싸게 움직이는 새들을 향해 더 이상 돌도 던지지 않았다. 우두커니 서서 들여다보기만 할 뿐이었다.

그놈들은 밤새 뜯어 먹었다.

마침내 달이 담배밭 너머로 지고 밭 위에서 피어오른 축축한 우윳빛 운무가 그친 뒤에야 난 잠이 들었다. 하지만 오래는 아니었다.

벌써 해가 다시 떴던 것이다!

궤적 없는 길을 다시 나섰을 때 당나귀는 텅 빈 채로 누워 있었다. 배불리 먹은 검은 대머리수리는 사방의 나무 위에 박제한 듯 웅크리고 있었다. 이 밭의 주인인 헹케 보슈사의 대리인이자 손자인 헤르베르트가 모든 책임을 지기로 하고는, 시종 한마디 말도 없이 운전대를 잡고 담배밭 한가운데로 차를 몰았다. 우리 뒤로 망가진 담배 레일이 생기게 한 건 다소 멍청한 짓이었지만, 여러 번 충분히 경적을 울리고 휘파람을 불었음에도 아무런 응답이 없자 달리 방법이 없었다.

태양이 솟아올랐다.

곧 뒤셀도르프 헹케 보슈사의 직원이라고 하는 일군의 인디오가 우리에게 그들의 주인이 죽었다고 해 주었다. 헤르베르트는 스페인어를 한마디도 못 해 내가 통역을 해야 했다. "어떻게 죽었어요?" 그들은 어깨를 으쓱했다. 그들은 주인이 죽었다고 말했고, 한 사람이 인디오의 속보로 우리 랜드로버 옆을 달려가며 길을 가르쳐 주었다.

다른 사람들은 하던 일을 계속했다.

그러니 폭동에 대해서는 말도 꺼내지 마시라!

미국식 막사였는데, 물결무늬 양철로 덮여 있고 하나뿐인 문은 안으로 잠겨 있었다. 라디오 소리가 났다. 우리는 요아힘에게 문을 열라고 소리치며 문을 두드렸다.

"주인님은 돌아가셨습니다."

내가 랜드로버에서 스패너를 가져오자 헤르베르트가 문을 부쉈다. 그는 더 이상 알아볼 수 없을 지경이었다. 다행히 창문을 잠근 채 그 일을 벌인 터라, 사방 나무며 지붕에 검은 대머리수리가 앉아 있었지만 창문을 뚫고 들어올 수는 없었다. 창문으로 그가 보였다. 그럼에도 인디오들은 매일 자기 일을 하러 갔고, 문을 부수고 목매단 사람을 끌어 내릴 생각을 하지 못했다. 그는 철삿줄로 목을 매달았던 거다. 우리가 당장 꺼 버린 그의 라디오가 전기를 어디에서 끌어오는지 의아했지만, 지금 그건 중요한 게 아니었다.

우리는 사진을 찍고 나서 그를 매장했다.

(내가 관리감독 심의위원회 제출용 보고서에서 언급한 것처럼) 인디오들은 헤르베르트가 그 당시 아직 스페인어를 할 수 없었음에도 그의 모든 지시를 따랐고 금세 그를 그들의 새로운 주인으로 인정했다…… 폭동은 말도 안 되는 일이라고, 형은 그냥 이 기후를 더 이상 견디지 못한 것 같다고 헤르베르트를 설득하는 데 나는 하루 반나절을 허비했다. 헤르베르트에게 무슨 계획이 있었는지 난 모른다. 그는 이 기후를 견디리라 설득 당했다기보다 저 스스로 결심했다. 우리는 되돌아가야만 했다. 헤르베르트가 섭섭해했지만, 여기 더 머무르는 건 무의미한 짓이라는 걸 차치하고도 전혀 고려의 대상이 되지 못했다. 마르셀

도 보스턴에서 자기 작업을 계속해야 했고, 나도 가던 길을 가든가 다시 팔렝케-캄페체-멕시코시티로 돌아가야 했다. 더욱이 우리의 랜드로버를 늦어도 일주일 안에 그 친절한 라크루아 호텔 주인에게 돌려줘야만 했다. 난 터빈 작업장으로 가야 했다. 헤르베르트가 자기를 어떻게 소개했는지 모르겠다. 말했듯이 헤르베르트는 스페인어를 한마디도 못 하는 상황이어서, 그를 유일한 백인으로 남겨 둔다는 게 동료로서 할 일이 아니며 무책임하게 느껴졌다. 그에게 간청해 보았지만 아무 소용 없었다. 난 헤르베르트에게 남겨진 내시 55를 둘러보았다. 그 차는 인디오 오두막에, 비를 피하기 위해 나뭇잎으로 만든 지붕 아래 서 있었다. 장기간 사용하지 않은 게 분명했고, 긁히고 더러웠지만 탈 만했다. 직접 점검해 보니 진흙투성이긴 했지만, 엔진은 문제가 없었다. 엔진을 시험해 보니 가솔린도 아직 남아 있었다. 그렇지 않았으면 우리는 당연히 헤르베르트를 혼자 남겨 두지 않았을 것이다. 하지만 마르셀이나 나나 시간이 없었다. 마르셀은 자신의 교향악 단원에게 돌아가야 했다. 헤르베르트가 그걸 이해하든 못 하든 우리도 결국 직업이 있지 않은가. 그는 뭐라 반박하지 않고 어깨를 으쓱하더니, 마르셀과 내가 랜드로버에 앉아 좀 더 기다리자 손짓도 별로 하지 않고 머리만 가로저었다. 게다가 폭풍우가 몰아칠 기세였다. 우리가 온 자취가 남아 있는 동안 서둘러 돌아가야 했다.

한나와 요아힘이 어떻게 결혼하게 되었는지, 그 아이가 세상에 태어났다는 걸 아이의 아버지인 나에게 왜 알려 주지 않았는지, 오늘날까지도 수수께끼로 남아 있다.

내가 아는 것만 말할 수 있을 뿐.

때는 바야흐로 유대인의 여권이 무효화된 시절이었다. 난 어떤 경우에도 한나를 혼자 내버려 두지 않겠다고 다짐한 터였고 그렇게 했다. 요아힘이 기꺼이 결혼식 증인이 되어 주기로 했다. 우리는 사륜마차에 야단법석을 떠는 결혼식 따위를 원하지 않았고, 서민적이고 배려심 많은 우리 부모님도 그 점을 이해해 주셨다. 한나만 우리가 결혼하는 게 옳은 일인지, 특히 내게 옳은 일인지 여전히 확신하지 못하고 있었다. 나는 서류를 해당 관공서에 제출했고, 우리의 결혼을 알리는 소식이 신문에 실렸다. 내 생각엔, 이혼할 경우에도 한나는 어쨌든 스위스인 신분을 유지하고 여권을 지니게 될 터였다. 내가 바그다드에서 근무를 시작해야 해서 일은 일사천리로 진행되었다. 드디어 우리가 결혼하기 위해 시청으로 갔을 때는 토요일 오전이었다. 우리 부모님 집에서 어색한 아침을 먹고 난 후였는데, 부모님은 교회 종소리가 없다며 아쉬워했었다. 토요일이면 늘 그렇듯 줄줄이 결혼식이어서 하염없이 기다려야 했다. 모두가 정장 차림을 하고 있는 대기실에서 우리는 웨이터처럼 보이는 하얀색 신랑과 신부들에게 둘러싸여 있었다. 이따금 한나가 바깥으로 나가도 난 별생각이 없었다. 뭐라고 떠드는 사람들, 담배 피우는 사람들. 마침내 호적 담당 직원이 우리를 불렀을 때 한나는 자리에 없었다.

우리는 한나를 찾았고, 바깥 리마트 강가에서 꼼짝 않고 서 있는 그녀를 발견했다. 그녀는 혼인신고 사무실로 가지 않겠다며 고집을 부렸다. 할 수 없다는 거였다! 난 그녀를 설득했고, 열한 시를 알리는 종소리가 우리 주위로 울려 퍼졌다. 난 한나에게 사안을 객관적으로 보라고 부탁했지만 소용없었다. 그녀는 머리를 절레절레 흔들며 울음을 터뜨렸다. 그녀는 내가 결혼하는 이유가 단지 내가 반유대주의자가 아니란 걸 증명하기 위해서 아니냐고 말했지만, 그건 어불성설이었다. 내가 취리히에서 보낸 마지막 주인 그다음 주는 끔찍했다. 한나는 결혼하지 않으려 했고, 나에겐 다른 선택지가 없었다. 계약에 따라 난 바그다드로 가야 했다. 한나가 역까지 나를 바래다주었고 우리는 이별했다. 내가 출발하면 한나는 곧장 요아힘에게로 가서 의학적 도움을 받기로 약속했고, 우리는 그 정도로만 이야기하고 헤어졌다. 우리의 아이는 세상에 나오지 않는 걸로 얘기된 터였다.

그 후로 난 한나에 관한 소식을 전혀 듣지 못했다.

그때가 1936년이었다.

그 당시 난 한나에게 내 친구 요아힘을 어떻게 생각하는지 물었다. 그녀는 그를 아주 괜찮게 여기고 있었다. 하지만 한나와 요아힘이 결혼하리라고는 상상조차 하지 못했다.

베네수엘라에는 (오늘로부터 보면 10주 전 일이다) 이틀밖에 체류하지 않았다. 터빈이 아직 포장도 뜯지 않은 채 여전히 항구에 있던 터라, 조립은 엄두도 못 내는 상황이었기 때문이다.

4월 20일. 카라카스에서 출발.

4월 21일. 뉴욕, 아이들와일드* 도착.

아이비가 개찰구에서 나를 맞이했다. 내가 언제 도착하는지 벌써 알아본 터라 피할 도리가 없었다. "내 편지 못 받았어?" 대답은 하지 않고 그녀가 내게 키스했다. 내가 일주일 후면 사업상 파리로 가야 한다는 걸 그녀는 벌써 알고 있었다. 그녀에게서 위스키 냄새가 났다.

난 아무 말도 하지 않았다.

우리는 스튜드베이커에 올랐고 아이비가 내 집으로 운전해 갔다. 사막에서 쓴 편지에 대해서는 일언반구도 없이 말이다! 내가 꽃에 별로 관심 없는데도 아이비는 꽃을 꽂아 두고 거기다 바닷가재와 소테른산 백포도주까지 준비해 놓았다. 내가 사막에서 구출된 것을 축하하기 위해서란다. 거기에 더해 우편물을 훑어보는 동안 내게 키스를 해 댔다.

난 이별하는 게 정말 싫다.

난 아이비를 다시 볼 거라고는, 더욱이 그녀가 '우리' 집이라고 부르는 이 집에서 볼 거라고는 예상하지 못했었다.

하염없이 샤워를 한 것 같다.

아이비가 목욕수건을 가져오면서 우리의 싸움은 시작된다. 나는 그녀를 밀쳐 낸다. 유감스럽게도 폭력을 쓰는데, 그건 그녀가 폭력을 좋아하기 때문이다. 그러고 나면 그녀가 나를 물어뜯는다.

다행히도 마침 전화벨이 울렸다!

나의 비상 착륙을 축하하는 딕과 체스를 두기로 약속하자 아이비는 내가 조야한 인간이요 에고이스트이며 비열한 인간, 감정이라곤 없는 사람이라고 퍼붓는다.

당연히 난 웃기만 했다.

그녀는 흐느끼면서 두 주먹으로 나를 때리고, 난 폭력을 사용하지 않으려고 조심한다. 그녀가 그걸 좋아하니깐.

아이비는 아마도 나를 사랑했나 보다.

(여자들의 마음이란 도무지 종잡을 수가 없다.)

15분 후, 나는 딕에게 전화를 걸어 미안하지만 갈 수 없다고 알렸다. 딕은 이미 우리의 체스 판을 벌여 놓은 상태였다. 난 미안하다고 말했는데, 그건 민망한 일이었다. 물론 못 가는 이유를 말할 수는 없고, 다만 체스를 두고 싶은 마음이 굴뚝같다고만 했다.

아이비가 다시 훌쩍거리기 시작했다.

저녁 여섯 시였고, 우리가 지금 나가지 않으면 이 긴 저녁이 어떻게 흘러갈지 불 보듯 뻔했다. 난 프랑스 레스토랑을, 그다음에는 중국 레스토랑, 그다음에는 스웨덴 레스토랑을 제안했지만 아이비는 다 싫다고 했다! 자기는 배가 안 고프다고 냉정하게 딱 잘라 말했다. 하지만 난 배가 고프다고 하지 않는가! 아이비는 냉장고에 바닷가재가 있다고 하더니, 우아한 레스토랑에는 어울리지 않는 자신의 스포티한 원피스를 이유로 댔다. 그러면서 자기 원피스를 어떻게 생각하느냐고 물었다. 난 바닷가재를 강요하지 못하게 할 요량으로, 바닷가재를 손에 들고 금방이라도 쓰레기 소각기에 던져 버릴 태세를 취했다.

아이비가 이성적으로 행동하겠노라 냉큼 약속했다.

난 바닷가재를 도로 냉장고에 넣었고, 아이비는 중국 식당으로 가는 데 동의했다. 다만 울고불고 한 뒤라 화장을 고치지 않으면 안 되었는데, 그건 나도 인정하지 않을 수 없었다.

난 기다렸다.

센트럴파크 서쪽에 위치한 이 집은 내게 너무 비싸다고 느낀 지 오래였다. 옥상 정원이 딸린 방 두 개짜리 아파트로 의심할 바 없이 훌륭한 입지 조건을 갖추었지만, 사랑에 눈멀지 않은 사람에게는 너무 비쌌다.

언제 파리로 가느냐고 아이비가 물었다.

별로 대답하고 싶지 않았다.

바깥에 서서 나는 현상을 맡기기 위해 최근에 찍은 필름을 정리했다. 평소처럼 릴에다 표시를 했다……. 요아힘의 죽음에 관해서는 얘기하고 싶지 않았다. 아이비가 아는 사람도 아닌 데다 요아힘은 나의 유일한 진짜 친구였다.

그런데 내가 왜 그렇게 말을 아낀 걸까?

예를 들어 딕은 좋은 사람이고 체스를 잘 둔다. 내가 보기에 교양 있는, 어쨌든 나보다는 교양 있는 친구다. 위트 넘치는 이 친구를 난 경탄하거나 (내가 그와 견줄 만한 건 체스뿐이다) 적어도 부러워했다. 우리 삶을 구원해 줄 것 같으면서도, 그런 이유로 더 친해질 필요는 없는 사람 중 하나니까.

아이비는 여전히 머리를 빗고 있었다.

난 비상 착륙 얘기를 했다.

아이비는 속눈썹을 빗질했다.

편지로 결별 선언을 한 후 다시 같이 외식하러 나간다는 사실만으로도 난 화가 나서 미칠 지경이었다. 하지만 아이비는 헤어졌다는 걸 전혀 모르는 사람처럼 행동하지 않는가!

갑자기 지긋지긋해졌다.

아이비는 흥얼거리며 매니큐어를 발랐다.

난 느닷없이 전화를 걸어 유럽행 유람선에 자리가 있는지 물어봤다. 배편은 상관없고 빠를수록 좋다고.

"배는 왜?" 아이비가 물었다.

이 계절, 유럽행 배편에 자리가 날 리 없을뿐더러 비행기가 아니라 배로 가겠다는 생각을 왜 갑자기 하게 되었는지 (어쩌면 아이비가 흥얼거리며 아무 일 없는 것처럼 행동했기 때문 아닐까?) 나도 모르겠다. 나 자신도 놀랄 일이었다. 운 좋게도 마침 특별 이등석 침대칸이 비어 있었다. 예매하는 소리를 듣자 아이비가 말리려고 튀어나왔지만, 이미 수화기를 내려놓은 뒤였다.

"됐어!" 내가 말했다.

어안이 벙벙해진 아이비를 보고 있자니 흡족했다. 나는 담뱃불을 붙였다. 아이비도 내 출발 시각을 들은 뒤였다.

"내일 아침 열한 시."

난 한 번 더 말해 주었다.

"준비 다 했어?" 하고 물으며 난 그녀와 함께 나가기 위해 평상시대로 그녀의 외투를 집어 들었다. 아이비는 나를 노려보더니 갑자기 외투를 낚아채 분에 못 이겨 발을 구르며 방 귀퉁이에 패대기쳤다……. 그제야 아이비는 맨해튼에서 일주일 보내려고 만반의 준비를 해 놓았다고 털어놓았다. 평소처럼 비행기를 타지 않고 내일 당장 배로 출발해 일주일 뒤 파리에 도착한다는 나의 갑작스러운 결정은 그녀의 계획을 수포로 만들었다.

나는 그녀의 외투를 집어 들었다.

편지에 그녀와 끝내겠다고, 아주 깨끗이 끝내겠다고 썼는데 그녀는 당최 그걸 믿지 않았었다. 그녀는 내가 자신에게 예속되어 있다고 생각했고 우리가 일주일을 같이 보내면 모든 것이 예전처럼 되리라 여겼다는 거다. 그 대목에서 나는 웃지 않을 수 없었다.

내가 못된 놈일지도 모르지.

그녀도 마찬가지였다.

내게 비행공포증이 생겼을 거라는 그녀의 의심은 눈물 나게 고마운 말이었다. 물론 난 한 번도 비행공포증을 경험하지 않았지만 그런 체하며 행동했다. 그녀의 마음을 편하게 해 주고 싶었다. 못되게 굴고 싶지 않았다. 나는 거짓말을 했고, 나의 결심을 그녀가 납득하도록 (벌써 두 번째로) 타마울리파스에서의 비상 착륙이 어떠했는지 자세히 들려주었다. 하마터면 어찌 될 뻔했는지…….

"자기, 그만해요!" 그녀가 말했다.

연료 배관 고장 같은 사고는 물론 일어나서는 안 되지만 단 한

첫 번째 정거장 **85**

번 멍청한 실수가 있더라도 그것으로 끝장이라고 내가 말했다. 천 번의 비행 중 999번이 아무 문제 없었다고 한들 무슨 소용 있겠어? 내가 바다로 추락한 바로 그날 999대의 다른 비행기가 무사히 착륙한들 나랑 무슨 상관 있겠어?

그녀는 깊은 생각에 잠겼다.

크루즈 여행이 안 될 이유가 있어?

난 아이비가 나를 믿어 줄 때까지 시간을 헤아렸다. 심지어 그녀는 자리에 앉아 그런 생각은 한 번도 해 본 적 없노라 고백했다. 그녀는 비행기를 타지 않겠다는 내 결심을 이해했다.

그녀는 나에게 미안하다고 했다.

내 평생 16만 킬로미터 넘게 아무런 사고 없이 비행기를 탔는데 비행공포증이라니, 말도 안 되는 소리! 하지만 난 아이비가 다시는 비행기를 타지 말라고 할 때까지 그런 척했다.

난 맹세해야 했다.

다시는 타지 않겠노라고!

아이비는 왠지 우스꽝스럽게 행동했다. 그녀가 내 손금을 보더니 갑자기 나의 비행공포증을 믿기 시작하고 내 삶을 걱정했던 거다! 내 생명선이 짧다며 (내 나이 벌써 쉰 살인데도!) 눈물을 흘렸다. 완전히 진지한 태도로 그걸 믿는 것 같은 그녀가 안쓰러웠다. 그녀가 내 왼손의 손금을 해독하는 동안 난 오른손으로 그녀의 머리카락을 쓰다듬었는데, 그건 실수였다.

그녀의 머리가 뜨거워지는 게 느껴졌다.

아이비는 스물여섯 살이다.

결국 난 병원에 가기로 약속했다. 내 왼손 위로 그녀의 눈물이 흘러내렸다. 나 자신이 조금 감상적이라는 생각이 들었지만어쩔 도리가 없었다. 아이비는 기질상 자신의 말을 그대로 믿는사람이었다. 나로서는 물론 단 한 순간도 점 따위를 믿지 않지만, 이미 추락해서 산산조각 나고 형체도 알아볼 수 없을 정도로 숯 검댕이가 된 양 그녀를 위로하지 않을 수 없었다. 물론 난웃고 있었지만, 젊은 과부를 쓰다듬으며 위로하듯 그렇게 그녀를 쓰다듬으며 키스했다.

그런데 일이 내가 원한 방향과 정반대로 돌아갔다.

한 시간 뒤 우리는 나란히 앉아 있었고, 아이비는 내가 크리스마스 선물로 준 가운을 걸치고 있었다. 우리는 바닷가재를 먹고소테른산 백포도주를 마셨다. 정말이지 그녀가 너무 싫었다.

나 자신도 싫었다.

아이비가 흥얼거렸다, 비웃기라도 하는 양.

나는 그녀에게 이제 끝이라고 편지를 썼었고, 그녀 가방에는(내가 보낸) 편지가 들어 있었다.

지금 그녀는 복수를 하고 있는 거였다.

난 배가 고팠지만 바닷가재는 정말 구역질 날 지경이었다. 아이비는 바닷가재가 환상적이라고 했다. 나는 그녀의 애무, 내무릎에 올린 그녀의 손, 내 손에 포갠 그녀의 손, 어깨에 올린 그녀의 팔, 내 가슴에 기댄 그녀의 어깨, 내가 와인을 따라 줄 때마다 하는 그녀의 입맞춤, 이 모든 게 구역질 나고 더 이상 참을 수없었다. 결국 난 직설적으로, 이제 그녀가 싫어졌다고 말했다.

아이비는 믿으려 하지 않았다.

난 창가에 서서, 이 맨해튼에서 보냈던, 특히 이 집에서 보냈던 지난 시간 전부를 증오했다. 집을 불살라 버렸으면! 내가 창가에서 돌아왔을 때 아이비는 아직 옷을 입지 않은 채 자몽주스 두 잔을 따라 놓고는 커피를 원하냐고 물었다.

난 그녀에게 옷을 입으라고 했다.

커피 물을 올리려고 내 옆을 지나가면서 그녀는 나무라듯 내 코끝을 툭 쳤다. 마치 어릿광대한테 하듯이 말이다. 그러고는 당장이라도 따라나설 듯이, 스타킹과 가운을 걸친 채 부엌 틈으로 "영화 보러 가지 않을래요?" 하고 물었다.

이제 그녀는 쥐와 고양이 놀이를 하는 셈이었다.

난 자제력을 잃지 않으려고 애쓰며 말없이 그녀의 신발과 속옷, 이런저런 것들(이런 핑크빛 잡동사니를 어차피 난 쳐다보기도 싫었다)을 모아 아이비가 다시 하염없이 치장할 수 있게 옆방에다 던져 버렸다.

그래, 영화 보러 가자!

커피는 맛있었다.

이 집을 내놓겠다는 결심은 흔들림이 없던 터라 그렇게 말했다.

아이비는 반대하지 않았다.

굳이 그럴 필요 없었지만 문득 면도가 하고 싶어졌다. 단지 아이비를 기다리지 않기 위해서. 하지만 면도기가 망가져 있었다. 콘센트를 여기저기 바꿔 봤지만 면도기 돌아가는 소리가 나지 않았다.

아이비는 내가 충분히 멋지다고 했다.

그게 문제가 아니라니깐!

아이비가 외투를 입고 모자를 썼다.

물론 난 면도를 하지 않아도 말끔했다. 게다가 욕실에는 면도기가 하나 더 있었다. 낡긴 했지만 작동하는 것이었다. 하지만 말했듯이 그게 문제가 아니었다. 난 자리에 앉아 면도기를 분해하기 시작했다. 어떤 기계라도 언젠가는 말을 듣지 않을 수 있다. 다만 그 이유를 모르면 난 신경이 곤두섰다.

"발터, 기다리고 있잖아요." 그녀가 말했다.

마치 우리 중 한 사람이 한 번도 기다려 본 적 없는 것처럼 말이다!

"테크놀로지!" 여자들에게서 익숙한 예의, 전혀 이해할 수 없다는 투는 물론이거니와 조롱하듯 그녀가 말했지만, 그렇다고 내가 그 작은 기계를 분해하는 일을 막지는 못했다. 나는 어떻게 된 건지 알고 싶었다.

* * *

이번에도 미래를 결정하는 것은 순전히 우연일 뿐 다른 게 아니었다. 작은 기계 안에는 나일론실이 하나 들어 있었다. 어쨌든 CGT에서 전화가 왔을 때 우리가 아직 집을 나가지 않은 건 우연이었다. 추측건대 내가 한 시간 전에 벨 소리를 들었지만 받을 수 없었던 그 전화였을 거다. 하여간 그 단호한 전화의 내용은 유럽으로 가는 나의 선박 예약이 내가 지금 당장, 늦어도 저녁 열 시까지 여권을 지참하고 와야 유효하다는 거였다. 그러니까 내가 이 작은 기계를 분해하지 않았으면 전화를 받지 않았을 것이고, 따라서 크루즈 여행을 할 수 없었을 것이다. 어쨌든 자베트가 탄 그 배를 타지 않았을 것이고, 우리는 세상에서 결코 서로 마주칠 일이 없었을 것이다. 내 딸과 내가 말이다.

* * *

한 시간 뒤 난 승차권을 주머니에 넣고 허드슨강 아래 바에 앉아 있었다. 우리 배를 바라보니 흡족했다. 창마다 사방으로 불을 밝힌 범선이었는데, 돛대와 크레인, 붉은 굴뚝이 서치라이트에 비쳤다. 난 더 이상 청년이 아님에도 청년처럼 삶에 대한 기대로 부풀어 올랐다. 난생처음 하는 크루즈 여행이란! 난 맥주를 마시고 햄버거를 먹었다. 사나이 중 사나이로 햄버거에 머스터드소스를 듬뿍 쳤다. 혼자가 되자마자 허기를 느꼈던 거다. 모자를 뒤로 젖혀 쓰고, 텔레비전에 나오는 복싱 경기에 시선을 고정한 채 입술에 묻은 거품을 핥았다. 사방에 갑판 노동자들이 있었는데, 대개는 흑인이었다. 나는 담배에 불을 댕기고, 젊은 시절 인생에 어떤 기대를 했었는지 자문했다.

아이비는 집에서 기다렸다.

안타깝게도, 챙길 짐이 있어서 집으로 돌아가야 했지만 서두를 일은 아니었다. 난 두 번째 햄버거를 먹었다.

요아힘 생각을 했다.

새 삶을 시작하는 느낌이 들었다. 아마도 크루즈 여행을 한 번도 한 적 없어서 그런가 보다. 어쨌거나 크루즈 여행은 너무나 기대되는 일이었다.

자정까지 거기 앉아 있었다.

난 아이비가 더 기다리지 않고 인내심을 잃어, 내가 예의 없는 놈처럼 군 만큼 (나도 안다) 화나서 박차고 나가 주기를 바랐다. 하지만 달리 난 아이비에게서 벗어날 길이 없다. 계산을 한 뒤 아이비와 떨어져 있는 시간을 30분 정도 더 늘릴 요량으로 걸어서 갔다. 그녀의 고집이 보통 아니라는 걸 난 안다. 그 밖에는 아이비에 대해 아는 게 별로 없다. 가톨릭 신자이고, 마네킹 같은 몸매에 어떤 농담을 해도 잘 참지만 교황에 대해서만은 아니다. 어쩌면 레즈비언일지도 모르고 불감증이 있을지도 모른다. 내가 에고이스트이고 비열한 놈이라는 이유로 그녀는 나를 유혹하고 싶어 했다. 멍청한 여자는 아니지만 내가 보기엔, 웃기는 일이지만, 약간 성도착증 증세가 있다. 성적으로만 돌변하지 않으면 사랑스러운 연인이랄까…… . 내가 집으로 들어갔을 때 아이비는 외투와 모자를 걸친 채, 두 시간 넘게 기다리게 했는데도 뭐라 하지 않고 미소를 잃지 않으며 앉아 있었다.

"다 잘되었어요?" 그녀가 물었다.

병에는 아직 와인이 남아 있었다.

"응, 다 잘되었어!" 내가 말했다.

재떨이가 흘러넘쳤고 그녀의 얼굴은 울고불고한 듯했다. 난 와인 잔을 적당히 채우고 좀 전 일에 대해 용서를 구했다. 잊어 버리자고! 난 혹사당하는 걸 잘 참지 못한다. 대개 사람들은 혹사당하지만.

백포도주가 뜨뜻미지근했다.

반 정도 찬 와인 잔을 부딪치며, 아이비는 (그녀는 서 있었다) 나더러 여행 잘하라고, 잘살라고 건배사를 했다. 입맞춤은 없었다. 외교적인 만찬장에라도 있는 양 우리는 서서 와인을 마셨다. 전체적으로 보면 우리는 함께 재미있는 시간을 보냈다. 아이비도 같은 생각이었다. 파이어 아일랜드 야외에서 같이 보낸 주말들, 또 여기 옥상 정원에서 함께한 저녁들…….

"잊어버리자고요!" 아이비도 그렇게 말했다.

그녀는 정말이지 매혹적이었고 게다가 이성적인 사람으로 보였다. 그녀는 남자아이 같은 몸매를 가졌는데, 가슴만 무척 여성적이고 허리는 마네킹 몸매처럼 잘록했다.

그렇게 우리는 서서 이별을 고했다.

내가 그녀에게 키스하려 했다.

그녀는 전혀 응하지 않았다.

다른 뜻이 있는 게 아니라 오직 마지막 입맞춤을 할 생각으로 그녀를 붙들었는데 그녀의 육체가 느껴졌다. 하지만 그녀는 얼굴을 옆으로 돌렸다. 아이비가 담배를 피우며 담뱃불을 놓지 않는데도 나는 억지로 키스를 했다. 그녀의 귀에, 빳빳한 목에, 관자놀이에, 쓴맛 나는 머리카락에…….

그녀는 마네킹처럼 서 있었다.

그녀는 그것이 마지막 담배라도 되는 양 담배를 필터 아래까지 피우며 다른 손에는 빈 잔을 들고 있었다.

어떻게 일이 다시 그렇게 되었는지 모르겠다.

내 생각에, 아이비는 내가 나 자신을 증오하길 바란 것 같다. 오직 나 자신을 증오하도록 만들기 위해 나를 유혹했고, 나에게 굴욕감을 주는 건 그녀의 유일한 즐거움이었다. 내가 그녀에게 줄 수 있는 유일한 즐거움.

어떨 땐 정말이지 그녀가 두려웠다.

우리는 다시 몇 시간 전처럼 앉아 있었다.

아이비가 그만 자자고 했다.

내가 어쩔 수 없이 딕에게 다시 전화를 걸었을 때는 자정이 지난 시각이었다. 사람들을 모아 놓고 있던 딕에게 나는 패거리를 다 데리고 놀러 오라고 했다. 사람들이 모여 술 취한 목소리로 왁자지껄 떠드는 소리가 전화기 너머로 들렸다. 그에게 오라고 간청했지만 딕은 말을 들으려 하지 않았다. 아이비가 전화기에 매달리고 나서야 비로소 딕은 나를 아이비와 단둘이 두지 말아야 한다는, 친구로서의 의무를 마지못해 따르기로 했다.

난 피곤해 죽을 지경이었다.

아이비는 세 번째로 머리카락을 빗질했다.

흔들의자에 앉아 깜빡 잠들었을 때 드디어 그들이 왔다. 일곱인가 아홉 명쯤 되는 사내들이었는데, 그중 세 명은 승강기에서 질질 끌어내야 할 정도로 인사불성이었다. 여자가 한 명 있다는 소리를 듣고는 그중 한 명이 반발했다. 너무 많거나 너무 적다는 거였다. 그는 술에 떡이 되어 욕설을 퍼부으며 16층이나 되는 계단을 걸어서 내려갔다.

딕이 소개를 했다.

"이쪽은 내 친구."

내가 보기엔 그 자신도 이 형제들을 잘 모르는 것 같았다. 누군가가 보이지 않자 그를 찾았다. 한 사람이 돌아갔노라고 내가 일러 주었다. 친구를 하나도 잃어버리지 말아야 한다는 의무감에 딕은 몇 번이나 이렇게 저렇게 손가락으로 세어 보고는 여전히 한 사람이 없다는 걸 확인했다.

"근데, 그 친구가 없네." 그가 말했다.

내 것도 아닌, 인디언풍의 꽃병이 산산조각 났을 때도 물론 난이 모든 걸 우습게 여기려고 애썼다.

아이비는 내가 유머 감각이 없는 사람이라고 했다.

한 시간이 지나고서도 난 이 사람들이 누군지 알 수 없었다. 한 사람은 유명한 곡예사라고 했다. 그걸 증명하느라 우리 집 16층 난간에서 물구나무를 서겠다고 협박했다. 말리느라 야단법석을 떨다가, 결국 위스키 병 하나를 정문 아래로 떨어뜨렸다. 물론 그는 곡예사가 아니었다. 이유는 모르지만 그냥 나를 놀리느라고 사람들이 한 말이었다. 병에 맞은 사람이 없어 천만다행이었다! 구급차며 피, 나를 체포하려는 경찰관 등 몰려온 사람들과 맞닥뜨릴 마음의 준비를 하고 나는 당장 아래로 내려갔다. 그런데 아무 일도 없지 않은가! 내가 집으로 돌아왔을 때 그들은 박장대소했다. 정문 위로 떨어진 위스키 병은 없었다며.

뭐가 뭔지 도통 알 수가 없었다.

이따금 화장실에 갈 때면 문이 잠겨 있기 일쑤였다. 난 드라이버를 가져와 문을 땄다. 누군가 바닥에 앉아 담배를 피우면서 난데없이 내 이름을 물었다.

밤새 그런 식이었다.

너희랑 같이 있다간 사람 죽겠다고 내가 말했다. 사람이 죽어도 너희는 모를 거다, 우정이고 나발이고, 너희랑 같이 있다간 사람 죽겠다고 소리 질렀다. 대체 뭣 때문에 서로 이야기를 나누냐고, 사람이 죽어도 모를 지경인데 대체 왜 이렇게 모여 있는 거냐고 소리쳤다(소리치는 목소리를 나 자신이 듣고 있었다).

난 술에 취해 있었다.

그렇게 아침까지 갔다. 그들이 언제 어떻게 집을 나갔는지 모른다. 딕만 여전히 누워 있었다.

9시 30분까지 승선해야 했다.

머리가 지끈지끈했지만 짐을 꾸렸다. 아이비가 도와줘 기뻤다. 늦었지만 난 그녀에게 맛있는 커피를 한 번 더 만들어 달라고 부탁했다. 감동적이게도 그녀는 심지어 배 위까지 나를 배웅했다. 물론 그녀는 울고 있었다. 남편을 제외하면, 아이비한테나 말고 또 누가 있는지 모르겠다. 부모님 얘기는 한 번도 한 적이 없었다. "난 거리의 부랑아죠!"라고 말하던 그녀의 기묘한 발음만 기억났다. 브롱크스 출신이란 것 외에는 정말이지 그녀에 대해 아는 게 하나도 없다. 처음에는 무용수라고, 나중에는 고급 창녀라고 생각했지만, 둘 다 틀렸다. 어쩌면 아이비는 정말 마네킹으로 일했는지도 모른다.

우리는 갑판에 서 있었다.

아이비는 조그마한 벌새 모자를 쓰고 있었다.

아이비는 집, 스튜드베이커 자동차 등 모든 일을 처리해 주기로 약속했다. 난 그녀에게 열쇠를 건네주었다. 뱃고동 소리가 울리고 환송객들은 배에서 내려 달라는 안내 방송이 반복해서 나오자 난 아이비에게 고맙다고 말했다. 정말이지 가야 할 때라서 그녀에게 키스를 했다. 사방에서 사이렌이 울려 귀를 막아야 할 지경이었다. 아이비는 맨 마지막으로 다리를 건너 부두로 돌아갔다.

난 손을 흔들었다.

무거운 닻줄을 풀자 즐거운 마음이었지만 표정 관리에 신경을 써야 했다. 구름 한 점 없는 날이었다. 모든 일이 뜻대로 되어 기뻤다.

아이비도 손을 흔들었다.

사랑스러운 연인이야! 한 번도 아이비를 이해한 적은 없지만, 난 그렇게 생각했다. 검은 예인선이 우리 여객선을 뒤로 예인하고 다시 사이렌이 울렸을 때 난 기중기 받침대 위에 서 있었다. 육안으로 더 이상 얼굴을 식별할 수 없을 때까지 아이비가 손 흔드는 모습을 (새로 산 망원 렌즈로) 카메라에 담았다. 맨해튼이 보이는 한 모든 출항 장면을 찍었고, 나중에는 우리를 따라오는 갈매기를 촬영했다.

(종종 드는 생각이지만) 요아힘을 매장하지 말고 화장했어야 했다. 하지만 지금은 돌이킬 수가 없었다. 마르셀 말이 완전히 옳았다. 불은 깨끗한 물질인데, 흙은 폭풍우만 한 번 쳐도 (우리가 돌아오는 길에 경험한 것처럼) 진흙탕이 되지 않는가 말이다. 바셀린처럼 미끈거리며 배아들이 가득 차 부패하기 시작한다. 아침노을을 받은 웅덩이는 더러운 피 웅덩이, 생리혈 같다. 웅덩이를 가득 메운 도롱뇽은 득시글거리는 정충처럼 짧은 꼬리를 흔들어 대는 검은 머리 그 이상도 이하도 아니다. 끔찍하다.

(난 죽으면 화장하라고 할 거다!)

그 당시, 우리는 돌아오는 길에 달이 없어 차를 몰기에 너무 어두운 밤을 제외하고는 계속해서 달렸다. 비가 내렸다. 밤새 주룩주룩 빗소리가 났고, 우리는 차를 세워 뒀음에도 전조등을 켜 놓았다. 노아의 홍수가 나기라도 한 양 콸콸거렸고, 전조등에 비친 땅에서는 모락모락 김이 피어올랐다. 미지근한 빗물이 억수같이 내렸다. 바람도 없었다. 원뿔 모양의 전조등 불빛에 보이는 거라곤 미동도 없는 식물들뿐이었다. 서로 뒤엉킨 기근류 식물들이 전조등 불빛에 비쳐 붉거져 나온 내장처럼 보였다. 객관적으로 보면 물이 흘러내린다는 것뿐, 아무런 위험도 없었지만 난 혼자가 아니라서 안심되었다. 우린 한숨도 못 잤다. 사우나에 있는 것처럼 홀딱 벗은 채 웅크리고 있었다. 도무지 젖은 옷을 몸에 걸치고 있을 수가 없었다. 누차 말했지만, 온통 물뿐이어서 역겨워할 까닭이 없었는데도 말이다. 아침 무렵에, 샤워기를 꺼 버린 것처럼 갑자기 비가 뚝 그쳤다. 하지만 후드득 후드득 식물들이 물을 떨어뜨리는 소리가 끊이질 않았다. 드디어 아침햇살이 비치기 시작했다! 시원한 기운이라곤 없었다. 아침은 뜨거웠고 푹푹 찌는 듯했다. 태양은 여태껏 그랬듯 끈적거렸고 나뭇잎들은 반짝였다. 우리는 땀과 비와 기름에 젖어 신생아처럼 미끈거렸다. 내가 운전을 했다. 랜드로버로 어떻게 강을 건넜는지 모르겠다. 어쨌든 우리는 강을 건넜는데, 부패한 거품이 자잘하게 이는 이 미적지근한 물에서 전에 수영을 했다니 도저히 믿기지 않았다. 아침 햇살을 받은 물웅덩이를 지나가면 양쪽으로 진흙이 튀었다. 한번은 마르셀이 이렇게 말했다. "'죽음'이 여성인 걸 알겠죠!" 나는 그를 쳐다보았다. "'대지'도 여성이고 말이에요!" 두 번째 말은 딱 그렇게 보였기에 단박에 알아듣고, 그러려고 한 건 아니지만 마치 음담패설을 듣고 난 듯 큰 소리로 웃고 말았다.

금발의 말총머리 소녀를 처음으로 본 건 출항 직후, 식탁에 표시된 명찰을 받느라 줄을 서기 위해 식당에 모였을 때였다. 내 옆자리에 누가 앉는지는 별로 관심 없었지만, 어쨌든 어느 나라 말을 쓰든 남자들이 모인 식탁이길 바랐다. 하지만 선택의 여지가 없었다! 명단을 앞에 든 승무원은 꽉 막힌 프랑스 관료풍이었다. 프랑스어를 못 알아들으면 불친절하게 굴다가, 제 맘에 들면 승객들이 길게 늘어서서 기다리는 동안 상냥한 태도를 보이며 끝도 없이 수다를 떨었다. 검은 카우보이 바지를 입은 젊은 여자애가 내 앞에 서 있었다. 키가 나보다 작을까 말까 한 그 소녀는 영국인 같기도 하고 스칸디나비아인 같기도 했다. 그 애의 얼굴은 볼 수 없었고, 머리를 움직일 때마다 흔들리는 금발 내지는 붉은 말총머리만 보였다. 흔히 사람들은 누구 아는 사람 있나 주위를 둘러보았다. 충분히 그럴 수 있지 않은가. 난 정말이지 남자들끼리만 앉는 식탁을 원했다. 내가 그 소녀를 눈여겨보게 된 건 단지 말총머리가 내 얼굴 앞에서 적어도 30분 동안 흔들렸기 때문이다. 말했듯이, 그 애의 얼굴은 보지 못했다. 난 그 애의 얼굴이 어떨지 상상해 봤다. 낱말 맞추기를 할 때처럼 시간을 죽이기 위해. 게다가 젊은 사람이라곤 거의 없었다. 정확히 기억한다. 그 애는 실존주의자처럼 검은색 터틀넥 스웨터를 걸치고 평범한 나무 목걸이에 에스파드리유 샌들을 신고 있었는데, 죄다 상당히 값싼 것이었다. 두꺼운 책 한 권을 팔에 긴 채 그 애는 담배를 피웠다. 카우보이 바지 뒷주머니에는 녹색 머리빗이 꽂혀 있었다. 이렇게 기다리다 보니 그냥 그 애를 관찰할밖에. 목의 솜털이며, 몸놀림, 승무원이 농담을 하자 빨개진 작은 귀를 보면 무척 어린 게 분명했다. 어깨만 으쓱할 뿐 그 애는 제1서비스건, 제2서비스건 상관하지 않았다.

그 애는 제1서비스로 갔고 난 제2서비스로 갔다.

그러는 동안 미국의 마지막 해변인 롱아일랜드가 보이다가, 그것마저 시야에서 사라지고 사방으로 바다밖에 보이지 않았다. 카메라를 들고 선실 아래로 내려가서 객실을 같이 쓸 승객을 처음 만났다. 젊고 덩치 좋은 라이저 르윈은 이스라엘 출신

의 농장주였다. 침대 아래 칸을 그에게 양보했다. 내가 선실에
들어갔을 때 그는 자기 표에 맞게 침대 위 칸에 앉아 있었다. 하
지만 그가 아래 침대에 앉아 자질구레한 짐을 푸는 게 우리 둘
다에게 더 편할 것 같았다. 짐이 얼마나 많던지! 나는 아침에 허
둥대느라 하지 못했던 면도를 했다. 어제 거랑 같은 면도기를
꽂았는데 잘 작동되었다. 르윈 씨는 캘리포니아 농업을 전공했
단다. 난 별다른 대꾸 없이 면도를 했다.

나중에 다시 갑판으로 나갔다.

볼 건 별로 없었다. 사방이 바다였다. 갑판용 비치 의자에 신
경 쓰는 대신, 서서 혼자만의 시간을 즐겼다.

그 모든 일을 난 아직 모르고 있었다.

갈매기들이 배를 쫓아왔다.

이런 배에 어떻게 일주일씩이나 있을 수 있는지 상상이 안 갔
다. 양손을 바지 주머니에 찌른 채 이리저리 거닐었다. 어떨 땐 바
람에 떠밀려 둥둥 떠가는 것 같다가 또 맞바람이 불면 펄럭이는
바짓가랑이로 몸을 기울이며 힘겹게 걸어야 했다. 다른 승객들
은 도대체 어디서 의자를 구해 왔는지 놀랄 따름이었다. 의자마
다 이름이 붙어 있었다. 승무원에게 물어봤을 때는 남아 있는 갑
판 의자가 없었다. 자베트는 탁구를 하고 있었다.

그 애의 탁구 솜씨는 훌륭했다. 똑딱, 똑딱, 그렇게 공이 오가
는 걸 보고 있자니 재미있었다. 탁구를 하지 않은 지 꽤 오래 되
었다.

그 애는 나를 알아보지 못했다.

내가 고개를 까딱했는데도.

그 애는 어떤 젊은 남자와 탁구를 하고 있었다. 남자 친구거나 약혼자겠지 뭐. 옷을 갈아입어 이제는 종 모양의 올리브색 코르덴 치마를 입고 있었다. 정말로 같은 사람이라는 전제하에, 내가 보기엔 남자애들 바지보다 이게 훨씬 잘 어울렸다.

어쨌거나 아까 본 그 여자애는 어디에도 없었다.

우연히 발견한 바에는 아무도 없었다. 도서관에는 소설만 수두룩하고 카드놀이용 탁자가 군데군데 있었지만 그 또한 신통찮아 보였다. 밖은 바람이 불긴 했지만 배를 타는 느낌이 들어 덜 지루했다.

사실 움직이는 거라곤 태양뿐이었다.

때때로 수평선 너머 화물선 한 척이 나타났다.

네 시에는 티타임이 있었다.

때때로 멈춰 서서 탁구하는 모습을 지켜보곤 했다. 그 애를 정면에서 볼 때마다 난 깜짝깜짝 놀랐다. 식탁 번호를 기다리는 동안 내가 어떨지 상상해 본 그 사람과 정말로 동일 인물인지 아리송했다. 상갑판의 커다란 창 부근에 서서 담배를 피우며 바다를 보는 척했다. 그 애는 뒤에서, 그러니깐 붉은색 말총머리부터 봤을 땐 완벽했는데 앞에서 보면 뭔가 묘했다. 눈은 붉은 머리를 한 사람들에게서 흔히 볼 수 있듯, 맑은 회색이었다. 게임에서 지자 그 애는 울 재킷을 벗고 블라우스를 걷어 올렸다. 한 번은 공을 줍느라 달려와 나랑 거의 부딪칠 뻔했는데, 미안하다는 말 한마디 없었다. 그 애는 내게 눈길 한 번 주지 않았다.

나는 다시 간간이 이리저리 거닐었다.

갑판은 춥고, 물거품으로 인해 축축하기까지 했다. 승무원이 비치 의자를 접었다. 파도 소리가 아까보다 훨씬 더 요란해졌는데, 똑딱, 똑딱 아래층에서 탁구 치는 소리가 거기에 더해졌다. 마침내 해가 졌다. 몸이 떨렸다. 외투를 가지러 선실로 내려가려면 다시 상갑판을 지나가지 않을 수 없었다. 가는 길에 시키지도 않았는데, 그 애에게 공을 집어 주었다. 그 애가 짧게 영어로 (평소에 그녀는 독일어로 말했다) 고맙다고 했다. 곧이어 제 1서비스를 알리는 공이 울렸다.

배에서 맞이하는 첫 번째 오후를 그럭저럭 잘 견뎌 낸 셈이었다.

일몰 장면을 찍기 위해 카메라와 외투를 가지고 돌아왔을 때는 녹색 탁구대 위에 탁구채가 두 개 놓여 있었다.

* * *

내가 아무것도 예견하지 못했음을, 내가 무지했음을 증명한들 무슨 소용이랴! 난 내 아이의 삶을 망가뜨렸고, 그걸 복구할 수가 없다. 무엇 하러 그것에 대해 보고한단 말인가? 붉은 머리를 한 그 소녀가 내 눈에 띄었을 뿐 난 사랑에 빠지지 않았다. 그 애가 내 딸이라는 걸 알 턱이 없었을뿐더러 내가 아버지라는 사실조차 모르고 있었지 않은가. 어째서 숙명이라는 건가? 난 사랑에 빠지지 않았다. 외려 대화를 나누자마자 그 애가 다른 여자아이들보다 더 낯설게 느껴졌다. 딸애와 내가 애당초 말을 하게 된 것도 우연이지 개연성 있는 일이 아니었다. 그냥 서로 스쳐 지나갈 수도 있었다. 그런데 어째서 숙명이라는 건지! 일이 완전히 다르게 흘러갈 수도 있었는데.

* * *

일몰을 촬영한 뒤, 첫날 저녁에 벌써 우리는 처음이자 마지막으로 탁구를 했다. 둘이 대화를 나누는 건 거의 불가능했다. 인간이 그렇게나 젊을 수 있다는 걸 난 잊고 있었다. 내 카메라를 설명해 주었는데, 내가 무슨 말을 해도 그 애는 지루해했다. 그 애와의 탁구는 나로선 기대 이상이었다. 탁구채를 잡지 않은 지 몇십 년이나 된 터였다. 그 애는 '서브'를 할 때 교활하게 공을 깎아서 쳤다. 옛날에는 나도 공을 깎아 칠 줄 알았는데, 당시로선 연습 부족이었다. 그런 이유로 내 공은 너무 느렸다. 그 애는 할 수 있을 때만 공을 깎아 쳤는데, 항상 성공하는 것은 아니어서 나도 맞받아쳤다. 탁구는 자신감의 문제지 그 이상도 이하도 아니다. 그 애가 생각하는 만큼 내가 늙은 몸도 아니어서 그 애의 기대대로 게임이 금방 끝나지는 않았다. 그 애의 공을 어떻게 받아칠지 서서히 깨닫기 시작했다. 내가 그 애를 지루하게 만드는 게 분명했다. 오후 파트너였던 짧은 콧수염 청년이 훨씬 더 인상적으로 경기를 한 건 당연했다. 공을 집느라 점점 더 자주 몸을 숙여야 해서 난 얼굴이 금방 벌게졌지만, 그 애도 내 공을 막느라 울 재킷을 벗고 심지어 블라우스를 걷더니 초조하게 말총머리를 쳐서 목 뒤로 넘겼다. 짧은 콧수염 친구가 나타나 바지춤에 양손을 찌르고 관객 자격으로 빙긋거리자마자 난 탁구채를 돌려주었다. 그 애는 그 게임을 끝까지 마치자고 요구하지도 않고 고맙다고 인사했다. 나도 같이 인사하고는 재킷을 집어 들었다.

난 그 애의 꽁무니를 쫓아다니지 않았다.

나는 모든 사람과 대화를 나누었는데, 대개는 르윈 씨와 말동무를 했다. 자베트와만 이야기한 건 결코 아니었다. 심지어 내 식탁에 동석한 노처녀들과도 이야기를 나누었는데, 클리블랜드 출신의 속기 타자수인 그녀들은 유럽을 꼭 봐야 한다는 데 의무감을 느끼고 있었다. 미국인 목사와도 말을 했다. 시카고 출신 침례교도였지만 아주 희희낙락하는 자였다.

아무 일도 하지 않고 무료하게 지내는 데 난 익숙하지 않다.

자러 가기 전에 매번 바람을 쐬러 전체 갑판을 한 바퀴 돌았다. 혼자서. 어둠 속에서 그 애는 '탁구 남자 친구'와 팔짱을 끼고 가다 우연히 만나도 못 본 척했다. 그녀에게 사랑하는 사람이 있단 걸 내가 절대로 알아선 안 된다는 듯이 말이다.

나랑 무슨 상관이람!

말했듯이, 난 바람을 쐬러 나간 거였다.

그 애는 내가 질투한다고 생각한 걸까…….

다음 날 아침 혼자서 난간에 서 있는데, 그 애가 와서 친구는 어디 두고 혼자 있느냐고 물었다. 누구를 내 친구라고 하는 건지, 이스라엘 출신 농장주인지 아니면 시카고 출신 침례교도인지 아무래도 좋았다. 그 애는 내가 외로워하는 것 같아 일부러 신경 써서 말을 걸었다며, 결국 나를 수다에 끌어들이는 데 성공했다. 여태 그 애가 들어 본 적 없는 항해술이나 레이더, 만곡이나 전기, 엔트로피 따위에 대해 나는 떠들어 댔다. 그 애는 절대 멍청한 아이가 아니었다. 소위 말하는 맥스웰의 도깨비에 대해 내가 설명해 주었던 많은 사람 중 이 젊은 아가씨만큼 영리하게 알아들은 이는 많지 않았다. 엘리자베트라는 이름이 도무지 어울리지 않아 난 그 애를 자베트라고 불렀다. 그 애가 내 맘에 든 건 사실이지만, 그렇다고 치근댄 건 결코 아니었다. 그 애가 미소 짓는 동안 내가 선생님처럼 일장 연설을 하는 건 아닌지 걱정되었다. 자베트는 사이버네틱스에 문외한이었다. 그 문제에 대해 문외한과 이야기를 나눌 때면 늘 그렇듯, 로봇에 대한 온갖 유치한 생각에 반박해야 했다. 기계에 대한 인간의 복수심이라니, 그런 말을 들으면 화가 난다. 인간은 기계가 아니라는 그들의 진부한 논거는 너무나 편협한 생각이지 않은가 말이다. 나는 오늘날 사이버네틱스란 정보를 일컫는다고 설명해 주었다. 말하자면 우리의 행위란 소위 말하는 정보 내지는 동인에 대한 반응이고, 특히나 그것들은 대부분 우리의 의지와 상관없는 자동 반응이자, 기계가 인간보다 더 잘한다고 할 수는 없을지라도 버금가게 잘 처리할 수 있는 반사작용이다. 자베트는 눈썹을 찡그리고 (자기 맘에 들지 않는 농담을 들을 때면 늘 그렇게 했다) 웃었다. 나는 노버트 위너의 책『사이버네틱스: 동물과 기계에서의 제어와 커뮤니케이션, M.I.T., 1948』을 예로 들었다. 물론 화보 잡지에서 상상으로 그려낸 그런 로봇을 말하는 게 아니다. 내가 말하는 로봇은 전자 두뇌라 불리는 기계, 초고속 계산 기계, 바로 오늘날 이미 인간의 지능을 능가한 기계다. 1분 안에 덧셈이나 뺄셈을 200만 번이나 하다니! 똑같은 속도로 기계는 미적분을 해내고, 우리가 결과를 읽을 수 있는 것보다 더 빨리 대수를 검토한다. 지금까지는 수학자가 일생을 바쳐서 했을 작업을 기계는 몇 시간 안에 해결할뿐더러 더 신뢰할 수 있다. 기계는 잊어버리는 법이 없고, 필요한 정보를 인간의 뇌보다 더 잘 파악할 수 있으며, 그것을 자신의 확률 명제에 대입하기 때문이다. 하지만 무엇보다 기계는 아무것도 체험하지 않는다. 기계는 겁을 먹지도, 희망을 갖지도 않는다. 그런 것들이란 방해만 될 뿐이다. 기계는 결과에 어떤 희망사항을 담지도 않으며, 순전히 개연성의 논리로만 작업한다. 바로 그런 이유로 난 로봇이 인간보다 더 정확하게 인지한다고 주장한다. 로봇은 미래를 계산하기 때문에 우리보다 미래를 더 잘 진단한다. 이러쿵저러쿵 추측하거나 꿈을 꾸지도 않고, 찾아낸 결과물로부터 조정을 하며 (피드백) 실수하는 법도 없다. 말하자면 로봇은 예감 따위가 필요 없다.

자베트는 나를 이상한 사람이라고 했다.

하지만 약간은 호감을 가진 듯했다. 어쨌든 그 애는 갑판에서 나를 보면 고개를 까딱했고, 비치 의자에 누워 얼른 책을 집었지만 손짓으로 인사했다.

"안녕하세요? 미스터 페이버!"

내 이름의 영어식 발음에 익숙해져 그렇게 소개했던 터라 그 애는 나를 미스터 페이버라고 불렀다. 그 외에는 독일어로 말했다.

종종 그 애를 그냥 쉽게 내버려 두었다.

나도 일할 거리가 있었다.

이런 크루즈 여행이란 우스꽝스러운 상황을 만드는 법이다. 차 없이 5일 동안 지내다니! 나는 일을 하거나 내 차를 운전하는 데 익숙하다. 아무것도 돌아가지 않으면 그건 내게 휴식이 아닐 뿐더러, 익숙하지 않은 것엔 그게 뭐든 어차피 신경이 예민해진다. 일이 손에 잡히지 않았다. 배는 항해를 계속하고, 엔진은 밤이고 낮이고 돌아간다. 엔진 소리를 듣고 느끼며 쉼 없이 나아가지만 움직이는 건 해와 달뿐이다. 어쩌면 앞으로 나아가고 있다는 것도 환영일지 모른다. 우리 배가 아래위로 피칭하면 파도가 갈라진다. 끝없는 수평선. 사람들은 원반 가운데 마치 고정된 것처럼 보이고 물결만 미끄러질 뿐이다. 시속 몇 노트로 주행하는지 모르지만 어쨌든 상당히 빠른 속도일 텐데, 바뀌는 건 하나도 없다. 나이만 먹어 갈 뿐!

자베트는 탁구를 하거나 책을 읽으며 시간을 보냈다.

승선하지도 않은 사람을 만날 일도 없으면서 난 반나절을 이리저리 헤매고 다녔다. 지난 10년 동안 배에서처럼 이렇게 많이 걸은 적이 없었다. 그러다 가끔은 침례교도를 불러 말뚝이나 나뭇조각을 미는 애들 놀이 따위를 하며 시간을 때웠다. 이렇게까지 시간을 가져 본 적이 없었지만 여객선에서 제공하는 일간신문을 읽고 싶단 생각은 없었다.

'오늘의 뉴스.'

움직이는 건 태양뿐.

'아이젠하워 대통령이 말하길…….'

그러거나 말거나!

중요한 건 자신의 나뭇조각을 맞는 위치에다 밀어 넣는 것이고, 확실한 건 배에 오르지 않은 사람을, 예컨대 아이비 같은 사람을 만날 수는 없다는 거다. 그냥 우리는 다다를 수 없는 곳에 있다.

날씨는 좋았다.

어느 날 아침, 침례교도 친구와 아침을 먹고 있을 때 검은 카우보이 바지를 입은 자베트가 우리 식탁으로 와서 앉았다. 정말로 기뻤다. 내가 별로였으면 사방이 빈자리였으니 다른 데로 갔을 거다. 정말로 기뻤다. 그들은 내가 모르는 파리의 루브르 박물관에 대해 이야기했고, 그러는 동안 난 사과를 깎았다. 그녀의 영어 실력은 아주 훌륭했다. 그 애가 얼마나 젊은지 새삼 놀랄 일 아닌가! 사람들이 자신도 옛날에 저렇게 젊은 적이 있었던가 하고 절로 자문하게 된다. 생각은 또 어떤가! 별 관심 없다는 이유로 루브르를 모르는 사람이 세상천지에 어디 있겠냐는 거다. 내가 자기를 놀리느라 그런다고 생각했다. 그때 나를 놀린 건 침례교도 친구였다.

"미스터 페이버는 엔지니어잖아요." 그가 말했다.

나를 흥분시킨 건 엔지니어에 대한 그의 멍청하기 짝이 없는 농담이 아니라, 어린 여자아이에게 수작을 거는 짓거리였다. 저 때문에 우리 식탁으로 온 게 아니었는데도 그자는 그 애의 팔에 손을 얹었다가 어깨에, 그러다 다시 팔에 그 통실통실한 손을 얹었다. 대체 왜 애한테 자꾸 손을 대는 거냐고! 단지 루브르에 대해 뭘 좀 안다는 이유로 말이다.

"들어 봐요." 그는 매번 이렇게 말했다. "한번 들어 봐요!"

그러면 자베트는 "듣고 있어요……"라고 말했다.

사실 이 침례교도 양반은 할 말이 딱히 없었다. 그가 안다는 루브르는 단지 그 애를 만지는 데 써먹을 따름이었다. 늙다리 양반들의 매너란 이런 법이고, 게다가 나를 비웃기까지 하다니.

"자!" 그가 내게 말했다. "계속 얘기해 봐요."

구체적인 사실을 다루는 기술자가 유일한 남자 직업은 아니지만, 여하간 남자다운 직업이라는 입장을 난 굽히지 않는다. 우리가 타고 있는 배도 기술의 산물 아니냐고 거듭 강조한다.

"맞아요, 지당하신 말씀이에요!" 그가 말했다.

그러면서 그는 그 애의 팔을 붙잡고 있었는데, 단지 그 애의 팔을 놓지 않으려는 속셈으로 흥미진진하고 주의 깊게 듣는 척했다.

"그래서요?" 그가 말했다. "계속 말씀해 보세요!"

그 애는 나를 도와줄 양으로 내가 루브르에 있는 조각상을 알지 못하자 로봇으로 화제를 끌고 간다. 하지만 나는 로봇 얘기를 할 생각이 없어 조각상이나 그 비슷한 것들이야말로 다름 아닌 로봇의 조상이라고만 말한다. 원시인들은 인간의 몸을 형상화하면서 죽음을 넘어서려 했고, 우리는 인간의 몸을 대체할 대상으로 그렇게 한다고 말이다. 신비주의를 대신한 기술이지!

다행히 그 순간 르윈 씨가 나타났다.

르윈 씨도 아직 루브르 박물관에 가보지 않았다는 사실이 밝혀지자 천만다행으로 식탁에서 화제가 바뀐다. 르윈 씨가 어제 우리 배의 기관실을 둘러보았다고 하자 대화가 둘로 갈라진다. 침례교도 양반과 자베트는 계속해서 반 고흐에 대해 수다를 떨고, 르윈 씨와 나는 디젤 엔진에 대해 이야기했다. 디젤 엔진은 흥미로운 주제지만 난 한시도 그 애에게서 눈을 떼지 않는다. 그 애는 침례교도 양반의 손을 집어 냅킨처럼 자기 옆 식탁 위에 놓으면서 그의 말을 주의 깊게 듣는다.

"왜 웃어요?" 그가 내게 묻는다.

그저 웃을 뿐.

"반 고흐는 그 시대 최고의 지성인이었어요." 그가 내게 말했다. "고흐의 편지 읽어 봤어요?"

자베트가 한술 더 뜬다. "이분은 정말 모르는 게 없어요."

하지만 르윈 씨와 내가 전기공학에 대해 이야기를 시작하자마자, 우리의 침례교도 인기남은 할 말이 없어 자기 사과만 깎을 뿐 입이 쑥 들어갔다. 결국 우리는 이스라엘 문제로 화제를 돌렸다.

나중에 갑판에서 자베트는 (내 쪽에서 부추기지 않았는데도) 한번 기관실을 구경하고 싶다고, 그것도 나랑 같이 가 보고 싶다고 했다. 언젠가 나도 기관실을 한번 둘러보겠노라 별생각 없이 말해 놓은 터였다. 난 결코 그 애에게 추근거리지 않았다. 그 애는 내게 갑판용 비치 의자가 없다는 데 놀라더니 자기는 어차피 탁구 약속을 해 놓았으니 당장이라도 자기 의자를 쓰라고 제안했다.

난 고맙다고 했고, 그 애는 자리를 떠났다.

그때 이후로 난 자주 그 애 의자에 앉았다. 승무원이 나를 보면 그 애의 의자를 가져와 냉큼 펴 주고는 내게 파이퍼 씨라며 인사했다. 그 애의 의자에 'E. 파이퍼 양'이라고 씌어 있었기 때문이다.

"젊은 아가씨를 보면 누굴 봐도 왠지 한나가 생각나", 난 그렇게 되뇌었다. 며칠 동안 새삼스레 곧잘 한나 생각을 했다. 닮은 점이 뭐 있겠는가! 한나의 머리는 검은색이었는데 자베트는 금발 내지 붉은 기가 돌았다. 두 사람을 비교하는 건 어불성설이라고 난 생각했다. 순전히 심심풀이로 비교해 본 거다. 자베트는 그 당시 한나처럼 젊고 게다가 똑같이 표준 독일어를 구사했다. "표준 독일어를 말하는 사람이야 쎄고 쎘지." 그렇게 난 혼잣말을 했다. 몇 시간이고 그 애 의자에 앉아 흔들거리는 하얀 난간에 두 다리를 걸치고 지그시 바다를 바라봤다. 아쉽게도 전문 잡지는 없었고 소설은 읽을 수 없던 터라, 난 차라리 이 떨림이 어디서 오는 건지, 왜 이 떨림을 피할 수 없는 건지 이리저리 생각하다, 한나가 몇 살이나 되었을까, 흰 머리가 났을까 계산해 보았다. 그러다가 잠이나 청하려고 눈을 감았다. 한나가 갑판에 있었다면, 단박에 알아봤을 거다. 어쩌면 갑판에 있을지도 모른다는 생각에 벌떡 일어나, 그녀가 정말로 갑판에 있다고 진지하게 믿지도 않으면서 의자들 사이를 이리저리 돌아다녔다. 시간 때우기였다! 어쨌든 (고백하건대) 그럴 수도 있다는 두려움에, 나는 더 이상 젊지 않은 부인들을 하나하나 느긋하게 훑어보았다. 검은색 선글라스를 쓰고 있으면 일이 쉽다. 그냥 서서 담배를 피우며, 바라보는 대상이 눈치채지 못하게 아주 편안히 사무적으로 훑어보면 된다. 난 그녀들의 나이를 가늠해 보았지만 쉬운 일은 아니었다. 머리카락 색깔은 관심사가 아니었고 노출된 다리와 발, 특히 손과 입술을 유심히 쳐다봤다. 여기저기서 목은 도마뱀의 주름진 피부를 연상시키지만, 만개한 입술들이 보였다. 여전히 곱고 사랑스러울 한나의 모습을 그려 봤다. 아쉽게도, 죄다 선글라스를 쓰고 있어 여인들의 눈을 볼 수는 없었다. 온갖 중고품이, 어쩌면 한번 꽃 핀 적도 없는 것들이 눈앞에 있었다. 미용 기술의 피조물인 미국 여성들. 한나는 절대 저런 모습을 하고 있지 않을 거다. 그 정도는 알 수 있었다.

다시 자리에 앉았다.

바람이 굴뚝에서 휘파람 소리를 냈다.

물거품이 일었다.

저 멀리 수평선에 화물선이 한 척 나타났다.

한나에 대한 망상에 빠진 것도 무료함 때문이었다. 쉼 없이 떨리는 흰색 난간에 두 발을 걸친 채 누워 있었다. 내가 한나에 대해 알고 있는 건 당사자가 자리에 없으면 아무 소용 없는 지명수배 전단지 수준이었다. 나는 그녀를 보지 못했고, 말했듯이 눈을 감아도 보이지 않았다.

20년이란 긴 세월이다.

대신에 (누군가 의자에 부딪히는 바람에 감았던 눈을 떠 보니) 불쑥 엘리자베트 파이퍼란 이름을 가진 이 젊은 아가씨가 나타났다.

탁구가 끝났던 거다.

대화 중에 반박할 때면 그 애가 붉은 말총머리를 목덜미로 넘기는 모습이나(한나는 붉은색 말총머리를 한 적이 없지 않은가 말이다!), 자기랑 무관하지 않은 일에는 순전히 오기로 어깨를 으쓱하는 모습이 대개 주의를 끌었다. 특히 내 농담에 웃지 않을 수 없지만, 원래는 말도 안 된다고 여길 때면 양미간을 살짝 찡그리는 모습도 눈에 띄었다. 그게 내 주의를 끈 건 맞지만 내 마음을 사로잡은 건 아니었다. 그냥 그 모습이 맘에 들었다. 어디선가 한 번 본 적 있어서 그냥 맘에 드는 그런 제스처들 있지 않은가. 닮은꼴에 대한 이야기가 나오면 난 언제나 경험상 의문표를 던졌다. 잘 모르는 맘 좋은 사람들이 나와 동생이 쏙 빼닮았다고 말하면 우린 배꼽을 잡고 웃었다. 동생은 입양된 아이였다. 예컨대 누군가가 왼쪽 관자놀이를 긁느라 오른손으로 뒷머리를 감싸 쥐면 난 그 행동에 주목하고 당장 아버지를 떠올리지만, 단지 아버지가 그렇게 긁었다는 이유로 그 사람을 아버지의 동생으로 여길 생각은 도무지 할 수가 없다. 난 이성적으로 사고하는 사람이다. 침례교도도 아니요 심령론자도 아니다. 엘리자베트 파이퍼라는 이름의 어떤 여자애가 한나의 딸이라고 어떻게 추측할 수 있단 말인가. 요아힘과의 일이 있고 나서 자연스레 머릿속을 헤집고 돌아다닌 한나와 그 여자애 사이에 정말로 어떤 관련이 있을 수 있다는 의심이 그 당시 배에서 (혹은 나중에) 눈곱만치라도 들었다면, 당연히 난 어머니가 누구신지, 이름이 뭔지, 어느 나라 사람인지 당장 물어봤을 거다. 어떻게 했을지는 모르겠지만, 하여간 달리 행동했을 것임은 자명하다. 내가 정신이 어떻게 된 사람도 아니지 않은가. 난 내 딸을 딸로서 대했을 거다. 난 변태가 아니다!

모든 일이 너무나 자연스러웠다.

별 의미 없이 여행 중에 알게 된 사이였다.

한번은 자베트가 뱃멀미를 했다. 사람들이 갑판으로 가길 권하는데도 부득부득 선실로 내려가려고 하던 자베트가 복도에 그만 토하고 말았다. 짧은 콧수염 남자 친구는 남편이라도 되는 양 그 애를 침대에 눕혔다. 다행히 내가 그 자리에 있었다. 검은색 카우보이 바지를 입은 자베트는 말총머리 때문에 달리 어쩔 수가 없어 얼굴을 옆으로 돌리고 있었다. 기진맥진한 채 사지가 늘어지고 얼굴은 백지장처럼 하얬다. 남자 친구가 손을 잡아 줬다. 한 치의 망설임도 없이 난 나사를 풀고 둥근 창을 열어 신선한 공기를 들이고 물을 건넸다.

"감사합니다." 침대 가장자리에 웅크리고 있던 그가 말했다. 착한 사마리아인을 연기하면서 그가 그 애의 에스파드리유 샌들을 풀었다. 구토가 신발에서 나오기라도 하는 양!

나는 가지 않고 선실에 있었다.

그 애의 붉은 허리띠가 꽉 죄어 있는 게 보였지만 허리띠를 풀어 주는 건 우리가 할 일이 아닌 것 같았다.

내 소개를 했다.

악수를 하자마자 그는 다시 침대로 가서 앉았다. 어쩌면 진짜 남자 친구가 맞는지도 몰랐다. 그렇게 누워 있으니 자베트는 아이가 아니라 성인 여자로 보였다. 그 애가 추울 것 같아 나는 위 칸 침대에서 이불을 가져와 덮어 주었다.

"감사합니다." 그가 말했다.

그 애를 혼자 두기만 하면 되고 더 이상 할 게 없다고 그 젊은 이도 나처럼 생각할 때까지 난 마냥 기다렸다.

"쉬어!" 그가 말했다.

나를 갑판 어딘가에 버려 두고 혼자서 그 애 선실로 되돌아가려는 그의 속셈을 난 이미 간파하고 있었다. 난 그에게 탁구나 한판 하자고 졸랐다……. 예상한 대로, 그는 아주 호감 가는 타입은 아니었지만 그렇다고 멍청한 녀석도 아니었다. 그런데 짧은 콧수염은 왜 달고 다닌담? 두 개의 탁구대가 모두 사용 중이어서 정작 탁구를 하지는 못했다. 대신에 난 그를 터빈에 관한 대화로 끌어들였다. 물론 표준 독일어로! 그는 그래픽디자인 일을 하는 예술가였는데 제법 유능해 보였다. 미술이나 연극, 그런 따위로는 나와 말이 통하지 않는다는 걸 눈치채자마자 그는 사업상의 일로 화제를 전환했다. 탁 터놓고 얘기한 건 아니지만 제법 실한 대화가 오갔다. 얘기하다 보니 그가 스위스 사람임을 알게 되었다.

자베트는 이자를 어떻게 생각하고 있을까.

나로선 열등감을 가질 하등의 이유가 없다. 난 천재는 아니지만 여하튼 제법 고위직에 있는 남자다. 다만 이런 젊은이들이 구사하는 어투, 천재 끼를 별로 달가워하지 않는다. 이런 인간들은 순전히 미래의 꿈만 중요하고 그러는 자기들이 위대하다고 생각한다. 우리 같은 사람들이 실제로 세상에 일구어 낸 일에 대해서는 눈곱만치도 관심이 없다. 우리가 해낸 일을 끄집어 보면 그들은 예의 바르게 미소만 지을 뿐.

　"내가 시간을 많이 뺏었군요!" 내가 말했다.

　"이만 실례해도 될까요?"

　"그럼요!" 내가 말했다.

　나한테 효과가 있었던 알약을 갖다주려고 했지만 자베트는 아무도 선실에 들이고 싶어 하지 않았다. 문틈으로 보니 옷을 입고 있는데도 그 애는 좀 이상하게 행동했다. 좀 전에 알약을 가져다주기로 약속해서 온 것뿐인데. 그 애는 문틈으로 약을 받았다. 그 친구가 안에 있기라도 한 걸까. 난 약을 꼭 복용하라고 간청하다시피 했다. 그냥 도와주려던 것뿐이다. 손이나 잡아 주고 신발 끈을 풀어 준다고 도움이 되는 것은 아니지 않은가. 자베트 같은 여자애가 (그 애의 거침없는 태도는 늘 내게 수수께끼였다) 벌써 남자랑 잤을까 하는 문제는 정말이지 내 관심사가 아니었지만, 그냥 그런 의문이 들었다.

　그 당시 내가 들은 내용은 이렇다.

　장학금을 받아 예일대학에서 한 학기를 보내고 지금은 엄마가 있는 고향 집으로 돌아가는 중이다. 엄마는 아테네에 살고 파이퍼 씨는 공산주의에 대한 신념으로 여전히 동독에 거주하고 있다. 요즘 최대 관심사는 파리에서 싼 호텔을 찾아보는 것. 그런 다음 내가 도무지 이해할 수 없게도 히치하이크로 로마에 가려고 한다. 나중에 뭐가 될지는 아직 모름. 소아과 의사나 공예가 아니면 그 비슷한 거, 혹은 비행기나 실컷 타게 항공사 승무원도 될 수 있고. 무슨 일이 있어도 나중에 꼭 인도와 중국에는 가 보고 싶음. 자베트는 내 나이가 몇 살쯤 되어 보이냐는 질문에 마흔이라고 봤지만, 내가 쉰 살이라고 했을 때도 별로 놀라는 기색이 없었다. 그녀는 스무 살이었다. 나에 관한 한 그 애에게 가장 인상적이었던 건, 당시 스무 살이었던 내가 린드버그의 첫 대서양 횡단(1927)을 개인적으로 기억한다는 사실이었다. 믿기지 않는지 그 애가 계산을 해 봤다! 자베트 입장에서는, 내 나이라면 같은 어조로 나폴레옹에 대해 이야기하더라도 별반 달라질 게 없었으리라. 내가 선베드에 누워 있는 동안 자베트가 수영복을 입고 바닥에 앉아서는 안 되었기에, 난 대개 난간에 서 있었다. 내가 눕고 자베트가 앉아 있으면 그건 내게 너무 아저씨 같은 일이었고, 반대로 자베트가 눕고 내가 양반다리를 하고 그 옆에 쪼그리고 있는 것도 모양새가 웃기긴 마찬가지였다.

추근댈 생각은 추호도 없었다.

난 르윈 씨와 체스 놀이를 했지만, 그는 온 신경이 농장 일에 가 있었다. 다른 승객들과도 체스를 두었는데, 그들은 스무 번 정도 말을 움직이고 나면 지친 기색이 역력했다. 지루하기 짝이 없었다. 하지만 그 애를 지루하게 하느니 내가 무료한 게 나았다. 말인즉슨 정말로 할 말이 있을 때만 그 애에게 갔다는 거다.

나는 그 애에게 스튜어디스는 절대로 되지 말라고 했다.

자베트는 대개 두꺼운 책에 푹 빠져 있었는데, 그 애가 톨스토이에 대해 말할 때면 난 진정으로, 이 여자애가 남자에 대해 뭘 알기나 할까 자문하곤 했다. 난 톨스토이를 모른다. 그 애는 "지금 톨스토이처럼 말씀하신 거예요!"라고 말하곤 했는데, 그건 물론 나를 놀리는 소리였다.

게다가 그 애는 톨스토이를 숭배하고 있었다.

어쩌다 그리되었는지 모르지만, 한번은 바에서 불현듯 자살한 친구가 있다면서 그를 어떻게 발견했는지 이야기해 주었다. 천만다행으로 문이 잠겨 있었기에 망정이지 아니었으면 검은대머리수리가 죽은 당나귀한테 하듯 그를 갈기갈기 찢어 놓았을 거라고.

자베트는 내게 과장하는 거 아니냐고 했다.

페르노*를 서너 잔 마신 나는 웃으며 사람이 철사에 매달려 있으면 어떤 꼴을 당하는지 설명해 주었다. 둥둥 떠다닐 것처럼 두 발이 지면에서 떨어져 있지.

의자는 나뒹굴고.

그 친구는 수염을 기르고 있었어.

왜 그런 이야기를 했는지 모르겠다. 그 친구는 정말이지 인형처럼 뻣뻣했어. 웃음을 터뜨리자 자베트는 내가 냉소적이라고 했다.

난 줄담배를 피워 댔다.

그 친구 얼굴이 피로 거무죽죽했어.

허수아비처럼 바람에 흔들렸지.

악취는 또 얼마나 진동했는지.

자색 손톱에 잿빛 팔. 손은 새하얗게 변해 스펀지 색이었어.

더 이상 얼굴을 알아볼 수 없을 지경이었지.

혀도 푸르뎅뎅했고.

원래는 이야깃거리도 못 되는 단순한 사고였다. 말했듯이 그 친구는 철삿줄 윗부분이 팅팅 부은 채 뜨뜻한 바람에 빙빙 돌고 있었다.

그 이야기를 하려던 건 아니었다.

팔은 두 개의 지팡이처럼 뻣뻣했어.

아쉽게도 과테말라에서 찍은 필름을 아직 현상하지 않았어. 이런 건 말로 설명하기 역부족이야. 사람이 그렇게 매달려 있으면 어떤 꼴인지 직접 봐야 하는데.

자베트는 하늘색 짧은 야회복을 입고 있었다.

가끔 그 친구가 갑자기 내 눈앞에 매달려 있는 거야. 마치 우리가 그를 매장하지 않은 것처럼, 갑자기 말이야. 어쩌면 이 바의 라디오 소리 때문인지도 몰라. 그 친구, 자기 라디오를 끄지 않았었거든.

사실이 그랬다.

말했듯이, 우리가 그를 발견했을 때 라디오가 켜져 있었다.

소리가 크지는 않았어. 처음에 우리는 건넛방에서 누가 말하는 소리라고 생각했어. 그런데 내 친구는 혼자 살고 있었어. 다른 방은 없었지. 음악 소리를 따라가 보니 라디오 소리였던 거야. 상황에 맞지 않게 춤곡이 흘러나오고 있어서 얼른 꺼버렸지.

자베트가 물었다.

그 사람은 왜 그렇게 한 거예요?

죽은 자는 말이 없지. 말했잖아? 인형처럼 매달려 뜨뜻한 바람에 흔들리고 있었다고.

사실이 그랬다.

내가 자리에서 일어나면서 쾅 하고 의자가 넘어져 요란한 소리가 나자, 바에 있던 사람들의 이목이 내게 쏠렸다. 하지만 그 애는 아무 일도 아닌 양 의자를 도로 세워 놓고는 선실까지 나를 데려다주려고 했지만 난 사양했다.

갑판으로 가고 싶었다.

혼자 있고 싶었다.

난 취해 있었다.

그 당시 내가 요아힘 헹케라는 이름을 말했다면 모든 게 설명되었을 텐데. 확실히 난 한 번도 그 친구 이름을 언급하지 않았다. 그냥 과테말라에서 목매달아 죽은 친구에 대해, 비극적인 사고에 대해서만 이야기했다.

한번은 그 애를 촬영했다.

자기를 찍는 걸 알고는 그 애가 혀를 쭉 내밀었다. 나는 혀를 내미는 모습까지 촬영했고, 결국 그 애는 농담이 아니라 정말로 화가 나서 나를 제대로 노려봤다. 도대체 무슨 생각을 하는 거냐고? 그 애가 딱 잘라 내게 물었다. "대체 나한테서 원하는 게 뭐예요?"

오전에 일어난 일이었다.

촬영하면 안 되는 이슬람교도라도 되는지, 아니면 무슨 미신이라도 믿는지 자베트에게 물어봤어야 했는데. 대체 무슨 상상을 하는 거냐고? 난 문제의 필름을 (손을 흔드는 아이비를 원거리로 촬영한 필름까지 합쳐서) 끄집어내 햇빛에 노출시켜 싹 다지워 버릴까 했다. 그럼 되겠어? 무엇보다 오전 내내 그 애의 말투에 신경 쓰는 꼴이라니, 화가 났다. "페이버 씨, 당신은 줄곧 나를 관찰하고 있잖아요. 전 그런 거 별로 안 좋아해요!"라고 말할 때는 얘가 날 뭘로 보나 의문이 들었다.

그 애는 내게 호감을 갖고 있지 않았다.

그건 확실했다. 그래서 기관실 구경을 갈 때 말하겠노라 약속한 걸 점심 먹은 직후 그 애에게 상기시켰을 때도 난 헛된 희망을 품지 않았다.

"지금요?" 그 애가 물었다.

그 애는 읽던 책의 한 장(章)을 마저 끝내고 싶어 했다.

"그렇게 해!" 내가 말했다.

난 그 애를 단념했다. 별로 모욕감을 느끼지도 않았다. 내가 다른 사람들을 귀찮게 하면 그건 나를 사랑하지 않는 거라는 게 내 지론이고, 나를 좋아하지 않는 여자 꽁무니를 따라다니는 건 내 스타일이 아니었다. 솔직히 말해 그럴 필요도 없었지만……. 이 정도 규모의 배 기관실은 제대로 된 공장 규모에 맞먹는다. 주된 업무는 거대한 디젤 기계를 돌리는 것이지만 발전, 난방, 환기 시설도 있기 마련이다. 전문가에게는 뭐 특별할 게 없지만, 가동 중인 기계를 보는 건 언제라도 즐거운 일이란 걸 차치하고라도 선박의 몸체를 가정할 때 볼만한 가치가 있는 시설이라고 할 수 있다. 난 중요한 계기판을 개략적으로 설명해 주었다. 어쨌거나 킬로와트, 수력학, 암페어 등 자베트가 물론 학교에서 배워 알고 있거나 잊어버렸지만 힘들이지 않고 다시 이해할 수 있는 것들을 일목요연하게 설명했다. 용도가 뭔지는 중요하지 않은 수많은 관을 보고 자베트가 놀라워했다. 거대한 계단 모양의 수직 갱도도 그 애에게는 인상적이었는데, 대여섯 층 위로 격자무늬 하늘이 보였다. 하나같이 친절한 기관사들이 정작 자기들은 대서양을 보지 못하면서 줄곧 땀 흘리며 평생 대서양을 항해한다는 데 그 애는 감동했다. (그들은 그 애를 내 딸로 여기는 게 분명했다.) 철제 사다리를 이리저리 기어 다니는 그 애를 그들이 얼마나 뚫어져라 쳐다보는지 나도 눈치챌 정도였다.

"마드무아젤, 괜찮아요?"

자베트는 고양이처럼 잘도 기어 다녔다.

"귀여운 아가씨, 천천히요!"

남자랍시고 찡그리는 꼴이라니, 뻔뻔스럽게 보였지만 자베트는 아랑곳하지 않았다. 이전에는 하얀색이었을 솔기가 박힌 검은 카우보이 바지. 뒷주머니에 꽂힌 초록색 빗. 등 뒤에서 찰랑거리는 붉은 말총머리. 검은 스웨터 아래 드러난 양쪽 어깨뼈. 팽팽하고 날씬한 등에 생긴 오목한 자리. 이어지는 엉덩이. 장딴지까지 걷어 올린 검은 바지 속 젊은 허벅지. 발목 복사뼈. 예쁘긴 하지만 그렇다고 매력적이라고 생각하지는 않았다. 그냥 아주 예뻤다! 우리는 디젤 연소관을 엿볼 수 있는 유리창 앞에 서 있었다. 얼마 전 그 침례교도가 아침 먹을 때 한 것처럼 가까이 있는 그 애 팔이나 어깨를 잡지 않기 위해 양손을 주머니에 찌른 채 난 짤막하게 디젤 연소관을 설명해 주었다.

그 애를 만지려고 한 건 아니었다.

갑자기 내가 노인처럼 느껴졌다.

그 애의 발이 철제 사다리 아래 디딤판을 향해 헛발길질하자 난 그 애의 양쪽 엉덩이를 잡아 잽싸게 바닥으로 밀었다. 그 애의 엉덩이는 유별나게 가벼웠지만 동시에 강했다. 내 스튜드베이커의 자동차 핸들을 잡을 때처럼 우아했고 크기도 딱 그만했다. 순간적으로 일어난 일이었다. 그 애는 구멍이 숭숭 난 철판 층계참에 서서 얼굴 하나 붉히지 않고 불필요한 도움에 감사를 표하더니 얼룩덜룩한 청소용 걸레에 쓱쓱 손을 닦았다. 나로서도 별로 흥분할 일이 아니었다. 우리는 내가 보여 주고 싶어 한 거대한 프로펠러축 쪽으로 걸어갔다. 공간 곡선의 비틀림 문제, 마찰계수, 떨림으로 인한 강철의 피로 현상 등에 관해 생각했다. 얼마나 시끄러운지 가만히 생각하기도, 혹은 얘기를 나누기도 거의 어려울 정도였다. 그래서 우리가 어디에 있는지만, 말하자면 바깥 프로펠러를 돌리기 위해 선박의 몸체에서 나온 프로펠러축이 돌아가야 하는 곳이라는 정도만 설명해 주었다. 고래고래 소리를 질러야 했다. "눈짐작으로 보면 수면 아래 8미터 정도일 거야!" 정말 그런지 알아볼 참이었다.

"눈짐작으로 말이야!" 나는 고래고래 소리를 질렀다. "어쩌면 6미터일지도 몰라!" 이 구조물이 지탱해야 할 상당한 수압에 대한 설명은 이미 용량 초과였다. 내가 구조물을 보여 주는 동안, 그 애의 천진한 판타지는 벌써 바깥 물고기에 가 있었다. 내가 설명하는 걸 이해시키기 위해 난 "여기!" 하고 소리치며 그 애의 손을 잡아 70밀리미터 대갈못 위에 올려놓았다. "상어에요?" 다른 말은 알아들을 수가 없었다. "상어가 어쨌다고? 나도 몰라!" 큰 소리로 대꾸하며 난 구조물을 가리켰다. 자베트는 물끄러미 뭔가를 응시하고 있었다.

난 그 애에게 뭔가 해 주고 싶었다.

여행이 끝나 가고 있어 벌써부터 섭섭한 기분이 들었다. 대서양 지도에 갑자기 조그마한 깃발 표지가 마지막으로 걸렸고 목적지까지 7센티미터를 남겨 둔 터였다. 오후를 보내고 다음 날 오전이면 닿을 거리였다.

르윈 씨는 벌써 짐을 싸고 있었다.

팁에 대한 이야기도 나왔다.

24시간 후에 헤어질 상상을 하니 모두 잘 살라는, 소망과 유머가 담긴 인사가 절로 나왔다. 르윈 씨에게는 농장 일 잘되시길! 우리의 침례교도에게는 루브르 박물관 구경 잘하시길! 그리고 미지의 미래를 앞둔 붉은 말총머리 소녀에게는 "행복하렴!" 하고 인사하리라. 다시는 소식을 듣지 못한다고 생각하니 여간 섭섭한 게 아니었다.

나는 바에 앉아 있었다.

여행에서 알게 된 사이잖은가!

평소와 다르게 감상적인 기분에 젖어 들었다. 그날 성대한 연회가 열렸는데, 늘 해 오던 연회인 게 분명했다. 배에서의 마지막 저녁을 보내는 그날은 마침 내 쉰 살 생일이기도 했다. 물론 난 아무 말도 하지 않았다.

그날은 처음으로 청혼한 날이기도 했다.

원래 난 르윈 씨와 같이 앉아 있었다. 그는 춤추는 연회 따위엔 하나도 관심 없는 사람이었다. 난 (특별한 이유는 밝히지 않고) 배에서 구할 수 있는 최고 품질의 부르고뉴산 포도주에 그를 초대했다('쉰 살은 인생에서 딱 한 번 오는 거니까' 하고 생각했다). 1933년산 본 포도주는 풍미가 대단했다. 뒷맛이 조금 빈약하고 짧으며 아쉽게도 아주 약간 혼탁했지만, 심지어 캘리포니아산 버건디도 입에 맞는 르윈 씨에게는 아무런 문제가 되지 않았다. 난 와인에 실망했지만 (솔직히 말해 내 쉰 살 생일을 좀 다르게 상상했었다) 그 외에는 대체로 만족했다. 자베트는 레몬스퀴시를 한 모금 할 때만 휙 나타났다. 춤꾼이 된 그녀의 짧은 콧수염 그래픽 디자이너가 보이고, 오페레타 공연에 나올 법한 반짝거리는 연회복을 입은 승무원들이 사이사이로 보였다. 자베트는 그녀의 단벌 파티복 파란색 짧은 치마를 입고 있었다. 멋스럽지 않은 것은 아니지만 싸 보이고, 너무 아이 옷 같았다……. 위통을 느껴 난 그만 자러 갈까 생각하고 있었다. 음악이 나오는 근처에 앉아 있으니 귀가 아플 지경이었다. 게다가 이 야단법석 카니발은 또 어떻고! 담배와 시가 연기로 자욱한 홀에 둥둥 떠 있는 등들은 과테말라의 태양 같았다. 사방에 흘러내린 종이테이프와 꽃 장식들, 멍청한 인간들의 정글, 모든 것이 녹색과 붉은색으로 흐드러졌다. 담배를 피우는 신사 양반들은 깃털이 번쩍거리던 검은 대머리수리처럼 까맸다.

난 이 생각을 떨쳐 버리고 싶었다.

파리에 가면 모레 병원에 가서 한번 위 검사를 받아야겠다. 이게 내가 이 야단법석 통에 겨우 쥐어짜 낸 생각이었다.

이상한 밤이었다.

평소 잘 안 하던 와인을 마신 탓인지, 기분이 좋아진 르윈 씨는 갑자기 자베트에게 춤을 청할 정도로 용기백배해졌다. 거인 몸집인 그는 종이테이프에 걸리지 않게 머리를 숙인 반면, 자베트는 그의 갈비뼈 정도만 했다. 자베트가 말을 하려면 올려다봐야 했다. 르윈 씨에게는 검은색 양복이 없었다. 그는 주야장천 마주르카만 췄다. 폴란드에서 태어나고 게토에서 어린 시절을 보냈다는 이유로. 자베트가 그의 어깨를 잡으려면, 마치 여학생이 전차에서 몸을 가누느라 그러는 것처럼 팔을 쭉 뻗어야 했다. 난 자리에 앉아 와인 잔을 돌리며 생일날이라고 감상에 젖지 말자 결심하고는 와인을 마셨다. 독일식으로는 젝트주나 샴페인을 마시는 법인데. 문득 헤르베르트와 독일 시가의 미래에 대해 생각하다가, 헤르베르트가 인디오들 틈에서 혼자 어떻게 하고 있을지 궁금해졌다.

그러고는 갑판으로 갔다.

난 전혀 취하지 않았다. 자베트가 나를 찾아왔을 때 그렇게 얇고 짧은 치마를 입고 있다간 감기 걸리겠다고 얼른 말해 주었다. 슬프냐고 그 애가 물었다. 내가 춤을 추지 않는다는 이유로 말이다. 오늘 그 춤들은 보기에 재미있었다. 저마다 홀로 추는 실존주의적인 깡충거림이랄까. 찡그린 얼굴을 흔들고 다리를 휘감고 오한이라도 난 듯 덜덜 떤다. 발작이랑 비슷한 데가 있지만 재미있고 아주 열정적이라고 할 수 있다. 하지만 난 그런 춤을 못 춘다.

왜 내가 슬프겠어?

영국은 아직 보이지 않았다.

자베트가 감기에 걸리지 않도록 재킷을 벗어 주었다. 말총머리가 뒤에 가만있지 못하고 휘감겼다.

서치라이트에 붉은색 굴뚝이 비쳤다.

밧줄마다 휘파람 소리가 나고 구명보트의 범포는 달가닥거렸다. 굴뚝에서는 연기가 피어오르고……. 자베트는 갑판에서의 이 밤이 멋지다고 했다.

음악 소리는 거의 들리지 않았다.

우리는 별자리에 대해 이야기를 나눴다. 어느 쪽이 천체에 대해 더 알고 덜 아는지 알게 되는 그렇고 그런 얘기였다. 나머지는 분위기에 관한 거였는데, 난 그런 걸 별로 좋아하지 않는다. 그즈음에 볼 수 있던 북쪽 혜성을 가리켰다. 그만하면 충분했고, 내 생일날이라고 말할 수도 있었으리라. 그래서 혜성이 나타난 거야! 하지만 농담으로라도 맞는 말이 아니다. 혜성은 오늘 밤처럼 이렇게 선명한 건 아니었지만 사나흘 전, 적어도 4월

26일 전부터는 내내 떠 있었으니. 그러니까 내 생일(4월 29일)에 대해서는 일언반구도 하지 않았다.

"헤어지는 마당에 두 가지 소원이 있어." 내가 말했다. "첫 번째 소원은 네가 스튜어디스가 되지 않는 거고."

"두 번째 소원은요?"

"두 번째는 로마로 갈 때 히치하이크하지 않는 거. 진심으로 하는 말이야! 내가 기차표나 비행기표를 사 줄게."

당시 로마에 볼일이라곤 없던 내가 자베트와 같이 로마로 가게 될 거라곤 한순간도 생각하지 못했다.

그 애는 내 얼굴을 보며 웃었다.

그 애는 내 말을 오해했다.

자정이 지나자, 늘 그렇듯 찬 음식으로 된 뷔페가 나왔다. 내 재킷을 입고 있어도 덜덜 떠는 자베트를 보자 난 배고프다고 억지를 부려 함께 아래로 내려왔다. 그 애는 턱을 덜덜 떨고 있었다.

아래에선 여전히 연회가 계속되고 있었다.

혼자라서 내가 슬플 거라는 그 애의 추측은 내 기분을 망쳤다. 난 혼자서 여행하는 데 익숙하다. 제대로 된 모든 남자가 그렇듯 난 일과 더불어 살아간다. 반대로, 난 다른 것을 원하지도 않을뿐더러 혼자 사는 나 자신이 행복하다고 생각한다. 이것이 남자가 살아가는 유일한 상태 아닐까. 말할 필요도 없이 혼자 깨어나는 걸 난 즐긴다. 그걸 이해하는 여자가 있겠는가? 잘 잤느냐는 질문부터 나를 불쾌하게 만든다. 왜냐하면 난 생각에서 이미 앞서 나가고 앞일을 생각하는 데 익숙해 뒤돌아보지 않고 계획하는 사람이기 때문이다. 저녁에 하는 다정한 애무는 뭐 괜찮지만 아침 애무는 견딜 수 없고, 한 여자와 사나흘 이상 보내는 건 솔직히 말해 나로서는 늘 위선의 시작이다. 아침에 감정이라니, 그걸 참아 낼 남자는 없다. 차라리 설거지가 낫겠다!

자베트가 웃었다.

여자들과 함께하는 아침 식사라니. 그래, 휴가라면 예외겠지. 발코니에서 아침을 먹을 수도 있다. 하지만 솔직히 말해 3주 이상은 절대 참을 수 없다. 휴가라면 어차피 하루 종일 무엇을 할지 모르니 참아 보겠지만, 늦어도 3주 후면 난 터빈을 그리워한다. 아침에 여자들이 여유 부리는 모습이라니. 예컨대, 어떤 여자가 아침에 옷도 입기 전에 꽃병에 꽃을 요리조리 꽂아 보는 것도 부족해 사랑이니 결혼 생활이니 조잘대는 걸 견딜 수 있는 남자는 없을 거다. 만약 있다면 그 남자는 위선자다. 난 아이비 생각을 하지 않을 수 없었다. 아이비는 담쟁이넝쿨을 뜻하는데, 내게는 모든 여자가 그런 의미를 지닌다. 난 혼자 있고 싶다! 더블베드를 바라보기만 해도, 금방 나오게 될 호텔이 아니라 빼도 박도 못하게 만들어 놓은 그런 더블베드를 바라보기만 해도 외인부대가 연상된다.

자베트는 나더러 시니컬하다고 했다.

하지만 사실이 그렇다.

르윈 씨는 한마디도 못 알아들은 것 같았지만 난 입을 다물었다. 내가 잔을 채워 주려고 하자 그 친구는 얼른 손을 잔에 갖다 댔다. 나더러 시니컬하다고 한 자베트는 나를 사람들이 춤추는 데로 데려갔다……. 난 시니컬하지 않다. 다만 객관적일 뿐인데, 여자들은 이런 걸 싫어한다. 아이비가 주장하듯 난 몰인정한 사람도 아니고 결혼에 반대하는 말을 한 적도 없다. 대개 여자들 편에서 내가 결혼 생활에 맞지 않는다고 생각했다. 내 내 감정을 가지고 있을 수는 없지 않은가. 난 여자를 불행하게 만들고 싶지 않고, 여자들이란 불행해지는 경향이 있으므로 혼자 있는 것만이 내게 걸맞은 유일한 상황이다. 물론 혼자 있는 게 늘 재미있지도 않고 늘 기분 좋은 일도 아니다. 하지만 내 경험에 따르면, 남자가 기분이 안 좋으면 여자들도 덩달아 기분이 나빠지지만, 막상 여자들은 자기들이 지루해지면 곧장 감정이 메말랐다고 남자를 비난한다. 그러니 솔직히 말해 혼자서 지루한 게 더 낫다. 고백하자면 난 텔레비전 시청을 즐겨 하거나 (말 나온 김에 한마디 하자면, 지난 몇 해 동안 텔레비전이 훨씬 좋아진 건 분명하지만) 제 기분에 젖어 있는 사람도 아니지만, 그래도 혼자 있는 걸 반긴다. 사교 모임을 끝내고 자리에서 일어날 때가 가장 행복한 순간이다. 내 차에 앉아 차 문을 닫고 조그마한 열쇠를 꽂는다. 라디오를 켜고 카 라이터로 담뱃불을 붙인다. 시동을 걸고 발로 액셀을 밟는 순간들. 사람들을 상대하는 건 나한테 힘든 일이다. 남자들도 마찬가지다. 기분 같은 건, 이미 말했듯 나한테 별로 중요하지 않다. 간혹 약해질 때도 있지만 금방 다시 평정심을 되찾는다. 피로 현상이야 있을 수 있잖은가! 내가 확인한 바로는 강철의 피로 현상처럼 감정이란 피로 현상일 따름이다. 적어도 나한테는 그렇다. 기운이 없는 거지! 혼자라는 걸 느끼지 않으려고 편지 따위를 쓰는 게 무슨 도움이 될까. 그런다고 달라지는 건 없다. 좀 있다가 빈집에서 자기 발소리만 들을 뿐. 그보다 더 안 좋은 건 이 라디오 디제이들이다. 개 사료니 베이킹파우더니, 뭐 그렇고 그런 걸 야단스레 칭찬하다 뚝 멈추고는 "내일 아침에 만나요!"라니. 겨우 두 시인데 말이다. 그러면 난 그냥 별로 좋아하지도 않는 진을 가져온다. 거리에서 들려오는 사람들 소리, 자동차 경적 소리, 지하철이나 가끔 비행기가 웅웅거리는 소리. 뭐 아무려면 어때. 그러다가 무릎에 신문을 얹고 양탄자에 담배를 떨어뜨린 채 깜빡 잠들기도 한다. 정신을 차려야 한다. 그런데 왜지? 어느 채널의 심야 방송에선가 교향곡이 흘러나오지만 꺼 버린다. 그러고선 좋아하지도 않는 진 한 잔을 들고 서서 마신다. 결국 내 집에서 나는 내 발소리일 뿐인데 그걸 듣지 않기 위해. 혼자서 잘 자란 인사를 못 하니 좀 힘겨울 뿐, 이 모든 게 슬픈 일은 아니다. 그렇다고 결혼할 이유가 있는가?

춤추다 레몬스쿼시를 마시러 돌아온 자베트가 나를 툭 쳤다. 르윈 씨는 잠들어 있었다. 오색 종이테이프며 파트너와 같이 터뜨려야 하는 아이들 풍선이며 이 모든 야단법석을 보고 있기라도 한 듯, 이 거구의 사내는 빙그레 미소를 지었다.

줄곧 무슨 생각을 그렇게 하냐고 그 애가 물었다.

나는 모르겠다고 했다.

너는 무슨 생각을 하냐고 내가 되물었다.

그 애가 냉큼 자기 생각을 말했다.

"페이버 씨, 당신은 결혼하셔야 해요!"

그 순간 그 애를 찾아 갑판을 뒤지던 남자 친구가 나타나 춤을 청했다. 그가 나를 쳐다봤다.

"얼마든지!" 내가 말했다.

난 그 애의 핸드백을 받아 두었다.

내가 무슨 생각을 했는지 정확히 알고 있었다. 적절한 말을 찾지 못했을 뿐. 잔을 이리저리 흔들어 향을 맡으며 난 남녀의 잠자리 장면을 떠올리지 않으려 애썼다. 그런데 이상하게 그런 상상이 나도 모르게 문득문득 들었고 선잠에서 깬 듯 화들짝 놀랐다. 왜 하필 그런 상상을 한 걸까? 한 발짝 떨어져서 한번 생각해 보자. 대체 왜 성기를 상상한 거지? 이렇게 앉아, 춤추는 사람들을 보며 객관성을 잃지 않으면서도 그런 상상을 하다니, 인간으로서 할 짓이 아니지 않은가. 왜 하필 그런 상상을? 충동에 이끌려 보지 않은 사람이라면 이런 상황을 부조리하게 느낄 것이다. 그런 생각을 한 것만으로도 스스로 미친놈이나 변태로 여겨질 거다.

난 맥주를 주문했다.

아마도 나한테 문제가 있는 것 같다.

간간이 보니 춤꾼들은 이제 막 두 사람씩 코로 오렌지 하나를 떨어뜨리지 않고 춤을 추려던 참이었다.

그런데 라이저 르윈은 어떻게 되었지?

그는 입을 반쯤 벌린 채 말하는 게 아니라 코를 골고 있었다.

초록색 수족관에 담긴 물고기의 붉은 입을 하고서!

난 아이비 생각을 했다.

아이비와 포옹할 때면 난 딴생각을 했다. 필름을 현상해야 하는데, 윌리엄스에게 전화해야 하는데! 아이비가 "행복해요. 자기, 너무 행복해"라고 할 때 난 어쩌면 머릿속으로 체스 묘수를 찾고 있었는지도 모른다. 뒷머리를 감싼 그녀의 열 손가락을 느끼면서도 난 발작적으로 행복해하는 그녀의 입과 벽에 걸린 약간 기울어지려고 하는 그림을 보고, 승강기 소리를 듣고, 오늘이 며칠인지 곰곰이 생각한다. "자기도 행복해요?"라고 그녀가 묻는 소리가 들리면 난 지금 품에 안긴 아이비를 생각하기 위해 눈을 감고 실수로 내 팔꿈치에 키스한다. 나중에는 생각한 걸 싹 다 까먹는다. 내내 그 생각을 했음에도 난 윌리엄스에게 전화하는 걸 잊어버린다. 아이비가 바깥에서 차를 끓이는 동안 열린 창가에 서서 마침내 담배를 피우면 문득 오늘이 며칠인지 떠오른다. 그런데 며칠인지는 전혀 중요한 문제가 아니다. 모든 게 환영 같다! 누군가 내 방으로 들어오는 기척에 몸을 돌리면 그건 아침 가운을 입고 우리 둘의 차를 들고 오는 아이비다. 그러면 난 그녀에게로 걸어가 "아이비!"라고 말하며 키스한다. 내가 혼자 있는 걸 더 좋아한다는 건 이해하지 못하지만 그녀는 사랑스러운 연인이기에.

갑자기 배가 멈췄다.

아무 말도 하지 않았는데, 르윈 씨가 화들짝 깨어나 사우샘프턴에 도착했는지 물었다. 바깥에 불빛들이 보였다.

아마도 사우샘프턴인 것 같았다.

르윈 씨가 몸을 일으켜 갑판으로 걸어갔다.

난 맥주를 마시며, 그 당시 한나와도 불합리한 관계였는지, 항상 불합리했는지 기억해 내려고 애썼다.

너 나 할 것 없이 갑판으로 몰려갔다.

자베트가 자기 핸드백을 찾으러 오색 종이테이프가 늘어진 연회장으로 돌아왔을 때 놀라운 일이 벌어졌다. 자베트가 화난 표정을 한 남자 친구한테 잘 가라고 하더니 내 옆자리에 앉았다. 그애 얼굴은 젊은 시절의 한나 얼굴을 꼭 닮았다! 그 애는 담배를 달라고 하더니 대체 줄곧 무슨 생각에 그렇게 잠겨 있는지 또 물었다. 난 무슨 말이든 해야 했다. 그 애에게 불을 붙여 주자 불빛에 앳된 얼굴이 비쳤다. 난 "나랑 결혼할래?" 하고 물었다.

자베트가 얼굴을 붉혔다.

진지하게 하는 소리냐고?

왜 아니겠어!

바깥에서는 한 번쯤 봤음 직한 상륙 장면이 연출되고 있었다. 추운 날씨였지만 품위를 지키느라 부인들은 야회복 차림으로 떨고 있었다. 안개가 낀, 불빛 찬란한 밤이었다. 신사 양반들은 담배를 피우면서 자신들의 부인을 꼭 안아 추위를 막아 보려 애쓰고 있었다. 서치라이트가 하역 작업을 비추고 알록달록한 종이 모자를 쓴 신사들이 보였다. 크레인 소리가 요란했지만 모든게 안개 속에 있었다. 해안가에서 명멸 신호등이 깜빡거렸다.

우리는 서로 만지지 않고 가만히 서 있었다.

결코 하지 않으려고 했던 말을 하고 말았지만, 이미 뱉은 뒤였다. 난 우리의 침묵을 즐기고 있었다. 난 다시 완전히 제정신이었지만 무슨 생각을 하는지는 몰랐다. 어쩌면 아무 생각 하지 않았는지도 모른다.

내 인생은 이제 그 애 손에 달려 있었다.

잠시 후 르윈 씨가 그 사이로 나타났는데, 방해가 되기는커녕 오히려 기뻤다. 자베트도 마찬가지였던 것 같다. 우리는 팔짱을 끼고, 부르고뉴산 와인을 마신 뒤 푹 자고 난 르윈 씨와 팁을 얼마 줄 건지 이런저런 수다를 떨었다. 우리 배는 닻을 내리기 전에 최소한 한 시간은 대기했고, 날은 벌써 밝아 오고 있었다. 젖은 갑판 위, 마지막 승객이 되어 다시 우리만 남자 자베트가 정말 진심으로 한 말인지 내게 물었다. 난 그 애의 이마에, 차갑게 떨리는 눈썹에 키스를 했다. 그 애는 온몸으로 떨고 있었다. 그 애의 입술에 키스하며 난 깜짝 놀랐다. 그 애는 이전에 만났던 그 어떤 여자애들보다 낯설었다. 그 애의 반쯤 벌린 입은 정말 놀라웠다. 난 그녀의 눈에서 흘러나온 축축한 눈물에 키스했다. 할 말은 없었다. 그 상황에서 어떤 말을 하기란 불가능했다.

이튿날 르아브르에 도착했다.

비가 왔다. 붉은 말총머리를 한 그 낯선 여자애가 양손에 짐을 든 채 부교를 건널 때 난 위쪽 갑판에 서 있었다. 짐 때문에 그 애는 손을 흔들 수 없었다. 내가 손 흔드는 걸 봤을 거다. 난 촬영을 하고 싶었지만, 인파 속에서 그 애가 보이지 않는데도 여전히 손을 흔들었다. 나중에 세관에서 막 트렁크를 열어야 했을 때 다시 그 애의 붉은 말총머리가 보였다. 그 애도 고개를 끄덕였고 양손에 짐을 든 채 미소를 지었다. 돈을 아끼느라 짐꾼을 부르지 않았던 그 애는 무겁게 많은 짐을 끌고 있었지만 나로선 도울 방법이 없었다. 그 애는 인파 속으로 사라졌다. 우리 애가 말이다! 그 당시엔 이 사실을 알 리 없었지만, 그 애가 그냥 인파 속으로 사라지자 정말이지 목이 메어 왔다. 난 그 애가 좋았다. 내가 아는 건 그 정도다. 파리행 특별기차의 모든 칸을 한번 뒤져 볼 수도 있었다. 그런데 뭐 하러 그런단 말인가? 우린 헤어진 사이가 아닌가.

파리에서 난 구두로라도 보고하기 위해 곧장 윌리엄스에게 전화를 걸었다. 그는 안부를 묻더니 내 설명을 들을 시간이 없다고 했다. 난 무슨 일이라도 있나 혼자 곱씹었다……. 파리는 여전했고, 한 주 내내 콘퍼런스로 꽉 차 있었다. 늘 하던 대로 볼테르 부둣가에서 묵었다. 다시 찾은 호텔 방에서는 센강이 내려다보이고 바로 맞은편에는 한 번도 가 본 적 없는 루브르 박물관이 있었다.

윌리엄스는 왠지 평소 같지 않았다.

이달의 가장 중요한 행사인 파리 콘퍼런스에 늦지 않게 도착한 것은 차치하고라도, 터빈을 조립할 준비가 하나도 되어 있지 않아 결과적으로 짧아진 과테말라 여행으로 인해 카라카스에서 지체된 일은 아무것도 없노라 보고했지만, 그는 "오케이, 오케이"만 연발했다. 젊은 시절 친구의 끔찍한 자살에 대해 얘기했을 때도 "오케이, 오케이"라고 하더니 말끝에 "휴가를 좀 다녀오는 게 어때, 발터?"라고 말했다.

통 무슨 소리인지 이해가 가지 않았다.

"휴가를 좀 내는 게 어떠냐고. 자네 모습이 마치⋯⋯." 그가 말했다.

전화가 끊겼다.

"저 페이버인데요⋯⋯."

내가 비행기를 타지 않고 예외적으로 유람선을 탔다고 윌리엄스가 빈정 상했는지 모르겠다. 전에 없이 햇빛에 그을리고 배에서 잘 먹고 다닌 터라 평소보다 살도 제법 올랐으니 내게 휴가가 필요하다는 그의 비꼬는 말투는 물론 반어적일 수 있었다.

윌리엄스는 평소와 달랐다.

나중에 콘퍼런스가 끝난 뒤 난 잘 모르는 레스토랑으로 혼자 갔다. 윌리엄스를 생각하니 불쾌한 기분이 들었다.

평소에 그는 그렇게 속 좁은 인간이 아니었다. 내가 과테말라나 아니면 오는 길 어딘가에서 애정행각이라도 벌였다고 생각하는 걸까? 앞서 언급했듯이 난 직업과 관련해서는 양심적으로 행동하는 사람이라, 그의 미소는 내게 모욕감을 줬다. 윌리엄스도 잘 알 텐데! 난 여자 문제로 콘퍼런스에 단 30분도 늦은 적이 없었다. 그건 내게 있을 수 없는 일이었다. 계속해서 "오케이!"라고 하는 게 그가 나를 못 믿나, 아니면 다른 이유라도 있나 파고드는 것 자체가 불쾌했다. 웨이터가 나를 바보 취급할 정도였다.

"선생님, 저는 본이라고 합니다. 그건 레드와인인데요."

"오케이." 내가 말했다.

"레드와인을……." 그가 말했다. "생선 요리에 레드와인을요?"

머릿속으로 딴생각을 하느라 난 주문한 걸 완전히 까먹고 있었다. 그렇다고 얼굴 붉힐 일은 아니었다. 마치 야만인에게 서빙하듯, 이 웨이터란 놈이 나를 불안하게 하는 데 화가 치밀었다. 사실 열등감을 가질 이유는 없었다. 난 내 일을 잘 해내고 있다. 발명가가 되겠다는 야망은 없다. 하지만 엔지니어를 우습게 아는 오하이오 출신 침례교도만큼은 나도 일한다. 사실 우리 같은 사람들이 이룬 업적이 더 쓸모 있다. 나는 수백만 명에게 혜택이 가는 조립을 진두지휘했고 전체 발전소들을 휘하에 두었으며 페르시아와 아프리카의 라이베리아, 파나마, 베네수엘라, 페루에서 성과를 올렸다. 이 웨이터 녀석이 지금 날 그렇게 생각하는 게 분명한데, 난 시대에 뒤떨어진 촌놈이 아니다.

"선생님, 여기 있습니다!"

와인 병을 보여 준 다음 코르크를 열어 시음하도록 따르고는 물어보는 따위의 거추장스러운 일들이 벌어진다.

"어떠세요?"

난 열등감을 끔찍하게 싫어한다.

"오케이"라고 말하며 난 대범한 척 행동했다. 분명 코르크 냄새가 났지만 문제를 일으키고 싶지 않았다. "오케이."

내 머릿속은 다른 생각들로 복잡했다.

아직 이른 저녁 시간이어서 내가 유일한 손님이었다. 맞은편에 있는, 황금색 액자로 된 거울에 자꾸만 신경이 쓰였다. 얼굴을 들 때마다 나 자신을, 말하자면 조상(祖上)의 초상으로 마주했다. 황금 액자 속 발터 파버가 샐러드를 먹는 모습. 눈 아래 둥근 주름이 잡힌 것 외엔 특별할 것도 없었다. 게다가 말했듯 난 햇빛에 그을렸고 평소처럼 그렇게 마르지 않은 지도 한참 되었을 뿐 아니라 오히려 멋져 보였다. 거울 없이도 알고 있던 사실이지만, 난 지금 전성기의 남자다. 머리는 희끗희끗하지만 스포츠로 단련된 남자. 난 남자들의 외모에 큰 의미를 두지 않는다. 사춘기 때는 코가 약간 긴 것 같아 마음을 쓰기도 했지만, 이후 그마저 사라졌다. 만날 여자는 충분했으니 잘못된 열등감에서 해방되었던 거다. 그런데 이놈의 식당이 내 신경을 긁었다. 눈만 들면 보이는 곳에 거울을 두다니, 구역질 난다. 게다가 생선 요리를 하염없이 기다리는 꼴이라니. 난 따끔하게 항의했다. 사실 시간이 있었지만, 웨이터들이 나를 무시한다는 느낌 때문이었다. 이유는 모르겠다. 텅 빈 레스토랑에 다섯 명의 웨이터가 서로 소곤대고, 유일한 손님인 발터 파버는 내가 쳐다보면 황금 액자 속에서 잘게 빵을 뜯어 먹고 있다. 마침내 나온 생선 요리는 훌륭했지만 난 전혀 맛있지 않았다. 내가 어떻게 된 걸까.

"자네 모습이 마치……."

호의를 갖고 한 말이라는 건 잘 알지만, 오직 윌리엄스의 이 멍청한 말 때문에 난 생선 요리를 먹는 대신, 팔면체로 나를 비추고 있는 이 우스꽝스러운 거울을 연신 쳐다봤다.

사람은 당연히 나이가 든다.

대머리가 되는 것도 자연스러운 일이다.

난 병원에 잘 가지 않는다. 맹장염을 제외하면 평생 아파 본적도 없다. "휴가를 좀 다녀오는 게 어때, 발터?"라고 한 윌리엄스의 말에 그냥 거울을 쳐다본 것뿐이다. 보면, 전에 없이 난 햇빛에 그을려 있었다. 스튜어디스가 되고 싶은 어린 여자애의 눈에는 내가 분별력 있는 신사로 보일지 모르지만, 난 삶에 지친사람이 아니다. 오히려 그 반대다. 파리에 오면 병원부터 가겠다는 원래 계획조차 까맣게 잊고 있었다.

몸은 완벽하게 정상적으로 느껴졌다.

다음 날(일요일) 루브르 박물관으로 갔지만 붉은 말총머리소녀는 흔적조차 없었다. 난 루브르 박물관이라는 데서 족히 한시간이나 있었다.

여자와의 첫 경험을 나는 까맣게 잊고 있었다. 말하자면 달갑지 않은 그 기억을 완전히 지워 버렸다. 그녀는 담임 선생님의부인이었다. 선생님은 고등학교 졸업시험 직전에, 나를 몇 주동안 주말마다 자기 집으로 오게 했다. 용돈벌이로 난 선생님이만든 교재의 수정본 교정 일을 도왔다. 그 당시 난 특매품으로나온 오토바이를 갖고 싶어 안달이 나 있었다. 겨우 굴러가기만할 뿐 아주 오래된 모델이었다. 수학과 기하학 과목에서 최우수학생이었던 나는 인물들이나 피타고라스의 명제 등을 수채화로 그려야 했다. 그의 아내는 물론 그 당시 내 나이에도 점잖은부인으로 보였다. 마흔쯤 되어 보이던 그녀는 폐병을 앓고 있었다. 젊은 내 몸에 키스할 때면 미친 여자나 암캐처럼 보였다. 그런데도 나는 여전히 그녀를 사모님이라고 불렀다. 정말이지 말도 안 되는 일이었다. 점차 난 그 일을 잊었다. 다만 선생님이 반에 들어와 아무 말 없이 교탁에다 노트들을 내려놓을 때면 그가 사실을 아는 게 아닐까, 온 세상이 알게 되지 않을까 겁났다. 노트를 나눠 줄 때면 선생님은 한 번도 실수하지 않은 유일한 학생이었던 내 이름을 대개 제일 먼저 불렀고, 그러면 나는 교실 앞으로 나가야 했다. 그녀는 그해 여름에 죽었고 난 그 일을 잊었다. 목이 말라 어딘가에서 마신 물을 잊듯이. 물론 난 그걸 잊었다는 게 마음에 걸려 마지못해 한 달에 한 번 그녀의 무덤에 갔다. 아무도 안 볼 때 가방에서 꽃 몇 송이를 꺼내 잽싸게 무덤 위에 놓았다. 무덤에는 아직 비석도 없고 번호만 매겨져 있었다. 그러면서, 끝난 일이라고 매번 안도하는 나 자신이 부끄러웠다.

하지만 한나와의 일은 결코 그런 말도 안 되는 관계가 아니었다.

우리가 튀일리궁에 앉아 있을 때는 봄인데도 눈발이 날렸다. 파란 하늘에서 눈보라가 내린 날, 거의 일주일 만에 우리는 다시 만났다. 담배 때문에라도 그 애는 우리의 재회를 기뻐하는 것 같았다. 그 애는 돈이 없었다.

"루브르 박물관에 절대 안 가신다는 거 하나도 안 믿었어요." 그 애가 말했다.

"어쨌거나 잘은 안 가지."

"잘 안 간다고요?" 그 애가 웃었다. "그저께는 저 아래 고대

유물 근처에서 봤고 어제도 봤는데요."

줄담배를 피우긴 했지만 그 애는 정말이지 애였다. 이 파리라는 곳에서 다시 만난 걸 정말 우연이라 생각하고 있었다. 그 애는 맨날 입는 검은색 바지에 에스파드리유 신발을 신고 후드 달린 외투를 입고 있었다. 물론 붉은 말총머리에 모자를 쓰고 있지는 않았다. 이미 말했듯 마른하늘에서 눈이 내리고 있었는데 말이다.

"안 춥니?"

"네, 안 추워요. 추우세요?" 그 애가 말했다.

네 시에 다시 콘퍼런스가 있었다.

"커피 한잔하러 갈까?" 내가 말했다.

"오! 좋지요."

경찰관의 호루라기 소리에 쫓기듯 콩코르드 광장을 지나갈 때 그 애가 내 팔을 잡았다. 뜻밖이었다. 그 경찰관이 벌써 하얀 막대기를 올리고 쏟아지듯 차들이 우리를 향해 출발하자 우리는 내달렸다. 인도에서 팔짱을 낀 채 한숨 돌린 순간 난 모자를 잃어버린 걸 알게 되었다. 바깥쪽 갈색 진창에 떨어진 모자는 벌써 타이어에 곤죽이 되어 있었다. "저런!" 하며 난 그 애와 팔짱을 끼고 눈보라 속에서 청년처럼 모자도 없이 앞으로 걸어갔다.

자베트는 배가 고팠다.

혼자 상상의 나래를 펼치지 않으려고 난 그 애가 돈이 떨어져 우리의 재회를 기뻐하는 거라고 혼잣말을 했다. 그 애는 허겁지겁 케이크를 먹느라 거의 쳐다보지도, 말을 하지도 않았다…….

그 애는 히치하이크를 해서 로마에 가려는 생각을 포기하지 않고 있었다. 심지어 치밀하게 계획도 세워 놓은 터였다. 아비뇽, 님, 마르세유는 가능하면 보고, 피사, 피렌체, 시에나, 오르비에토, 아시시 등은 꼭 봐야 한다는 거다. 그날 오전에 벌써 시도했지만 엉뚱한 간선도로에 서 있었던 게 분명했다.

"어머니도 아시는 일이야?"

그 애는 그렇다고 주장했다.

"걱정 안 하셔?"

난 계산을 기다리며 앉아 있었다. 서류 가방을 무릎 위에 올려 놓고 그만 일어날 준비를 하고 있었다. 윌리엄스가 그토록 이상하게 행동하고 있어 콘퍼런스에 지각하고 싶진 않았다.

"당연히 걱정하시죠." 케이크의 마지막 부스러기를 모아 숟가락질하면서 그 애가 말했다. 접시를 혀로 핥지 않은 건 오직 교육 덕분이었다. "엄마란 항상 걱정이 많잖아요." 그 애는 웃으며 말했다.

좀 있다 그 애가 덧붙였다. "아무 차나 타지 않겠다고 엄마랑 약속했어요. 그야 당연하죠, 제가 뭐 바보인가요."

그러는 동안 난 계산을 끝냈다.

"감사합니다." 그 애가 말했다.

오늘 저녁에 뭐 하냐고 물을 용기가 나지 않았다. 대체 어떤 애인지 별로 아는 게 없었다. 어떤 의미에서 저렇게 거리낌없는 걸까? 혹시 정말로 아무 남자나 초대에 응하는 건 아닐까? 그런 상상을 하면 화가 나기보다 질투가 일고 쓸쓸한 기분이 들었다.

"또 볼지 모르겠네?"라고 물으며 난 잽싸게 덧붙였다. "못 보게 되더라도 잘 지내길 바랄게."

난 진짜로 가야 했다.

"여기 더 있을 거니?"

"네." 그 애가 말했다. "시간 많은데요 뭐."

난 벌써 자리에서 일어나 있었다.

"혹시 시간 있으면, 부탁 하나 해도 될까?" 내가 말했다.

난 잃어버린 모자를 찾았다.

"오페라를 보고 싶은데 아직 표를 못 구했어." 내가 말했다.

내 기지에 나 자신도 깜짝 놀랐다. 당연히 난 오페라를 한 번도 본 적이 없었다. 하지만 어떤 오페라 공연이 있는지도 모르는데, 사람 보는 안목이 별로 없는 자베트는 아무런 의심 없이 내 부탁을 들어주려 티켓 값을 받았다.

"생각 있으면 두 장 사도 돼." 내가 말했다. "그럼 일곱 시에 만나, 여기서."

"두 장이라고요?"

"아주 멋진 공연이라고 들었어!"

윌리엄스 부인에게서 들은 얘기였다.

"페이버 씨, 감사해서 어쩌죠?" 그녀가 말했다.

난 콘퍼런스에 지각하고 말았다.

O 교수가 갑자기 내 앞에 나타났을 때 정말이지 난 그를 못 알아봤다. "어딜 그렇게 바삐 가나, 파버 군. 어디를?" 그의 얼굴은 창백한 건 결코 아니지만 완전히 변해 있었다. 아는 얼굴인데?

웃는 표정도 어딘가 익숙한데, 어디서 봤더라? 그도 눈치챈 모양이었다. "날 도통 못 알아보겠나?" 그의 웃음이 일그러졌다. "그럴 거야. 내가 고생을 좀 했네." 그가 웃었다. 그의 얼굴은 더이상 얼굴이 아니라 피부를 덮어씌운 해골이었다. 근육이 만들어 낸 표정 연기는 내게 O 교수를 연상시켰다. 하지만 그건 해골이었고 너무 큰 웃음소리는 얼굴을 일그러뜨렸다. 움푹 파인 눈에 비해서도 너무 큰 웃음이었다. "교수님!"이라고 말하면서 난 "그런데 돌아가셨다고 들었는데요"라고 말하지 않으려고 조심했다. 대신 난 "어떻게 지내세요?"라고 말했다. 그는 이렇게 다정하게 군 적이 없었다. 난 교수를 높이 평가하고 있었지만, 내가 택시 문을 잡고 있는 지금처럼 다정하게 대한 적은 없었다. "파리에서의 봄이라!" 그가 웃는다. 왜 자꾸 웃는지 좀처럼 알 수가 없다. 내가 아는 그는 취리히 연방공과대학 교수지 광대가 아니다. 하지만 그는 입만 열면 웃는 것처럼 보인다. "그럼, 그럼, 이제 좋아지고 있네!" 그가 웃는다. 말하자면 그는, 죽은 해골이 웃을 수 없는 것처럼, 사실은 웃고 있는 게 아니라 다만 그렇게 보일 따름이다. 서두르느라 금방 알아뵙지 못했노라 내가 사과한다. 그는 배가 나온 적이 없었는데 지금은 배가 불룩했다. 갈비뼈 아래 풍선만 한 배가 우뚝 솟아올랐을 뿐 정작 다른 덴 비쩍 말랐다. 피부는 가죽이나 점토처럼 보였고, 눈은 생생했지만 푹 꺼져 있었다. 내가 뭐라고 말한다. 그가 귀를 쫑긋한다. "어딜 그렇게 서둘러 가나?" 웃으며 그가 "간단히 한잔하지 않겠나?" 하고 묻는다. 이미 말했듯이 이 또한 좀 버거운 상냉함이었다. 그 당시 취리히대학 시절 그는 내 지도교수였고 난 그를 높이 평가하고 있었지만, 정말이지 지금 내겐 한잔할 시간이 없다. "존경하는 교수님!" 평소에 난 이렇게 말하는 법이 없었다. 그가 내 팔을 붙드는 바람에 "존경하는 교수님!"이라고 부르고 말았다. 누구나 이 말이 무슨 뜻인지 알지 않는가. 하지만 그는 모르는 것 같다. 그가 웃으며 "그럼 다음에!" 하고 말한다. 이 남자가 벌써 죽은 사람이란 걸 난 잘 안다. "기꺼이요!"라고 말하며 난 택시에 오른다.

콘퍼런스가 귀에 들어오지 않았다.

노벨상 수상자도 아니고, 취리히 연방공과대학 교수 중 세계적 명성을 누리는 교수에 속하지도 않았지만, 어쨌든 진지한 전문가였던 O 교수는 내게 늘 일종의 롤모델이었다. 이름표를 단 흰색 가운을 입은 우리 학생들이 그를 빙 둘러싸고 그의 이야기에 웃던 광경을 난 결코 잊지 못할 것이다. "신혼여행이란 (그는 늘 이런 투로 말했다) 충만한 일이지만 더 중요한 건 나중에 논문에서 찾게 될 거예요. 또 외국어도 배워요, 여러분. 하지만 여행은 케케묵은 짓이에요. 내일이나 모레는 물론이거니와 오늘 이미 우리는 통신수단을 갖고 있어요. 이것으로 우리는 세상을 집으로 불러들일 수 있지요. 이 장소에서 저 장소로 차를 타고 이동하는 건 구식 행동이에요. 여러분은 지금 웃지만 사실이 그래요. 여행은 구식 행동이지요. 교통수단이 완전히 사라지는 그런 날이 올 거예요. 신혼부부나 마차를 타고 세계여행을 하지, 그 외에는 여행하는 사람이 없을 겁니다. 여러분, 지금은 웃지만 앞으로 그걸 경험하게 될 거예요."

그랬던 그가 갑자기 파리에 나타난 것이다.

어쩌면 그래서 시종 웃었던 게 아닐까. 어쩌면 위암 (혹은 다른 병명이었나) 판정을 받았다는 게 사실이 아닐지도 모른다. 의사가 2개월을 넘기지 못할 거라고 했다며 사람들이 2년 전부터 입방아를 찧어 댔으니 그가 웃은 거다. 우리를 비웃은 거다. 우리가 언젠가 다시 만나리라는 걸 그는 확신하고 있다.

콘퍼런스는 두 시간이 채 못 되어 끝났다.

"윌리엄스, 마음을 바꿨어요." 내가 말했다.

"무슨 일이라도 있나?"

"음, 그냥 마음을 바꿨어요……."

잠시 일을 쉬면서 여행이나 할까 궁리 중이라고, 봄을 타는 것 같다고, 2주일이나 뭐 그 정도 아비뇽, 피사, 피렌체, 로마로 짧은 여행을 할까 한다고 주절거리는 동안, 윌리엄스는 차로 나를 호텔까지 데려다주었다. 그는 이제 전혀 이상하지 않았고, 오히려 평상시대로 마음 넓은 사람으로 돌아와 있었다. 그는 다음 날 비행기를 타고 뉴욕으로 간다며 자신의 시트로엥을 쓰라고 했다.

"발터, 즐거운 여행 하시게나!"

나는 면도를 하고 옷을 갈아입었다. 오페라를 보게 될 경우를 대비해서였다. 샹젤리제로 걸어서 갔는데도 너무 일찍 도착해 옆 카페에 가서 자리를 잡았다. 히터가 켜진, 유리로 된 베란다였다. 말총머리를 한 낯선 여자아이가 나를 보지도 않고 지나갈 때 막 주문한 페르노가 나왔다. 그 애도 마찬가지로 너무 일찍 왔던 거다. 난 그 애를 부를 수 있었지만 그렇게 하지 않았다.

그 애는 카페로 가서 자리를 잡았다.

난 행복한 마음으로, 서두르지 않고 페르노를 마셨다. 그 애가 주문하는 모습, 기다리는 모습, 담배를 피우며 한번은 시계를 보는 모습. 난 베란다 유리를 통해 그 애를 지켜보았다. 그 애는 조그마한 나무 단추와 끈이 달린 검은색 후드 외투를 입었는데, 그 아래에는 오페라 공연을 볼 채비로 예의 파란색 짧은 연회복을 입고 있었다. 영락없이 빨간색 립스틱을 시험 삼아 발라본 어린 아가씨였다. 그 애는 레몬스퀴시를 마셨다. 이 파리에서 지금보다 더 행복한 적은 없었다. 난 계산하고 나를 기다리는 저 너머 여자아이에게 가기 위해 웨이터를 기다렸다. 웨이터가 왜 이렇게 안 오나 하면서도, 그가 나를 계속 기다리게 하는 것이 기쁘게 여겨질 지경이었다. 내 평생 지금보다 더 행복한 순간은 없었다.

일의 전후 사정을 알고 나서, 특히 파리의 오페라에 함께 간 그 젊은 아가씨가 한나와 내가 그 당시 정치적 세계 상황은 차치하고라도 우리의 개인적인 형편으로 인해 낳지 않기로 했던 바로 그 아이였다는 사실을 알고 나서, 난 많은 다양한 사람들과 임신중절에 대해 어떻게 생각하는지 이야기를 나눴다. 그러면서 그들이 근본적으로는 나와 같은 의견임을 확인할 수 있었다. 임신중절은 오늘날 자연스러운 일이다. 임신중절이 안 되면 어떻게 할 것인가? 의학과 기술의 발달은 이제 책임 있는 인간에 게 새로운 조치를 취하게 한다. 1세기 후면 인류는 세 배로 늘어 난다. 옛날에는 보건학이란 개념이 없었다. 아이가 생기고, 태 어나고, 한 살도 안 되어 죽어도 어쩔 수 없었다. 그것이 자연의 이치 같았다. 지금보다 더 원시적이고 덜 윤리적이었다. 산욕열 과의 싸움. 제왕절개. 조산아용 인큐베이터. 우리는 옛날보다 더 진지하게 생명을 다룬다. 요한 제바스티안 바흐는 열세 명의 (혹은 그 비슷한 숫자의) 아이를 낳았지만 그중 반은 목숨을 잃 었다. 인간은 토끼가 아니고, 진보의 결과물이다. 즉 우리는 스 스로 문제를 조절해야 한다. 지구상의 인구 팽창은 위협적인 문 제다. 내 주치의는 북아프리카에서 일한 적이 있는데, 그가 한 말을 그대로 전하면 이렇다. "언젠가 아랍인들이 그들의 배설 을 집 주변에서 해결하지 않는 날이 오게 되면, 20년 내로 아랍 인구가 두 배로 늘 거라고 예상합니다." 자연에서는 어디서든 벌어지는 일이다. 종족 보존을 위한 과잉 생산이다. 우리는 종 족을 보존하는 다른 방법을 안다. 생명은 신성하지 않은가! 동 물들처럼 생기는 대로 낳으면 자연적인 과잉생산은 재앙이 될 것이다. 종족 보존이 아니라 종족 파멸이다. 지구가 먹여 살릴 수 있는 인간은 몇 명인가? 물론 인구 증가는 가능하다. 유네스 코의 과제는 저개발 지역의 산업화지만, 이런 증가가 무제한이 면 안 된다. 완전히 새로운 문제에 직면한 정책이 필요하다. 통 계를 한번 보라. 예컨대 예방치료의 성공으로 결핵은 30퍼센트 에서 8퍼센트까지 감퇴했다. 자비로운 신이라고! 신이 전염병

같은 일을 만든 거고 우리는 신에게서 전염병을 빼앗았다. 이제 우리는 신에게서 번식도 뺏어야 한다. 조금도 양심의 가책을 가질 이유가 없다. 그 반대로 이성적으로 행동하고 스스로 결정권을 가진 인간의 품위를 지켜야 한다. 그렇지 않으면 우리는 전염병을 전쟁으로 대체할 것이다. 낭만적 사고는 끝내야 한다. 임신중절을 원칙적으로 거부하는 자는 낭만주의자이고 무책임한 사람이다. 물론 무분별하게 그런 일이 일어나서는 안 되지만, 원칙적으로 우리는 사실들에 주목해야 한다. 예컨대, 인간 존재는 무엇보다 천연자원의 문제라는 사실 말이다. 국가가 나서서 대대적으로 출산을 장려하는 횡포가 파시스트 국가들에서 일어났지만 프랑스에서도 그런 일이 있었다. 이건 삶의 공간의 문제다. 자동화를 잊지 말 것. 그렇게 많은 사람이 필요하지 않다는 거다. 삶의 수준을 높이는 것이 더 현명한 일일 것이다. 다른 모든 것은 전쟁과 총체적인 파멸로 이끌 것이다. 객관성 상실과 무지함이 점점 더 확산되고 있다. 대부분 재앙을 불러일으키는 자들은 늘 도덕주의자다. 임신중절, 이건 문화의 결과물이고 정글만이 자연이 원하는 대로 새끼를 낳고 부패한다. 인간은 계획을 세운다. 오로지 임신중절에 대한 불안감으로 맺어진 부부가 파국을 맞은 예는 부지기수이고, 낭만적 사고로 인해 빚어진 불행한 일도 오늘날 여전히 많다. 피임과 임신중절의 차이는 무엇이란 말인가? 어떤 경우든, 아이를 갖지 않으려는 인간의 의지다. 얼마나 많은 아이가 정말로 원해서 낳은 아이인가? 남녀가 약간 다른 건, 여자는 아이가 한번 생기면 낳기를 원하는 쪽이라는 거다. 본능에 의한 자동 반응인데, 여자는 아이를 원치 않았다는 걸 잊을 뿐 아니라 남자에 대한 권력욕이 더해진다. 모성애는 여자의 경제적인 투쟁 수단이다. 운명이란 무엇을 의미하는가? 기계적이고 생리적인 우연들로부터 운명을 이끌어 내는 것은 가소로운 일이고 현대 인간에게는 걸맞지 않은 짓이다. 아이들이란 우리가 원하거나 원하지 않는 어떤 것이다. 여자가 해를 입는다고? 돌팔이 의사가 수술한 게 아니라면, 어쨌든 생리학적으로는 아니다. 당사자가 도덕적인 혹은 종교적인 이념에 종속된 인물인 한에서는 정신적으로만 그렇다. 우리가 거부해야 하는 건, 자연을 숭배 대상으로 삼는 거다! 그럴 거면 일관성 있게 행동해야 할 것이다. 페니실린도 거부하고, 피뢰침, 안경, DDT, 레이더 등도 거부해야 한다. 우리는 기술적으로 살며, 인간은 자연의 지배자요 엔지니어다. 여기에 반대하는 사람은 자연이 만든 것도 아닌 다리를 사용하면 안 된다. 또 일관성 있게 행동해야 하니 어떤 수술도 거부해야 한다. 즉 맹장염에 걸려 죽어야 한다는 거다. 운명이니까! 전구도 없고 엔진도 없고 핵에너지, 계산기, 마취도 없다. 그러면 정글로 갈 수밖에!

이탈리아 여행으로 말하자면, 나이 차이에도 불구하고 그 애는 행복해하는 것 같았고, 덩달아 나도 행복했다.

그 애는 젊은 신사들을 비웃었다.

"남자애들이란!" 그 애가 말했다. "상상도 못 하실걸요. 걔들 엄마라도 된 기분이라고요. 정말 끔찍해요!"

날씨가 환상적이었다.

다만 빠짐없이 다 보려는 그 애의 예술에 대한 열정이 나를 피곤하게 만들었다. 이탈리아에 도착하자마자 그냥 지나치는 곳이 없었다. 피사, 피렌체, 시에나, 페루자, 아레초, 오르비에토, 아시시……. 그렇게 여행하는 데 난 익숙하지 않았다. 피렌체에서 그 애의 프라 안젤리코*가 솔직히 약간 키치스럽다며 반발했다. 그러고는 좀 순화해서 나이브하다고 했다. 그 애는 논쟁하지 않고 오히려 감동했다. 자기한테는 충분히 나이브하지 않다며.

내가 즐긴 건 바로 캄파리*였다!

만돌린을 켜는 거지도 괜찮았다.

내 관심을 끈 건 도로 건설, 교량 건설, 피아트 신형 모델, 로마의 신역사, 신형 고속전동차, 올리베티* 신형 모델 같은 것들이었다.

박물관 관람이라면 도대체 어디서부터 시작해야 할지 모르겠다.

내가 보기엔 순전히 고집을 부리느라 자베트가 수도원 전체를 돌아보는 동안 난 야외 산마르코 광장에 앉아 하던 대로 캄파리를 마셨다. 아비뇽에서부터 지난 며칠 동안, 오직 그 애 곁에 있을 속셈으로 전부 구경했다. 그럴 까닭이 없는데도 질투심이 일었다. 이렇게 어린 여자애가 대체 무슨 생각을 하는지 난 몰랐다. 내가 운전사라도 되는가? 그럼 오케이! 그러면 난 주인님이 옆에 있는 교회에서 돌아오실 때까지 그동안 캄파리 한 잔 마실 권리가 있는 거다. 아비뇽에서 그 일만 없었다면, 그 애의 운전사 노릇을 하는 건 아무 문제도 되지 않았을 거다. 때때로 난 그 애를 어떻게 생각해야 할지 갈팡질팡했다. 히치하이크로 로마에 가겠다는 아이니! 결국 그걸 실천에 옮기지는 못했지만, 그런 생각만으로도 나를 질투하게 만들었다. 아비뇽에서 있었던 일이 다른 남자와도 없으리란 법이 있는가?

난 전에 없이 결혼에 대해 생각하기 시작했다.

그 애를 사랑할수록 그 애를 그런 일에 휩쓸리게 하고 싶지 않았다. 언젠가 그 애와 얘기해 보고픈 마음이 점점 커졌다. 허심탄회하게 말해 보기로 결심했지만, 내 말을 믿지 않으면 어쩌나, 날 비웃지 않을까 등등 걱정이 앞섰다. 여전히 그 애는 내가 냉소적이라고, 심지어 그 애에 대해서가 아니라 삶 전체에 대해서 시건방지고 반어적이라고 생각하는 것 같았다. 그 점을 그 애는 못 견뎌 했다. 그럴 때면 종종 난 뭐라고 말해야 할지 몰랐다. 내 말을 듣기나 한 걸까? 갑자기 내가 젊음을 이해하지 못한다는 느낌마저 들었다. 종종 내가 사기꾼처럼 여겨졌다. 그런데 왜지? 티볼리는 내가 이 세상에서 본 것 중 최고일 테고, 티볼리에서의 오후는 예컨대 두 배의 행복이라는 그 애의 기대를 저버리고 싶지 않았다. 다만 그게 믿기지 않았다. 내가 자기를 진지하게 생각하지 않는다고 내내 걱정하지만 사실은 거꾸로다. 난 나 자신을 진지하게 생각하지 않았고, 젊어지려고 무진 애썼지만 뭔가 항상 질투심이 일었다. 오늘날(1957) 젊은이들은 우리 때와 완전히 다른가 하는 의문이 들었지만, 결국 현재의 젊은

이가 어떤지 전혀 모른다는 것만 확인할 따름이었다. 난 그 애를 관찰했다. 단지 그 애 곁에 있기 위해서, 적어도 에트루리아의 도자기 파편들이 쌓여 있는 유리 진열장에 비친 자베트를 보기 위해서 몇몇 박물관으로 그 애를 따라다녔다. 그 애의 젊은 얼굴, 그 진지함, 그 즐거움을 보기 위해서 말이다! 자베트는 내가 진열품에 대해 전혀 아는 게 없다는 걸 믿으려 하지 않았다. 단지 서른 살이나 나이가 많다는 이유로 무한하고 순진한 신뢰를 보내지만, 다른 한편으로는 하나도 존경하는 마음이 없었다. 존경을 기대하다니, 난 마음이 울적했다. 내 경험에 대해 말할라치면 자베트는 귀 기울여 들었지만 노인네 말 듣듯이 했다. 말을 끊는 법도 없고 예의를 지키지만, 믿지도 않았고 열광하지도 않았다. 기껏해야 내가 벌써 얘기한 적이 있다는 것을 암시하려고 이야기하는 도중에 선수를 치며 말을 끊는 정도였다. 그러면 난 부끄러웠다. 애당초 그 애에게 중요한 건 미래와 약간의 현재뿐이었다. 젊은이들이 대부분 그렇듯 경험 따위엔 별로 관심이 없었다. 과거에 있었던 일, 우리 같은 사람들이 그로부터 배운 것 내지는 배울 수 있었던 것에 대해서는 하등 관심이 없었다. 자베트가 미래에 대해 어떤 기대를 하는지 잘 살펴보면, 그 애 자신도 잘 모르고 그냥 기대하기만 한다는 걸 알 수 있었다. 내가 잘 모르는 어떤 걸 미래에 기대한다고? 자베트에게는 모든 게 달랐다. 그 애는 티볼리, 엄마, 아침 식사, 언젠가 아이를 갖게 될 미래, 생일날, 레코드판, 정해진 것과 정해지지 않은 것, 말하자면 아직 오지 않은 모든 것을 즐거운 마음으로 기대하고 있었다. 그런 것이 부러울 수도 있겠지만, 내 삶이 즐겁지 않은 건 아니었다. 적당히 즐거운 순간마다 즐거웠다. 너무 즐거워 공중제비를 넘거나 노래를 부를 정도는 아니지만 충분히 즐거웠다. 맛있는 음식에 대해서만도 아니었다! 나 자신을 매번 표현할 수는 없지 않은가. 우리가 만난 사람 중 대체 몇 사람이나 나의 즐거움에, 아니면 내 감정에 관심을 가질까! 자베트는 내가 항상 표현을 잘 안 하거나 안 그런 척 위장한다고 생각했다. 나를 가장 기쁘게 하는 건 그 애가 즐거워하는 모습이었다. 그 애가 대수롭지 않게, 아무런 준비도 없이 노래하는 데 난 가끔 경탄했다. 그 애는 커튼을 걷고 비가 오지 않는 것을 확인하고는 노래를 불렀다. 한번은 내 위통에 대해 말하는 실수를 범하고 말았다. 그 후로 그 애는 내가 미성년이라도 되는 양 엄마처럼 근심 어린 얼굴로 위통이 어떤지 내내 물었다. 난 삶의 경험으로 그 애를 지루하게 만들었고, 그 애는 아침부터 저녁까지 어디서나 내가 감격하기를 기다리면서 나를 늙은이로 만들었다……. 그런 한에서 우리의 여행이 항상 잘 흘러간 건 아니지만 꽤나 재미있었다.

국립박물관 어느 커다란 회랑에서 난 그 애가 『베데커』* 읽는 소리를 그만 듣겠다고 거부하고는 난간에 웅크리고 앉아 이탈리아 신문을 뒤적였다. 이 석조 조각들이라면 이제 지긋지긋했다. 내가 아무리 아니라고 해도, 자베트는 예술을 전혀 이해하지 못한다고 한 나의 고백이 자기를 놀리는 말이라고 여전히 믿고 있었다. 속물만 예외일 뿐, 인간이라면 누구나 예술작품을 체험할 수 있다고 자기 엄마가 그랬다면서.

"어마마마 납시오!" 내가 말했다.

커다란 회랑을 가로질러 가는 이탈리아 부부가 내겐 그 어떤 조각상보다 훨씬 더 흥미로웠다. 특히 잠자는 아이를 팔에 안고 가는 아버지가 그랬다. 그 외에는 아무도 없었다.

새들이 지저귀는 소리만 들릴 뿐, 쥐 죽은 듯 고요했다.

결국 자베트가 나를 혼자 내버려 두자, 난 어차피 읽을 수도 없는 신문을 찔러 넣고는 그 애 엄마의 말을 시험해 보려고 어떤 조각상 앞으로 가 보았다. 모든 인간은 예술작품을 체험할 수 있다고 하지 않았는가! 하지만 내 생각에 그건 그 애 엄마의 착각 같았다.

지루하기만 했다.

판유리가 있는 조그마한 회랑에서 난 운 좋게도 재미있는 광경을 발견했다. 가톨릭 신부가 이끄는 독일 단체 관광객들이 사고 장소라도 가듯 일제히 부조 앞으로 우르르 몰려가는 모습을 보니 호기심이 일었다. 자베트가 나를 발견했을 때 ("여기 있었네요, 아저씨, 캄파리 마시러 갔나 했어요!") 난 방금 신부에게 들은 걸 말했다. 〈비너스의 탄생〉. 특히나 옆에 있는 피리 부는 소녀가 매력적이라고. 매력적이라는 말은 그런 부조에 맞는 말이 아니란다. 그 애는 멋지다, 엄청나다, 최고다, 천재적이다, 소름 돋는다와 같은 말을 썼다.

다행히 사람들이 왔다.

난 사람들이 내가 무엇을 느껴야만 한다고 말할 때면 견딜 수가 없다. 그러면 말하는 대상을 보고 있으면서도 나 자신이 장님처럼 느껴진다.

〈잠자는 에리니에스*의 두상〉.

그건 바이에른 신부의 도움을 받지 않고 왼쪽, 같은 홀에서 내가 발견한 것이었다. 물론 제목은 알지 못했지만, 몰라도 전혀 문제가 되지 않았다. 어차피 고대 이름을 잘 몰라 오히려 제목이 방해가 된다. 고대 이름이 나오면 마치 시험을 보는 기분이 든다…… 그런데 이걸 보면, 대단해, 정말 대단해, 인상적이야, 훌륭해, 깊은 인상을 남기는군, 이런 말이 절로 나왔다. 젊은 여성의 석조 두상이었는데, 팔꿈치로 괴고 보면, 잠자는 여인의 얼굴을 내려다보는 느낌이 들었다.

무슨 꿈을 꾸는 걸까?

예술을 음미하는 태도와는 거리가 멀지 모르지만 기원전 4세기니 3세기니 어쩌고저쩌고 하는 것보다 나한테는 더 흥미로운 질문이었다. 〈비너스의 탄생〉을 다시 보러 갔을 때 불현듯 그 애가 "거기 서 봐요!"라고 말했다. 움직이지 말라는 거였다. "왜?" 내가 물었다. "가만 있어요!" 그 애가 말했다. "거기 서 있으니 여기 있는 에리니에스가 훨씬 아름다워요. 이런 모습을 만들어 내다니 정말 믿기지 않을 지경이에요!" 나더러 그걸 확인해 보라며 자베트가 자리를 바꾸자고 고집을 부렸다. 실제로 어떤 인상을 주긴 했지만 놀랄 정도는 아니었다. 빛의 문제였던 거다. 자베트(혹은 아무나)가 〈비너스의 탄생〉 옆에 서면 그림자가 지고 그것이 잠자는 에리니에스의 얼굴에 영향을 끼쳤다.

한쪽에서만 빛이 떨어지니까 갑자기 잠에서 깬 듯 더 생기 있게, 말하자면 야성적으로 보였다.

"이런 모습을 만들어 내다니 정말 멋져요!" 그 애가 말했다.

한두 번 더 자리를 바꾸고 나서 난 마침내 그만 가자고 했다. 자베트가 보길 원하는 조각상들로 가득 찬 홀이 아직 많이 남아 있었다.

난 배가 고팠다.

머릿속에 맴도는 레스토랑에 대해서는 입도 벙긋할 수 없었다. 고대의, 선형의, 헬레니즘적인, 장식적인, 의식(儀式)적, 자연주의적, 표현주의적, 입방체의, 비유적, 제례적, 구성적 등등 아주 지적인 이런 어휘들을 어디서 끌어왔는지 자베트에게 물어봤지만 한 번도 대답을 듣지 못했다. 단순한 모양이었지만 제대로 된 벽의 구조물로 내 관심을 끌었던, 고대 벽돌로 만든 아치 외에는 더 이상 볼 게 없는 출구 쪽에서 그 애는 회전문을 통해 앞서 나가며 엄마 이야기가 나오면 늘 그렇듯 별거 아니라는 듯이 내 질문에 대답했다.

"엄마한테서요."

우리는 매번 바꿔 가며 새로운 레스토랑을 찾았다. 레스토랑에서 그 애 모습은 너무나 사랑스러웠다. 샐러드에 기뻐하고, 아이처럼 빵을 삼키고, 호기심을 잔뜩 품고 빵을 야금야금 씹으며 사방을 둘러보고, 전채 요리가 나오자 파티라도 하듯 열광하며 한껏 들뜬 모습이란⋯⋯.

그 애의 엄마에 관해 말하자면 이렇다.

우리는 아티초크 잎을 뜯어 하나하나 마요네즈에 담가 한 장씩 씹었다. 그러면서 그 애의 엄마인 그 영리한 부인에 대해 몇 가지 사실을 들을 수 있었다. 지적인 여성을 별로 좋아하지 않는 터라 솔직히 말해 난 그렇게 호기심이 일지 않았다. 내가 알게 된 바로는, 그녀는 원래 고고학이 아니라 어문학을 전공했지만 지금은 고고학 연구소에서 일하고 있다. 파이퍼 씨와 헤어졌으니 돈을 벌어야 하기 때문이다. 난 잔을 손에 든 채 건배하기를 기다렸다. 정치적 신념으로 동독에 살고 있는 남자라니, 파이퍼 씨는 전혀 내 관심사가 아니었다. 난 잔을 들고 말을 끊었다. "건배!" 그리고 우리는 잔을 비웠다……

그 밖에 알게 된 사실은 다음과 같다.

엄마도 한때는 공산주의자였으나, 그럼에도 파이퍼 씨와는 잘 지내지 못해 헤어졌다는데 그 점은 이해가 간다. 현재 엄마는 아테네에서 일하고 있다. 그 당시 서독을 좋아하지 않아 그렇게 되었다는데, 그 점 또한 이해가 간다. 자베트 입장에서는 이 이혼으로 인해 받은 상처는 전혀 없다. 오히려 그 반대다. 그 이야기를 하면서 그 애는 엄청난 식욕을 보였고 오르비에토 아보카토*를 마셨다. 나한테는 너무 달았지만, 그 애가 가장 좋아하는 술이었다. 오르비에토 아보카토. 그 애는 자기 아버지를 그렇게 좋아하지 않았을뿐더러 파이퍼 씨는 친아버지도 아니다. 엄마가 옛날에 한 번 결혼했는데, 자베트는 그러니까 첫 번째 결혼에서 태어난 아이다. 내가 보기에 엄마는 남자 복이 별로 없는 것 같았다. 어쩌면 너무 지적이어서 그런지도 모른다고 생각했지만, 물론 말로 내뱉지는 않았다. 다시 오르비에토 아보카토 반병을 더 주문했다. 그러고선 다시 온갖 수다를 떨었다. 아티초크나 로마 가톨릭교, 카사타*나 잠자는 에리니에스, 교통이며 우리 시대의 곤궁함, 그리고 아피아 가도로 가는 법 등 닥치는 대로 화제에 올랐다.

자베트가 자기 『베데커』를 꺼냈다.

"아피아 가도는 기원전 312년 아피우스 클라우디우스 카이쿠스가 건설한 도로의 왕이다. 테라치나를 거쳐 카푸아로 연결되며 훗날 브린디시까지 확장되었다."

우리는 아피아 가도를 벗어나 3킬로미터를 도보로 여행했다. 우리는 어떤 묘지 위에 누워 있었다. 잡초가 우거져 밖에서는 잘 보이지 않는 돌 언덕이었다. 다행히도 『베데커』에는 그에 대해 아무것도 적혀 있지 않았다. 우리는 소나무 그늘에 누워 담배를 피웠다.

"아저씨, 자요?"

아무것도 관광하지 않아도 되는 이 순간을 난 즐기고 있었다.

"봐요, 저 너머가 티볼리예요." 그 애가 말했다.

자베트는 늘 그렇듯, 옛날에는 하얬던 솔기가 박힌 검은 카우보이 바지에다, 이미 피사에서 내가 이탈리아제 신발을 사 주었는데도 옛날에는 하얬던 에스파드리유 신발을 신고 있었다.

"정말로 관심 없어요?"

"정말로 관심 없어." 내가 말했다. "그치만, 요 꼬마야, 뭐든 다 볼게. 신혼여행인데 못 할 게 뭐 있겠어!"

자베트는 내가 또 시니컬하다고 말했다.

풀 위에 누워 있자니 기분이 좋았다. 티볼리가 이쪽이든 저쪽이든 중요한 건 그 애가 내 어깨에 머리를 기대고 있다는 거다.

"너 정말 개구쟁이구나. 잠시라도 가만히 있질 않아." 내가 말했다.

그 애가 무릎을 꿇고 무슨 일인가 내다봤다.

웅성거리는 소리가 들렸기 때문이다.

"해도 돼요?" 침 뱉는 입 모양을 하고선 그 애가 물었다. "한다?"

난 그 애의 말총머리를 당겼지만 그 애는 참지 않았다. 단둘이 있을 수 없어 못내 아쉬웠지만 어쩔 수 없었다. 남자라도 어쩔 수 없는 상황 아닌가! 그 애는 늘 우스꽝스러운 생각을 했다. "아저씨는 남자잖아요!" 염소 떼를 쫓듯 사람들을 몰아내기 위해 내가 자리를 박차고 일어나 돌이라도 던지길 기대하는 게 분명했다. 그 애는 정말로 실망한 눈치였다. 내가 아이를 여자로 대하는 건지 여자를 아이로 대하는 건지 헷갈렸다.

"여긴 우리 자리란 말이에요!" 그 애가 말했다.

우리의 묘지 주위를 어슬렁거리는 일군의 사람들은 목소리만 들어도 미국인임이 확실했다. 목소리로 미루어 보면, 클리블랜드 출신의 속기 타자수들일 수도 있었다.

오, 예쁘지 않아요?

오, 여기가 캄파니아예요?

오, 여기 너무 예뻐요!

오, 어쩌고저쩌고.

난 몸을 일으켜 덤불 틈으로 염탐을 했다. 부인들의 보라색 머리 사이로, 파나마모자를 벗은 신사들의 대머리가 보였다. 양로원에서 탈출한 꼴이라고 생각했지만 입 밖에 내지는 않았다.

"이 묘지 언덕이 명소인가 봐요." 그 애가 말했다.

자베트는 뾰로통했다.

"저기 점점 더 많이 와요!"

그 애는 일어났고 난 다시 풀 위에 누웠다.

"아예 관광버스가 온다고요!"

자베트가 내 위에, 아니 내 옆에 서 있는 모습을 보자니, 그 애의 에스파드리유가 있고 그다음에는 맨살의 장딴지, 가까이서 봐도 아주 날씬한 허벅지, 양손을 바지에 찌른 채 그렇게 서 있어 팽팽해진 카우보이 속 골반이 느껴졌다. 너무 가까워서 허리는 볼 수가 없었다. 이어지는 가슴, 어깨, 턱, 입술, 그 위로 속눈썹이 보였다. 밑에서부터 반사되어 눈썹은 대리석처럼 창백했다. 그러고는 새파란 하늘 속 머리카락. 그 애의 붉은 머리가 검은 소나무 가지에 붙들려 있는 것처럼 보였다. 내가 바닥에 누워 있는 동안 그 애는 그렇게, 바람 속에 서 있었다. 날씬한 몸으로 꼿꼿하게, 마치 조각처럼, 한마디 말도 없이.

"안녕하세요?" 아래쪽에서 누군가가 소리쳤다.

자베트가 무뚝뚝하게 대답했다. "안녕하세요."

자베트에게는 이 상황이 도무지 이해되지 않았다.

"저 봐요, 저 사람들 피크닉을 하고 있어요." 그 애가 말했다.

그러고선 마치 미국인 포위군에 맞서기라도 하듯 주저앉더니 잠을 청하는지 내 가슴에 몸을 뉘었다. 하지만 얼마 안 지나 일어나더니 무섭지 않은지 물었다.

"아니, 가벼워." 내가 말했다.

"근데요?"

"근데라니!" 내가 말했다.

"지금 딴생각을 하고 있잖아요."

무슨 생각을 했는지 나도 몰랐다. 대개 사람들은 무슨 생각이든 하지만 난 정말로 그게 뭔지 잘 몰랐다. 그러면 너는 대체 무슨 생각을 하냐고 내가 물었다. 묻는 말에 대답은 하지 않고 그 애는 담배를 한 대 달라고 했다.

"담배를 너무 많이 피우네! 내가 네 나이였을 때는……." 내가 말했다.

그 애와 가까워질수록 한나와 닮았다는 생각이 점점 옅어졌다. 아비뇽에서부터 더 이상 그런 생각을 하지 않았다! 기껏해야, 한나와 닮았다는 생각을 했다는 것 자체에 놀랄 따름이었다. 닮았는지 하나하나 뜯어보았다. 닮은 데가 하나도 없지 않은가! 스무 살짜리 아이가 담배를 너무 일찍 시작했다는 생각에는 변함이 없었지만, 난 불을 붙여 주었다.

그러자 늘 그렇듯 그 애가 놀렸다.

"아빠처럼 구시네요!"

자베트가 내 가슴에 기대어 내 얼굴을 물끄러미 보자, 내가 그 애한테는 한낱 늙은이겠구나, 그런 생각을 했는지도 모른다.

"오늘 오전에 본 거요, 우리 맘에 쏙 들었던 그게 〈루도비시의

옥좌〉예요. 엄청나게 유명한 작품이에요!" 난 그 애한테 한 수 배우기로 했다.

우린 신발을 벗고 따뜻한 대지에 맨발로 있었다. 맨발로 있자니, 그 자체로 좋았다.

난 아비뇽에서의 일에 대해 생각했다. 호텔 앙리 4세에서였다.

여행 책자 『베데커』를 펼친 자베트는 내용을 쭉 읽어 내려갔다. 내가 기술자이고 휴양차 이탈리아 여행을 하고 있다는 걸 처음부터 알고 있었으면서 말이다.

"아피아 가도는 기원전 312년 아피우스 클라우디우스 카이쿠스가 건설한 도로의 왕이다⋯⋯."

『베데커』를 읽던 그 애의 목소리가 지금도 귀에 생생하다!

"가도의 흥미로운 부분이 여기서 시작된다. 오래된 포석이 뚜렷이 남아 있으며 왼쪽에는 마르치아 수도교의 커다란 아치가 줄지어 서 있다(261쪽 참고)."

그러고선 매번 참고 페이지를 찾으려고 책을 뒤적거렸다.

문득 내가 물었다.

"그런데 엄마 이름이 어떻게 되셔?"

그 애는 방해받고 싶지 않아 했다.

"몇 분 정도 걸어가면 캄파니아에서 가장 유명한 유적지인 체칠리아 메텔라의 무덤이 나온다. 캄파니아에서 가장 유명한 유적지다. 직경 20미터의 원형 건축으로 사각형의 기초석 위에 트래버틴*을 덧씌웠다. 대리석 묘비명에는 Caecilia Q. Cretici f(iliae) Metellae Crassi라고 새겨져 있는데, 이는 메텔루스 크레티우스의 딸이자 크라수스 집정관의 며느리인 카이킬리아 메텔라의 묘라는 뜻이다. 내부에는 (Trkg.) 고분이 있다."

그 애는 잠시 멈추고 생각에 잠겼다.

"Trkg., 이게 뭐죠?"

"팁*이지." 내가 말했다. "그런데 내가 묻는 말 못 들었어?"

"아, 미안해요."

그 애는 『베데커』를 덮었다.

"질문이 뭐였죠?"

난 그 애의 『베데커』를 집어 펼쳤다.

"저 위가 티볼리야?" 내가 물었다.

『베데커』라는 책의 지도에는 안 나오지만 티볼리 평원에 비행장이 있는 게 분명했다. 엔진 소리가 끊이지 않았다. 센트럴 파크 서부에 있는 우리 집 옥상 정원 위로 들려오는 것과 꼭 같은, 윙윙거리는 진동 소음이었다. 가끔 DC-7이나 슈퍼컨스텔레이션이 착륙 준비를 하느라 랜딩 기어를 편 채 우리 소나무 위를 날아가 이 캄파니아 어딘가로 사라졌다.

"저기 비행장이 있나 봐." 내가 말했다.

그거야말로 정말이지 흥미로운 일이었다.

"질문이 뭐였냐고요?" 그 애가 물었다.

"어머니 성함이 어떻게 되시냐고?"

"당연히 파이퍼죠!"

물론 난 성이 아니라 이름을 물은 거였다.

"한나요."

덤불을 헤집고 염탐하느라 그 애는 양손을 바지춤에 찌르고 붉은 말총머리를 어깨에 드리운 채 다시 일어나 있었다. 그 애는 나에게서 아무런 낌새도 눈치채지 못했다.

"아이참!" 그 애가 말했다. "저 아래 사람들은 뭘 저렇게 먹어 댄담, 아주 끝이 없네요. 이제 과일을 먹기 시작했어요!"

그 애는 아이처럼 발을 굴렀다.

"쳇, 차라리 내가 꺼져 줘야겠어요." 그 애가 말했다.

이어지는 내 질문들.

엄마가 이전에 취리히에서 공부하신 적 있니?

전공은?

언제?

이미 말했듯, 그 애는 그 자리를 뜨기로 했지만 난 틈을 주지 않고 물었다. 그 애의 대답은 뭔가 내켜 하지 않는 듯했지만 그 것으로 충분했다.

"그건 나도 잘 몰라요!"

당연히 나한테는 날짜가 중요했다.

"그 당시 난 세상에 태어나지도 않았다고요!" 그 애가 말했다.

내가 시시콜콜 알려고 하는 게 그 애에게는 재미있는 일 같았다. 그 애로서는 자기 대답이 무엇을 의미하는지 알 턱이 없었으니. 그 애에게 재미있는 일이긴 했지만, 그렇다고 자리를 뜨 겠다는 마음을 바꿀 정도는 아니었다. 난 일어나 앉아 그 애가 도망가지 못하게 팔목을 잡았다.

"아아, 왜 그래요?" 그 애가 말했다.

마지막 질문을 했다.

"엄마의 결혼 전 성이 란츠베르크니?"

난 그 애의 팔을 놔 주었다. 갑자기 힘이 쫙 풀렸다. 그렇게 앉아 있기도 힘들 지경이었다. 아마도 미소를 지어 보였던 것 같다. 그 애가 거기서 도망가 버리길 바랐다.

도망가는 대신 그 애는 도로 앉아 제 편에서 질문을 했다. "우리 엄마 아세요?"

난 고개를 끄덕였다.

"어머나, 세상에! 정말로요?"

난 할 말을 잃었다.

"서로 알던 사이예요? 엄마가 대학 다닐 때?"

그 애는 멋진 일이라고 했다, 그냥 멋진 일이라고.

잠시 자리를 뜨면서 그 애가 말했다. "아저씨, 엄마한테 편지를 써야겠어요. 엄마도 기뻐하실 거예요."

전후 사정을 모두 알게 된 지금 돌아보면 그 당시 아피아 가도에서 그런 대화를 나누고도 그 모든 걸 알아채지 못하다니, 나로서는 믿기지 않는 일이다. 그 애가 돌아올 때까지 10분 동안 무슨 생각을 했는지 모르겠다. 일종의 결산이랄까. 비행장으로 가고 싶다는 생각도 한 것 같다. 아무 생각 하지 않았을 수도 있다. 깜짝 놀랄 일은 아니었고 단지 확증이 필요했다. 난 확증을 중요시했다. 확증이 생기면 거의 홀가분할 정도였다. 자베트가 한나의 딸이라니! 이제 결혼은 물 건너간 일이군. 그러면서도 자베트가 심지어 친딸일 수도 있을 거란 생각은 한순간도 하지 않았다. 이론적으로 가능성은 있지만 그런 생각은 하지 않았다. 정확히 말해 난 그걸 믿지 않았다. 물론 그 당시 생겼던 우리 아이며, 한나를 떠나기 전에 나눈 이야기며, 한나가 의사인 요아힘에게 가기로 결정했던 일을 생각했다. 그런 생각은 했지만, 그냥 믿을 수가 없었다. 얼마 지나지 않아 우리의 묘지 언덕으로 다시 기어 올라오는 이 여자애가 내 딸이라는 건 도무지 믿을 수 없는 일이었다.

"무슨 일 있어요?" 그 애가 물었다.

멋모르는 아이, 자베트.

"근데 아저씨도 담배를 너무 많이 피운다고요!"

곧 우리는 수로교에 대해 이야기를 나눴다.

그냥 무슨 말이든 해야 하니까!

난 연통관에 대해 설명해 주었다.

"아, 네. 그랬겠네요."

고대 로마인들이 내 담뱃갑 위 이 스케치를 가지고만 있었어도 그들의 미장이 작업을 최소 90퍼센트는 줄일 수 있었단 걸 증명하려 하자 그 애가 놀랐다.

우리는 다시 풀 위에 누웠다.

위로 비행기가 날아갔다.

"안 가면 안 돼요?"

여행 마지막 이틀을 남겨 두고 있었다.

"언젠가는 헤어져야 하잖아, 예쁜 아이야. 이렇든 저렇든."

난 그 애를 관찰했다.

"그건 그렇죠." 몸을 일으켜 억새 하나를 뜯었지만 시선은 앞을 향하고 있었다. 우리가 헤어진다는 게 그 애에게는 아무렇지 않은 것 같았다, 전혀. 자베트는 억새를 이로 무는 대신 손가락에 감으며 말했다. "당연히 그래야죠."

그 애 입장에서도 결혼 생각이 없는 거다!

"엄마가 아저씨를 아직 기억할까요?"

그 애는 즐거워하고 있었다.

"엄마가 여대생이라니, 정말이지 상상이 안 가요. 대학에 다니는 하숙생이라니, 다락방 같은 데라고요? 엄마는 그런 얘길 한 적이 없거든요."

그 애는 즐거워했다.

"엄마 어땠어요?"

난 그 애가 움직일 수 없게 양손으로 머리를 잡았다, 강아지 머리를 잡듯이. 그 애가 목덜미에 힘을 주는 게 느껴졌지만, 그래 봐야 소용없었다. 내 손은 나사 바이스처럼 단단했다. 그 애가 눈을 감았다. 나는 키스하지 않았다. 그냥 머리를 붙잡고만 있었다. 마치 꽃병을 잡고 있는 것 같았다. 가볍고 부서지기 쉬운, 그러다가 점점 무거워지는 꽃병.

"아, 아파요……." 그 애가 말했다.

대체 원하는 게 뭔지 보려고 그 애가 서서히 눈을 뜰 때까지 나는 그러고 있었다. 나 자신도 내가 뭘 원하는지 몰랐다.

"진심으로 아프다고요!"

내가 무언가 말을 해야 하는 상황이었지만, 그 애는 마치 사람이 그렇게 붙들면 개가 하듯 다시 눈을 감았다.

난 엉뚱한 질문을 했다.

"놔 줘요!" 그 애가 말했다.

나는 대답을 기다렸다.

"아뇨, 아저씨가 첫 남자는 아니에요. 그건 아시잖아요."

난 아는 게 아무것도 없었다.

"아니라고요. 걱정하지 마세요." 그 애가 말했다.

눌린 귀밑 머리카락을 쓰다듬는 모습을 보고 있자니, 중요한 건 머리카락밖에 없다는 생각이 절로 들었다. 그 애는 검은색 카우보이 바지에서 빗을 꺼내 빗질을 했다. 그러면서 차라리 고해에 가까운 이야기를 했다. "예일대학 선생님이었어요." 그 애는 머리 묶는 고무줄을 이 사이에 물고 있었다.

자베트는 고무줄을 문 채 말총머리를 빗질하며 말했다. "그리고 또 한 사람은, 아저씨도 봤잖아요."

탁구 청년을 말하는 게 분명했다.

"그 사람은 나랑 결혼하고 싶어 해요." 그 애가 말했다. "바보 같은 짓이었어요, 아시잖아요. 난 그 사람을 전혀 좋아하지 않았다고요."

그러고선 고무줄이 필요했던 그 애는 입에서 그걸 잡았고, 입은 이제 그 애가 빗질을 마칠 때까지 벌어진 채 아무 말이 없었다. 그런 다음 티볼리 쪽을 바라보며 빗을 부는 걸로 머리 손질이 끝났다.

"갈까요?" 그 애가 물었다.

나도 딱히 앉아 있을 마음이 없었다. 일어나서 신발을 가져와 양말부터 신고 막 신발을 신으려던 참이었다.

"나 별로라고 생각하는 거죠?"

난 멍하니 있었다.

"아저씨!" 그 애가 말했다.

난 정신을 차렸다.

"응, 아무것도 아냐." 내가 말했다.

우리는 아피아 가도를 걸어서 차로 돌아왔다.

자베트가 다시 "나 별로라고 생각하는 거죠?"라는 말을 꺼내며 내내 무슨 생각을 그렇게 골똘하게 하는지 물었을 때, 우리는 벌써 차에 앉아 있었다. 난 자동차 키를 꽂고 시동을 걸었다.

"제발, 나중에 얘기하자." 내가 말했다.

이제 난 운전을 하고 싶었다.

운전하지 않고 차 안에 그러고 앉아 있는 동안 자베트는 자기 아버지며 이혼, 전쟁, 엄마, 이민, 히틀러, 러시아 등등을 늘어놓았다.

"아버지가 아직 살아 있는지조차 우린 몰라요." 그 애가 말했다.

난 시동을 껐다.

"『베데커』 있어요?" 그 애가 물었다.

그 애는 지도를 자세히 들여다보았다.

"이게 산세바스티아노 성문이고요." 그 애가 말했다. "여기서 우회전하면 라테라노의 산조반니예요!"

난 다시 시동을 걸었다.

"나도 아는 사람이야." 내가 말했다.

"아버지요?"

"응, 요아힘"

그런 다음 난 시키는 대로 차를 몰았다. 산세바스티아노 성문으로 가서 오른쪽으로 꺾자 마침내 다시 바실리카 양식의 교회당이 보였다.

우리는 계속해서 관광을 했다.

어쩌면 난 비겁한 사람일지도 모른다. 난 감히 요아힘에 관한 일을 더 이상 뭐라고 하거나 묻지 않았다. 내가 원하는 답이 나올 때까지, 내 생각에 평소보다 더 많이 얘기하면서 속으로 계속 계산을 했다. 이 애는 요아힘의 딸일 거야! 어떻게 계산했는지는 나도 모른다. 그런 답이 정말로 나올 때까지 난 날짜들을 곰곰이 맞춰 봤다. 피자 가게에서 자베트가 잠시 자리를 뜨자 계산을 써 내려가며 검산해 보는 호사도 누렸다. 계산은 맞았다. 계산이 맞도록 내가 날짜들(아이를 가졌다고 한나가 통보한 시기, 내가 바그다드로 떠난 날 등)을 선택한 거였다. 자베트의 생일은 정해져 있었고, 그 나머지가 정확하게 맞아떨어지자 난 한결 마음이 가벼워졌다.

그날 저녁 그 애가 날 평소보다 웃기다고, 위트 있다고 생각한 걸 안다. 우리는 판테온과 콜론나 광장 사이에 있는 이 민속 피자 가게에 자정까지 있었다. 관광객들이 가는 식당에서 기타를 연주하며 구걸을 끝낸 가수들이 거기서 피자를 먹으며 키안티 포도주를 한 잔씩 사서 마시고 있었다. 난 그들에게 몇 순배 술을 샀고 분위기가 고조되었다.

"정말 멋져요!" 그 애가 말했다.

비아 베네토 호텔로 가는 동안 우리는 취한 건 아니지만 기분이 좋았고 재기가 넘쳤다. 호텔에서는 사람들이 우리에게 커다란 유리문을 잡아 주고, 우리가 이름을 말하자 그 즉시 설화석고로 칠해진 홀에서 방 열쇠를 가져다주었다.

"안녕히 주무세요, 페이버 선생님, 페이버 양!"

너무나 우람하고 너무나 천장이 높은 그랜드호텔 방에서 커튼도 치지 않고 얼마나 오래 서 있었는지 모른다. 옷도 벗지 않은 채. "씻어!" 하고 명령을 받았지만 작동하지 않는 기계 같았다.

"자베트, 왜 그래?" 내가 물었다.

노크도 없이 그 애가 내 문 앞에 서 있었다.

"말해 보렴!" 내가 말했다.

맨발에 노란색 잠옷을 입고 그 위에는 검은 후드 외투를 걸치고 있었다. 그 애는 들어오지 않고 다만 잘 자라는 인사를 한 번 더 했다. 울어서 눈이 부어 있었다.

"내가 왜 널 더 이상 사랑하지 않겠어." 내가 말했다. "하디라고 했던 그 사람 때문에?"

갑자기 그 애가 훌쩍거렸다.

나중에 그 애는 잠이 들었다. 열린 창문으로 밀려오는 밤공기가 차가워 이불을 덮어 주었다. 아마도 포근한 이불 속에서 나른했는지 길거리가 시끄러워도, 또 내가 가 버리지 않을까 불안해하면서도 그 애는 잘 잤다. 이렇게 시끄러운 걸 보니 일단 정지 구간인 게 분명했다. 오토바이가 공회전하며 부릉부릉거리다 시동을 거는 소리가 요란했다. 최악은 알파로메오 자동차였다. 끈질기게 다시 나타나 매번 시합에 출발이라도 하듯 달려 나가는 굉음이 집들 사이로 울려 퍼졌다. 채 3분 이상 고요한 적이 없었다. 가끔 로마 교회의 종소리가 울렸다. 그러다가 다시 경적 소리, 찌익 타이어가 급정거하는 소리, 공회전하다 액셀을 밟는 소리, 이 무의미한 짓거리가 반복되다가 다시 들리는 금속성 굉음. 실제로 같은 알파로메오가 밤새 우리 주변을 맴도는 것인지도 몰랐다. 난 계속 잠을 깼다. 그 애 옆에 누워 있었다. 먼지를 덮어쓴 신발을 벗지도, 넥타이를 풀지도 않았다. 그 애가 머리를 내 어깨에 기대고 있어 꼼짝도 할 수 없었다. 이리저리 흔들리는 궁륭 모양의 스탠드 불빛이 커튼에 어른거렸고, 난 옴짝달싹 못 하고 고문당하듯 누워 있었다. 잠자는 소녀의 손이 내 가슴에, 혹은 내 넥타이에 놓여 있어 넥타이가 당겼다. 자베트가 잠들어 있는 동안 난 매 시간 울리는 타종 소리를 듣고 있었다. 그 애는 뜨거운 머리카락과 숨소리로 된 검은 다발 같았다. 나로서는 골똘히 생각할 상황도 못 되었다. 그러다가 다시 나타난 알파로메오가 막다른 골목에서 울리는 경적 소리, 브레이크 밟는 소리, 공회전하는 소리, 기어를 바꾸고 밤을 가르는 금속성 굉음…….

대체 내 죄가 무엇이란 말인가? 식탁 좌석표를 기다리다 배에서 그 애를 만났다. 찰랑거리는 말총머리를 한 여자아이가 내 앞에 있었던 거다. 그 애가 내 눈길을 끌었다. 그런 유람선에서 으레 그러하듯 나도 그 애에게 말을 걸었을 뿐이다. 그 애 꽁무니를 따라다닌 게 아니다. 그 애를 속인 건 아무것도 없고, 오히려 그 반대다. 평소보다 더 솔직하게, 예컨대 내 독신주의에 대해 이야기했다. 난 사랑에 빠지지 않은 채 프러포즈했고, 곧 우리는 그게 난센스란 걸 알고 헤어졌다. 대체 난 왜 파리에서 그 애를 찾아 헤맸던가! 우리는 같이 오페라를 보러 갔고 끝난 뒤 아이스크림을 먹었다. 그런 다음 더 붙잡지도 않고 난 그 애를 생제르맹 근처에 있는 값싼 호텔로 데려다주었다. 윌리엄스가 빌려준 시트로엥이 있으니 히치하이크를 나와 같이하자고 했다. 처음 하룻밤 묵게 된 아비뇽에서 우리는 (물론 그 모든 것이 의도적이라고 할 수도 있을 테지만 그건 사실이 아니다) 같은 호텔에 묵었지만 같은 층을 쓰지도 않았다. 일이 그렇게 되리라곤 한순간도 생각하지 못했다. 지금도 정확히 기억난다. 우리를 깜짝 놀라게 한 월식이 있던 5월 13일 밤이었다. 그러나 신문을 읽지 않은 터라 우리는 이 소식을 전혀 모르고 있었다. "달이 왜 저래?" 하고 내가 말했다. 우리는 야외에 앉아 있었는데 열 시쯤 된 시각이었다. 아침 일찍 출발하려고 했던 터라 자리에서 일어나야 했다. 해와 달, 지구, 이 세 개의 천체가 가끔 일직선상에 놓이고, 이것이 필연적으로 달이 어두워지는 결과를 낳게 한다는 이 단순한 사실이 나를 불안하게 만들었다. 마치 월식이 왜 일어나는지 잘 모르기라도 하는 양. 지구의 둥근 그림자가 보름달을 덮는 게 느껴지자 난 그 즉시 커피값을 계산했다. 우리는 팔짱을 끼고 론강 위 테라스로 올라갔다. 한 시간 정도, 여전히 팔짱을 낀 채, 밤중에 서서 이 자연현상을 지켜봤다. 난 어째서 달이 지구의 그늘에 완전히 덮였는데도 초승달과 달리 저렇게 밝은지, 심지어 평소보다 더 선명하게 육안으로 볼 수 있는지 설명해 주었다. 평소처럼 빛나는 원반이 아니라, 구나 공으로, 물체로, 천체로, 텅 빈 우주 속 거대한 덩어리로, 오렌지빛으로 선명하게 보이는 이유를 난 설명했다. 그때 내가 한 얘기 모두를 기억하지는 못한다. 내가 우리 관계를 진지하게 여긴다고 그때 (이건 지금도 기억난다) 처음 생각한 그 애는 이전과 달리 나에게 키스를 했다. 거대한 덩어리가 우주에 떠다니며 질주하는 것이지만 사실 우리 지구도 같이 어둠 속에 떠다니며 질주한다는 상상을 불러일으키기에 충분했다. 그건 단순한 볼거리 정도가 아니라 가슴 벅차오르는 광경이었다. 난 삶과 죽음에 대해 얘기했던 것 같다. 그토록 선명한 월식을 여태 본 적 없던 우리는 잔뜩 들떠 있었다. 나로서도 처음 겪는 일이었다. 처음으로 난 그때까지 내가 아이로 봤던 그 애가 나에게 사랑에 빠졌다는 인상을 받았고 혼란스러웠다. 어쨌든 간에 그날 밤, 바깥에서 덜덜 떨 때까지 있다 내 방으로 온 건 그 애였다.

한나와의 재회(5월 27일, 아테네에서).

난 깨어나기도 전에 그녀를 알아봤다. 그녀는 간호사와 이야기하고 있다. 병원에 있음을 알게 된 난 수술을 했는지 묻고 싶었다. 하지만 완전히 기진맥진해서 잠들었고, 죽도록 목이 말랐지만 말을 할 수 없었다. 그러면서 그리스어로 말하는 그녀의 목소리를 들었다. 사람들이 차를 가져다주었지만 마실 수가 없었다. 잠이 들었다. 모든 걸 들으면서도 자고 있다는 걸 난 알았다. 그리고 내가 깨어나면 한나가 앞에 있을 거라는 것도.

갑자기 사위가 조용해졌다.

그 애가 죽었다니, 난 소스라치게 놀란다.

문득 난 눈을 뜬 채 누워 있다. 검사실처럼 보이는 하얀 방, 창가에 어떤 여인이 서 있다. 내가 자느라 자기를 못 본다고 생각한다. 회색 머리카락에 체격이 자그마하다. 양손을 재킷 주머니에 찌른 채 창밖을 내다보며 그녀는 기다린다. 방에 다른 사람은 없다. 낯선 사람이다. 얼굴은 보이지 않고, 목덜미, 뒷머리, 짧게 자른 머리만 보인다. 가끔 손수건을 꺼내 코를 풀고는 즉시 다시 찔러 넣거나 신경질적으로 구겨 버린다. 그 외에는 미동도 없다. 그녀는 검은색 뿔테 안경을 쓰고 있다. 의사일 수도 있고 변호사나 뭐 그런 사람일 수도 있겠다. 그녀가 운다. 한번은 얼굴을 지탱하려는 듯 손으로 뿔테 안경 아래를 한참 동안 잡고 있다. 그러다가 두 손으로 젖은 손수건을 펼쳤다 다시 집어넣고는, 햇빛 가리개용 차양밖에 볼 것도 없는 창밖을 내다보며 기다린다. 스포츠로 단련된 그녀는 회색 혹은 흰색 머리카락만 아니라면 젊은 여자같이 보인다. 그러다가 그녀가 안경을 닦으려고 손수건을 한 번 더 꺼내는 바람에 마침내 난 갈색 맨얼굴을 본다. 파란 눈을 제외하면 늙은 인디오라고 해도 될 얼굴이다.

난 자는 척했다.

백발의 한나라니!

실제로 나는 다시 잠든 게 분명했다. 30초 혹은 30분이나 되었을까, 머리가 벽에서 미끄러지는 바람에 화들짝 놀라서 깼다. 내가 깨어난 걸 그녀가 봤다. 말없이 물끄러미 나를 쳐다볼 뿐. 다리를 꼬고 앉아 턱을 괸 채 그녀는 담배를 피우고 있었다.

"잘 지냈어?" 내가 말문을 열었다.

한나는 계속해서 담배만 피웠다.

"잘되길 바라야지." 그녀가 말한다. "다 끝났어. 잘되길 바랄 밖에."

"애는 괜찮아?"

"응." 그녀가 말한다.

한마디 인사도 없다.

"엘레우테로풀로스 박사님이 방금 다녀가셨어." 그녀가 말한다. "살모사는 아니었다고 하시네……."

그녀가 차를 따랐다.

"자, 차 좀 마셔."

20년 만에 처음 만났다는 사실이 믿어지지 않을 지경이었다 (그런 척한 건 아니었다). 우리는 한 시간 전에 끝난 수술에 대해 이야기했고, 그러다가 말이 뚝 끊겼다. 의사가 해 줄 말을 우리는 함께 기다렸다.

나는 차를 한 잔 또 한 잔 마셨다.

"참, 너한테도 주사 놓은 거 알아?"

난 전혀 알아채지 못했다.

"10밀리리터 정도만, 그냥 예방 차원에서. 구강점막 때문에."

무척이나 사무적이었다.

"어떻게 된 일이야?" 그녀가 묻는다. "두 사람 오늘 코린트에 있었어."

난 순간 얼어붙었다.

"재킷은 어디에 둔 거야?"

내 재킷은 바닷가에 있었다.

"언제부터 그리스에 있었던 거야?"

난 한나에게 놀라고 있었다. 어떤 남자라도, 어떤 친구라도 이보다 더 사무적으로 물을 수는 없었을 거다. 나도 사무적으로 대답하려고 노력했다. 내 책임이 아니라고 백 번 이야기한들 무슨 소용이 있을까! 한나는 아무런 비난도 하지 않고, 창밖을 내다보며 질문만 했다. 나를 쳐다보지 않고 그녀가 물었다.

"애를 어떻게 한 거야?"

그 말을 할 때 그녀가 매우 신경질적으로 변한 게 보였다.

"살모사가 아니라는 건 무슨 말이야?" 내가 묻는다.

"자, 차 마셔!"

"안경은 언제부터 쓴 거야?" 내가 묻는다.

난 뱀을 보지 못했고 자베트의 비명 소리만 들었다. 내가 갔을 때 그 애는 의식을 잃고 쓰러져 있었다. 난 자베트가 넘어지는 걸 보고 그 애에게로 달려갔다. 그 애는 모래 속에 쓰러져 있었는데, 넘어지면서 의식을 잃은 거라고 추측했다. 그러고 나서야 가슴 위쪽에 물린 자국이 있는 걸 발견했다. 세 개의 작은 자국이 나란히 나 있는 게 금방 눈에 띄었다. 출혈은 거의 없었다. 물론 난 당장 응급처치로 상처를 빨았고, 심장에서 먼 부위를 묶어야 한다는 걸 알고 있었다. 하지만 어떻게 해야 하나? 물린 부위가 왼쪽 심장 상단이었다. 당장 상처 난 부위를 도려내거나 지져야 했다. 난 도와달라고 소리쳤지만, 사고당한 아이를 안고 길거리로 나오기도 전에 벌써 숨이 차 버렸다. 하얀 모래 발자국을 내며 어쩔 줄 몰라 하던 그때 포드 한 대가 지나가는 게 보였고, 난 젖 먹던 힘까지 짜내 소리쳤다. 하지만 포드는 지나가 버렸다. 의식을 잃은 아이를 안고서 난 숨을 헐떡이며 서 있었다. 그 애는 점점 무거워지고 나한테 전혀 힘을 주지 않는 터라 안고 있기도 힘들 정도였다. 제대로 된 도로였지만, 아무리 봐도 차라곤 보이지 않았다. 잠시 숨을 돌리다 타르와 자갈이 뒤섞인 그 거리로 계속 걸어갔다. 처음에는 달리다시피 하다가 점점 느려졌고 난 맨발이었다. 정오였다. 울면서 걸어가다 마침내 이륜마차를 만날 수 있었다. 바다 쪽에서 오는 수레였다. 그 노동자는 그리스어만 할 줄 알지만 상처를 보자 즉시 상황을 이해했다. 젖은 자갈을 실은, 덜컹거리는 짐수레에 난 그 애를 안고 앉았다. 그 애는 좀 전 모습으로, 말하자면 수영복(비키니)을 입은 채였고 모래가 묻어 있었다. 자갈이 흔들리는 통에 난 의식을 잃은 그 애를 두 팔로 꼭 안고 있어야 했다. 그러느라 내 몸도 흔들렸다. 난 그에게 더 빨리 달려 달라고 부탁했다. 당나귀는 보행자보다 더 빠르지 않았다. 바퀴가 흔들리고 비틀린 그 손수레는 신음 소리를 내고 있었다. 일각이 여삼추 같았다. 난 뒤편을 바라보며 앉아 있었다. 하지만 다른 차라곤 눈 씻고 봐도 없었다. 그 그리스 남자가 뭐라고 하는지, 왜 두레우물 근처에 멈추었는지 영문을 알 수 없었다. 그는 당나귀를 묶으면서 나한테 기다리라는 신호를 보냈다. 난 그에게 계속 가 달라고, 시간이 없다고 간청했다. 자갈이 실린 손수레에 면역 혈청이 필요한 이 불운한 아이와 단둘이 있게 하다니, 그가 대체 무슨 생각을 하는지 알 수 없었다. 난 다시 그 애의 상처를 빨았다. 그는 도움을 요청하러 오두막에 간 게 분명했다. 그가 무슨 생각을 하는 건지는 알 수 없었다. 약초 치료나 미신 뭐 그런 것 따위를 믿다니, 그를 이해할 수 없었다. 그는 휘파람을 불고는 오두막에서 아무런 대답도 없자 그다음 집으로 갔다. 몇 분을 기다리다가 난 생각할 것도 없이 다시 그 불쌍한 아이를 안고 걸어가기 시작했다. 처음에는 뛰어가는 속도로 갔지만 곧 다시 숨이 차올랐다. 더 이상 어떻게 할 수가 없었다. 걷는다는 게 어차피 무의미해 도로변의 경사면에 그 애를 눕혔다. 그 애를 아테네까지 안고 갈 수는 없는 노릇이었다. 우리를 실어 갈 자동차가 오든 오지 않든 둘 중 하나였다. 내가 다시 가슴 위 작은 상처를 빨았을 때 자베트의 의식이 서서히 돌아오는 게 보였다. 눈은 열려 있었지만 초점이 없었고, 갈증이 난다고만 했다. 목소리는 완전히 쉬고 맥박은 느렸다. 그러다가 구토를 하고 땀을 줄줄 흘렸다. 이제 상처 부근이 울긋불긋 부풀어 올라 있었다. 난 물을 구하러 달려갔다. 사방 메마른 밭에는 금잔화속 식물들과 엉겅퀴, 올리브나무밖에 보이지 않았고, 그늘에 염소 몇 마리만 있을 뿐 인적이라곤 없었다. 난 젖 먹던 힘까지 짜내 도와달라고 소리쳤다. 하지만 쥐 죽은 듯 정적만 흐르는 정오였다. 난 자베트 옆에 무릎을 꿇고 앉았다. 그 애는 의식이 없는 것은 아니었으나 마비된 듯 졸려 했다. 천만다행으로, 거리로 뛰어나갈 수 있을 정도의 적절한 타이밍에 화물차 한 대를 발견했다. 차가 멈췄다. 긴 쇠파이프 꾸러미를 실은 화물차였다. 아테네가 아니라 메가라로 가는 차였지만 어쨌든 우리와 같은 방향이었다. 난 그 불운한 아이를 팔에 안고 조수석에 앉았다. 긴 파이프가 달그락거리는 데다 그야말로 살인적인 속도였다. 직선 코스인데도 시속 30킬로미터가 될까 말까 하다니! 재킷을 바닷가에 두고 왔는데 돈은 그 안에 들어 있었다. 그의 목적지인 메가라에서 난 마찬가지로 그리스어만 할 줄 아는 그 기사에게, 파이프를 부리지 않고 지체 없이 계속 달리도록 내 오메가 시계를 내주었다. 주유하느라 엘레우시스에서 다시 15분이 지체되었다. 이 구간을 난 결코 잊지 못할 것이다. 더 빠른 차로 갈 수 있게 되면 내 오메가 시계를 돌려달라고 할까 봐 걱정한 건지, 아니면 다른 꿍꿍이가 있었던 건지 모르겠다. 하여간 그는 두 번이나 내가 차를 갈아타는 걸 막았다. 한 번은 버스였는데 풀먼 차량이었고, 또 한 번은 내가 손을 흔들어 멈추게 한 리무진이었다. 하지만 내 운전사가 그리스어로 뭐라고 하자 그들은 가던 길을 계속 갔다. 그는 우리의 구원자 역할을 뺏기지 않으려 했고, 그러면서도 형편없는 운전사였다. 다프니로 가는 비탈길에서 그는 거의 앞으로 나아가지 못했다. 자베트는 잠들었고, 다시 눈을 뜰지 알 수 없었다. 마침내 아테네 근교에 도착했지만 길은 점점 더 느려졌다. 꼬리에 꼬리를 무는 자동차 불빛에 어디 가나 도로는 정체였다. 뒤에 긴 파이프를 실은 우리 화물차는 면역 혈청이 필요하지 않은 다른 차들보다 더 둔중하게 움직였다. 나귀가 끄는 손수레와 전차가 뒤엉킨 끔찍한 도시였다. 병원이 어디인지 알 리 없던 우리의 운전사는 계속 길을 물어야 했다. 그가 영원히 병원을 못 찾을 거라는 인상을 받았다. 난 눈을 감았다가, 아주 느리게 숨을 쉬는 자베트를 쳐다보곤 했다 (병원들은 한결같이 아테네의 다른 쪽 끝에 위치해 있다). 시골 사람인 우리 운전사는 사람들이 말해 준 거리 이름을 전혀 알지 못했다. 난 매번 레오포레스란 말만 알아들었다. 레오포레스, 나도 돕고 싶었지만 표지판을 읽을 수조차 없었다. 그 어린 남자애가 길을 가르쳐 주려고 우리 차 디딤대에 올라타지 않았다면 우린 병원을 영원히 찾지 못했을 거다. 그러고선 이 대기실이었다.

순전히 그리스어로만 하는 질문들.

마침내 영어를 할 줄 아는 간호사가 나타났는데, 참으로 악마 같은 평정심을 가진 사람이었다. 그녀의 주된 관심사란 우리의 인적 사항이었다!

＊ ＊ ＊

그 애를 치료한 의사는 우리를 안심시켰다. 그는 영어를 알아들었지만, 대답은 그리스어로 했다. 중요한 사항, 즉 왜 살모사가 아니라 독사(살모사의 일종)인지, 그가 설명하면 한나가 통역했다. 그의 소견으로 내가 한 일이 환자에게 해 줄 수 있는 유인한 일이었다. 바로 병원으로 데려오는 것. 물린 자리를 빨고 도려내거나 지지는 것, 해당 부위의 사지를 묶는 것 등 대중요법을 그는 전문가로서 그리 높게 평가하지 않는다. 서너 시간 내에 면역 혈청 주사를 놓는 것만이 확실한 치료이고, 물린 상처를 도려내는 것은 추가적인 조치로서만 고려된다.

그는 내가 누구인지 몰랐다.

내 꼴이 말이 아니었다. 자갈을 실은 손수레 노동자처럼 땀범벅에 먼지를 뒤집어쓴 데다, 셔츠는 말할 것도 없고 발에 타르가 덕지덕지, 재킷도 없이 맨발이라니, 시골 부랑자가 따로 없었다. 의사는 간호사에게 내 발을 치료하게 하고는 한나가 나를 소개할 때까지 한나하고만 이야기했다.

"제 친구 미스터 페이버라고 해요."

내가 다소 안심한 건 뱀(살모사, 모든 종류의 독사)에 물렸을 때의 치사율이 3~5퍼센트에 달한다는 거였다. 코브라에 물렸을 때조차 25퍼센트를 넘지 않는다. 사람들이 일반적으로 뱀에 대해 미신에 가까울 정도로 불안해하는 것과는 거리가 멀다. 한나도 상당히 안심하는 눈치였다.

한나 집에서 묵게 되었다.

하지만 그 애를 보지 않고는 병원을 떠나고 싶지 않아, 잠시라도 애를 보겠다고 고집했다. 그런데 정작 의사는 당장 승낙했으나 한나의 반응이 아주 이상했다. 내가 자기 딸을 훔치기라도하는 양 잠시도 나를 병실에 있지 못하게 했다.

"가자, 애가 지금 자잖아."

그 애가 우리를 알아보지 못한 건 잘된 일일지도 모른다. 애는입을 벌리고 자고 있었는데(평소 그 애 버릇은 아니었다), 백지장처럼 하얗고 귀는 대리석 같았다. 매우 느리긴 했지만 규칙적으로, 그러니까 편안하게 숨을 쉬고 있었다. 내가 침대 앞에 서있는 동안 그 애가 한 번 내 쪽으로 머리를 돌렸다. 하지만 잠들어 있었다.

"그만 가자, 애는 자게 두고!"

집보다는 아무 데나 호텔로 가고 싶었다. 왜 그렇게 말하지 않았던 걸까? 한나에게도 그게 더 나았을 텐데 말이다. 우리는 서로 악수도 하지 않았다. 택시에서 그 생각이 들자 내가 말했다.

"반가워!"

내가 재미없는 농담을 할 때면 늘 짓던 그녀의 미소. 양미간을살짝 찡그렸다.

그녀는 딸을 많이 닮았다.

물론 난 아무 말도 하지 않았다.

"대체 엘스베트를 어디서 만난 거야?" 그녀가 물었다. "배에서?"

자베트는 르아브르에 도착하기 직전 배에서 자기에게 프러포

즈한 중년 신사가 있다고 편지에 썼었다.

"맞아?" 그녀가 물었다.

택시에서 나눈 우리의 대화란, 순전히 질문만 있고 대답은 없었다.

"이름이 왜 엘스베트야?"라고 묻자, 왜 그 애를 자베트라고 부르냐고 되묻는 식이었다. 그사이 그녀는 저게 디오니소스 극장이라고 가르쳐 줬다. "왜 자베트라고 부르냐고? 엘리자베트는 전혀 어울리지 않는 이름이니까." 그사이 다시 부서진 원주(圓柱)에 대해 뭐라고 했다. "왜 하필 엘리자베트야? 나라면 애 이름을 절대 그렇게는 짓지 않을 거야." 그사이 빨간불이 들어오고 그 흔한 도로 정체로 접어들었다. "애 아빠가 지은 건데, 지금 그 애 이름이 엘리자베트인 걸 뭘 어쩌겠어." 그사이 그녀는 보행자에게 욕을 해 대는 운전사와 그리스어로 이야기를 나눴다. 우리가 주변을 뱅뱅 돌고 있다는 인상을 지울 수 없었다. 이제는 갑자기 이렇게 시간이 많은데도 난 예민해졌다. 문득 한나가 물었다.

"요아힘 본 적 있어?"

내가 보기에 아테네는 발칸반도에 있는 흉한 도시에 지나지 않았다. 여기 사람들은 대체 어디에 묻혀 사는 건지 상상이 되지 않았다. 소도시였고, 어떤 곳은 근동의 시골 마을 같았다. 길거리 한가운데 사람들이 복작거리다 다시 황무지나 유적지가 나타나고, 그사이 대도시를 흉내 낸 것들이 흉물스럽게 서 있었다. 그녀가 질문한 직후 차가 멈췄다.

"여기야?" 내가 묻는다.

"아냐, 금방 올게."

거기는 한나가 일하는 연구소였다. 난 담배도 없이 택시에서 기다려야 했다. 주소를 읽어 보려고 했지만 하나도 알아볼 수가 없었다. 나 자신이 문맹자처럼 느껴졌다.

그러다가 다시 시내로 돌아왔다.

그녀가 연구소에서 나왔을 때, 난 솔직히 말해 그녀를 다시 알아보지 못했다. 그랬다면 물론 택시 문을 열어 줬을 거다.

잠시 후 그녀 집에 도착했다.

"따라와." 그녀가 말했다.

한나가 앞서 걸어간다. 회색 짧은 머리에 뿔테 안경을 쓴 낯선 부인이지만 자베트 내지는 엘스베트의 어머니다. 말하자면 내 장모인 셈이다! 사람들이 다짜고짜 말을 놓는다는 게 어떨 땐 참 이상한 노릇이다.

"자, 편히 쉬어." 그녀가 말한다.

20년 만의 재회라니, 나도 한나도 예상치 못한 일이었다. 참, 그녀 말이 옳다. 정확히 계산하면 21년 만이다.

"좀 앉아." 그녀가 말한다.

발이 아프긴 했다.

그녀가 아까 했던 질문(그 애를 어떻게 한 거야?)을 조만간 다시 하리라는 걸 잘 알고 있었다. 그러면 난 맹세코 "아무 짓도 안 했어!"라고 거짓 없이 말할 수 있으리라. 내 앞에서 한나를 보는 것도, 그 애에 관한 일도 믿을 수 없었으니까.

"발터, 안 앉고 뭐 해?"

난 그냥 서 있겠다고 고집을 부렸다.

한나가 블라인드를 걷어 올렸다.

중요한 건 그 애가 무사하다는 거야! 내가 뭐라고 말하거나 침묵하며 한나의 담배를 피우는 동안 난 끊임없이 그렇게 뇌까렸다. 그녀는 내가 앉도록 소파의 책을 치웠다.

"발터, 배 안 고파?" 그녀가 묻는다.

영락없이 엄마구나…….

난 정확히 무슨 생각을 했는지 모르겠다.

"정말 전망 좋은 데 살고 있구나! 저게 그러니까 그 유명한 아크로폴리스야?"

"아니, 저건 리카베투스산이야."

그녀는 항상 이런 식이었다. 별로 중요하지 않은 것에 아주 병적으로 정확하려고 한다. 아니, 저건 리카베투스산이야!

내친김에 내가 말한다.

"너 별로 안 변했구나!"

"그렇게 생각해? 넌 어때?" 그녀가 묻는다.

그녀의 집은 학자 집 분위기가 물씬 났다(이걸 내가 말했던 게 분명하다. 훗날 남자 얘기를 하면서 한나는 학자에 대해 그 당시 내가 한 말을 인용하면서 내가 대체로 학문이나 정신을 남자들의 독점 영역으로 간주한다는 증거로 삼았다). 사방 벽이 책으로 채워져 있고, 책상에는 표를 붙인 도자기 조각들이 가득했다. 게다가 얼핏 봐선 골동품 같은 게 하나도 없고 반대로 가

구들이 오히려 현대적이어서 나는 적잖이 놀랐다.

"한나, 너 진보적으로 바뀌었는데!"

그녀는 미소만 지었다.

"진심으로 하는 말이야!" 내가 말한다.

"여전하지?" 그녀가 묻는다.

가끔 난 그녀를 이해할 수 없다.

"넌 여전히 진보적이지?"라고 한나가 묻는다. 적어도 미소라도 지어 보이니 적잖이 마음이 놓였다……. 사귄 여자애랑 결혼하지 않을 때면 사람들이 만들어 낸 예의 양심의 가책을 갖게 되는데, 그럴 필요가 없어 보였다. 한나는 내가 필요하지 않았다. 그녀는 자동차도, 텔레비전도 없지만 만족한 삶을 살고 있었다.

"집이 멋지네." 내가 말한다.

난 그녀의 남편 얘기를 꺼냈다.

"아, 파이퍼." 그녀가 말한다.

그녀는 그 사람도, 또 경제적인 측면에서도 필요하지 않은 것처럼 보였다. 그녀는 몇 년 전부터 자기 작업으로 (솔직히 말하자면, 그게 정확히 어떤 일인지 오늘날까지도 여전히 잘 상상이 안 된다) 벌어먹고 살았다. 벌이가 대단한 건 아니지만 어쨌든 생활은 되었다. 내 눈에 그게 보였다. 그녀의 옷은 심지어 아이비 앞에서도 합격 점수를 받을 수 있을 것 같았고, 숫자판이 깨진 고풍스러운 벽시계를 제외하면, 말했듯이 그녀의 집은 전체적으로 현대적이었다.

"넌 어떻게 지내?" 그녀가 묻는다.

난 사람들이 병원에서 빌려준 남의 재킷을 걸치고 있었는데 너무 커서 영 맘에 들지 않았다. 마른 내게는 품이 너무 넓은 데다 소매는 남자애들 옷처럼 너무 짧아 내내 신경 쓰였다. 한나가 부엌으로 가자 얼른 그걸 벗어 던졌다. 하지만 셔츠도 피가 묻어 꼴이 말이 아니긴 마찬가지였다.

"저녁 준비하는 동안 목욕할 거면⋯⋯." 한나가 말한다.

그녀는 식탁보를 깔았다.

"그래, 땀을 많이 흘려서⋯⋯." 내가 말한다.

그녀는 여전히 사무적이긴 하지만 마음의 동요를 보였다. 가스 불을 켠 뒤 그녀는 어떻게 끄는지 설명하고는 깨끗한 타월과 비누를 가져다주었다.

"발은 좀 어때?" 그녀가 묻는다.

그러면서 손 빠르게 일을 챙겼다.

"호텔은 뭐 하러 가? 당연히 여기 묵으면 되지."

면도를 하지 않은 게 유난히 신경 쓰였다.

욕조 물이 아주 느리게 받아지는 동안 모락모락 수증기가 피어올랐다. 한나는 내가 혼자서 그걸 할 수 없다는 듯 찬물을 섞었다. 손님처럼 아무것도 하지 않고 난 의자에 앉아 있었다. 발의 통증이 심했다. 한나가 작은 창문을 열었고, 김이 올라오는 가운데 난 그녀의 움직임을 지켜보고 있었다. 하나도 바뀐 게 없었다.

"네가 나한테 화나 있을 거라고 늘 생각했어." 내가 말한다. "그때 일로 말이야."

한나가 의아해했다.

"왜 화가 나? 우리가 결혼하지 않아서?" 그녀가 말한다. "했으면 불행했을 거야."

날 비웃고 있었다.

"너 정말 진심으로, 내가 화났을 거라고 생각한 거야, 발터?" 그녀가 말한다. "21년 동안?"

욕조에 물이 가득 찼다.

"왜 불행했을 거라는 거야?" 내가 묻는다.

그 당시 우리 결혼 이야기는 더 하지 않았다. 한나 말이 옳았다. 우리에겐 걱정거리가 따로 있었다.

"뱀에 물렸을 때 치사율이 3~10퍼센트란 거 너 알고 있었어?" 내가 묻는다.

곧 내가 깜짝 놀랄 일이 벌어졌다.

통계에 대해서는 한나가 젬병인 걸 금방 알아챘다. 그리하여 내가 욕실에서, 통계에 대해 제대로 된 강연을 늘어놓으려고 하자 그녀가 결국 이렇게 말했다.

"물 식겠다."

거즈로 싼 발을 욕조 가장자리에 얹고 욕조에 얼마나 들어가 있었는지 모른다. 통계며 목매달아 죽은 요아힘이며, 미래 등 이런저런 생각을 하다 보니 오한이 느껴졌다. 무슨 생각을 하는지 나 자신도 몰랐다. 말하자면 무슨 생각을 하는가 알고 싶은지조차 결정할 수 없었다. 조그마한 병들과 깡통, 튜브, 순전히 여성용 도구들만 보였는데, 한나를 더 이상 머릿속에 그려 볼 수 없었다. 그 당시 한나나 지금의 한나나. 냉기를 느꼈지만 피 묻은 셔츠를 다시 입을 마음이 들지 않았다. 한나가 불렀지만 난 대답하지 않았다.

나 괜찮냐고?

나 자신도 몰랐다.

홍차 마실래? 커피 마실래?

이날 벌어진 일들로 인해 난 완전히 녹초가 되어, 평소답지 않게 결정 장애가 생기고 망상에 빠진 듯했다. 욕조는 석관이었다, 에트루리아식! 말하자면, 오한을 동반한 결정 장애로 인한 착란 상태에 있는 거다!

"응, 나가." 내가 말한다.

애당초 한나를 다시 만난다는 생각을 하지 못했었다. 아테네에 도착하면 곧장 공항으로 직행할 요량이었다.

나의 시간은 끝났다.

바리에 세워 둔, 윌리엄스에게서 빌린 시트로엥을 파리로 어떻게 되돌려 보낼지도 여간 복잡한 문제가 아니었다. 차를 세워 둔 차고 이름조차 기억나지 않았다.

"응!" 내가 소리친다. "나가!"

그러고도 난 누워 있었다.

아피아 가도.

바티칸 성당의 미라.

물속에 잠긴 내 몸.

난 자살에 별 의미를 두지 않았다. 그런다고 이 세상에 존재했다는 사실이 바뀌느냐 말이다. 이 시간, 내가 원한 건 아예 내 존재가 사라지는 거였다!

"발터?" 그녀가 묻는다. "목욕 다 했어?"

욕실 문을 잠그지 않은 터라 한나가 당장이라도 들이닥쳐 도끼로 뒤에서 나를 쳐 죽일 수도 있으리라. 그런 생각이 들었다. 난 늙은 내 몸을 보지 않기 위해 눈을 감고 누워 있었다.

한나는 어딘가에 전화를 하고 있었다.

내가 없으면 왜 안 된단 말인가!

나중에 저녁 내내 다시 아무 일도 없는 것처럼 이야기했다. 가장한 것도 아니다. 사실 아무 일도 없었으니깐. 중요한 건 자베트가 무사하다는 거였다. 면역 혈청 덕분에. 난 한나에게 왜 통계를 믿지 않고 대신 운명이나 그따위를 믿느냐고 물었다.

"또 통계 얘기구나!" 그녀가 말한다. "나한테 백 명의 딸이 있고 모두 독사에게 물렸다고 치자! 그러면 난 단지 세 명이나 열 명의 딸을 잃게 될 거야. 놀라울 정도로 적은 숫자지! 네 말이 완전히 옳아."

그러면서 웃는다.

"그런데 나한테는 애가 하나밖에 없어!" 그녀가 말한다.

난 반박하지 않았지만, 그럼에도 우리는 거의 싸울 뻔했고 갑자기 평정심을 잃었다. 그건 내가 던진 말로 시작되었다.

"한나, 넌 암탉처럼 굴고 있어!"

그냥 불쑥 튀어나온 말이었다.

"미안해." 내가 말한다. "하지만 그래!"

나중에야 난 내가 왜 화났는지 알아챘다. 내가 욕조에서 나왔을 때 한나는 통화 중이었다. 내가 목욕하는 동안 그녀는 병원에 전화를 했고 엘스베트와 통화했다.

그러려고 한 건 아니지만, 난 모든 것을 듣고 말았다.

나에 대해서는 한마디도 없었다.

그녀는 자베트를 걱정하는 사람이 오직 한나만, 엄마만 있다는 듯이 말했고, 그 애가 점차 회복되고 심지어 말을 할 수 있다는 데 기뻐했다. 그녀는 독일어로 이야기하다 내가 방으로 들어가자 그리스어로 바꾸었다. 난 한마디도 알아듣지 못했다. 그런 다음 전화를 끊었다.

"어떻대?" 내가 묻는다.

한나는 한결 안심한 눈치였다.

"내가 여기 있다고 말했어?" 내가 묻는다.

한나가 담배를 한 대 꺼냈다.

"아니." 그녀가 말한다.

한나는 아주 부자연스럽게 행동했다. 그 애가 내 안부를 묻지 않았다니 믿을 수가 없었다. 적어도 난 무슨 이야기가 오갔는지 전부 알 권리가 있다는 생각이 들었다.

"자, 밥 먹자." 한나가 말한다.

내겐 알 권리가 없다는 듯한 그녀의 미소가 나를 분노하게 했다.

"자, 앉아 봐." 한나가 말한다.

하지만 난 앉지 않았다.

"내가 내 애랑 얘기하는데 네가 왜 신경을 써?" 그녀가 말한다. "왜?"

그녀는 정말이지 새끼를 품은 암탉처럼 행동했다. 내가 보기엔 모든 여자가 그런 것 같은데, 지적인 여자라도 예외가 아니다. 그리하여 암탉이라는 말을 내뱉어 버렸고, 서로 악담이 오갔다. 내 말에 한나는 이성을 잃었고, 여태 본 한나의 모습 중 가장 여자같이 행동했다.

"그 애는 내 애야, 네 애가 아니고!"

이쯤 되면 나도 묻는다.

"요아힘이 그 애 아빠인 거 맞지?"

질문에 답이 없다.

"날 좀 내버려 둬!" 그녀가 말한다. "나한테 원하는 게 대체 뭐야? 엘스베트를 반 년 동안 못 봤는데, 갑자기 병원에서 전화가 와서 가 보니 의식을 잃고 있었어. 무슨 일이 있었는지 난 모르고."

난 내가 한 말을 모두 취소했다.

"내 딸애랑 무슨 할 얘기가 있어? 그 애한테 원하는 게 뭐야? 그 애를 어떻게 한 거야?"

그녀는 떨고 있었다.

한나는 다른 나이 든 여자들과 사뭇 달랐지만, 그녀의 처진 피부와 눈물주머니, 잔주름 진 관자놀이가 눈에 띄었다. 주름이 나한테는 별문제 되지 않았지만 유독 눈에 들어왔다. 한나는 이전보다 더 말랐고 더 연약해 보였다. 사실 그녀는 제 나이에 잘 어울려 보였다. 도마뱀을 연상시키는, 턱 아래 피부를 제외하면 특히 얼굴은 제 나이에 잘 맞았다. 난 했던 말을 모두 취소했다.

한나가 애만 바라보며 살고 있고, 애가 언제 돌아오나 노심초
사했으며, 무남독녀를 난생처음 세계여행 보내는 게 엄마 입장
에서는 쉬운 문제가 아니라는 건 당연했다.

"물론 더 이상 애는 아니지." 그녀가 말했다. "이 여행에 애를
보낸 것도 나야. 언젠가는 그 애도 제 삶을 꾸려야 할 테니. 언젠
간 내 곁을 떠난다는 걸 잘 알아."

난 한나가 말하게 내버려 두었다.

"사실이 그러니까. 우린 삶을 품 안에 둘 수 없어. 발터, 너도
그럴 수 없어."

"나도 알아!" 내가 말한다.

"그런데 왜 그러는 거야?" 그녀가 묻는다.

난 한나가 무슨 말을 하는지 여전히 이해하지 못했다.

"삶은 자식들과 같이 가는 거야." 그녀가 말한다.

난 그녀가 무슨 일을 하는지 물었었다.

"사실이 그렇잖아." 그녀가 말한다. "우리가 자식들과 다시
결혼할 수는 없는 거야."

내 질문에는 답도 하지 않았다.

"발터, 지금 몇 살이지?"

그런 다음 다시 그녀의 일장 연설이 있었다. 자기한테는 백 명
의 딸이 아니라 딸이 하나다(다 아는 사실). 그리고 그 딸은 다
른 사람들처럼 단 하나의 삶을 갖고 있다(그 역시 아는 사실).
그녀 자신도 망쳐 버리긴 했지만, 단 하나의 삶을 가질 뿐이다.
그리고 나도 (내가 그걸 아느냐고?) 마찬가지다.

"한나, 그거 모르는 사람이 여기 있나?"

음식이 식어 있었다.

"그런데 왜 망쳤다는 거야?" 내가 묻는다.

한나는 먹지 않고 담배만 피워 댔다.

"넌 남자야, 난 여자고. 발터, 그런 차이가 있지."

"바라건대!" 내가 웃는다.

"난 애를 더 이상 가질 수 없어."

이 말을 그녀는 저녁 동안 두 번이나 했다.

"내가 무슨 일을 하냐고?" 그녀가 말한다. "지금 보고 있잖아. 파편을 가지고 하는 작업이야. 저건 꽃병이었어. 크레타에서 출토된 거야. 난 과거를 조각조각 붙이는 일을 하지."

내가 보기에 한나는 자기 삶을 하나도 망치지 않았다. 그 반대다. 난 한나의 두 번째 남편인 이 파이퍼라는 사람을 만난 적이 없다. 이민 가면서 알게 된 사람이라지. 한나는 (오늘날까지도 매번 내가 이상하게 생각하는 바지만) 한나 파이퍼 박사라 이름을 쓰고 있지만 그 사람 이야기를 거의 하지 않았다. 그러면서 자기가 옳다고 생각하는 것을 항상 실행에 옮겼는데, 여자로서 상당한 일 아닌가. 그녀는 자신이 원하는 삶을 살았다. 왜 요아힘하고는 잘되지 않았는지 입을 열지 않았다. 그녀는 그를 좋은 사람이라고 부른다. 비난의 흔적이라곤 없었다. 기껏해야, 그녀는 남자를 대체로 우습게 여긴다. 남자와의 사랑에서 상대편 남자에게 한나가 아마 너무 많은 걸 기대하는지도 모른다. 비난이라면 자기 자신을 비난한다. 인생을 다시 살 수 있거나 그래야 한다면 완전히 다른 방식으로 남자들을 사랑할 거란다. 남자란 당연히 (그녀 말로는) 고루한 존재다. 우리 몇몇은 (몇 명이나 되는지 모르지만) 예외라고 생각한 자신의 어리석음을 후회할 뿐. 그런데 내가 보기에 한나는 전혀 어리석지 않다. 그런데 그녀는 그렇게 생각한다. 그녀는 여자가 남자에게 이해받으려 하는 건 어리석은 일이라고 생각한다. 남자는 (그녀 말로는) 여자를 비밀스러운 존재로 원하는데, 자신의 몰이해에 열광하고 흥분하기 위해서란다. 한나에 따르면, 남자는 오직 자기 말만 듣기 때문에 남자한테 이해받기를 원하는 여자의 삶이란 망가질 수밖에 없다. 한나에 따르면 그렇다. 남자는 자신을 세상의 주인으로 여기는데, 여자는 단지 남자의 거울일 뿐이라는 거다. 주인은 굳이 하인의 언어를 배울 필요가 없다. 여자는 주인의 언어를 배워야 하지만, 그래 봐야 소용없다. 반대로, 여자는 자신에게 항상 부당함을 선사하는 언어를 배울 뿐이다. 한나는 자기가 철학 박사가 된 걸 후회한다. 신이 남녀 한 쌍이 아니라 남자인 한, 여성의 삶은, 한나 말에 따르면, 지금과 달라지지 않을 거란다. 말하자면 아무리 우아하게 포장해도 여자는 창조의 프롤레타리아로 비참한 삶을 산다는 거다. 난 쉰 살이나 먹은 여자가 계집애 같은 철학을 한다는 게 우스꽝스럽다는 생각이 들었다. 한나처럼 이렇게 나무랄 데 없는 여자가, 말하자면 매력적인 데다 개성 강한 여자가 말이다. 한나는 존경받는 여성인 게 분명했다. 예컨대 겨우 3년 전부터 아테네에 살기 시작한 외국인인 한나를 병원 사람들이 대하는 모습을 보면 그렇다. 교수님이나 노벨상 수상자라도 대하듯 하지 않았나! 그녀가 안돼 보였다.

"발터, 음식에 손도 안 댔네."

난 그녀의 팔을 잡았다.

"너, 창조의 프롤레타리아여!"

한나는 미소조차 짓지 않았고 내가 팔을 놓기를 기다렸다.

"로마에서는 어디에 갔었어?"

난 하나하나 보고했다.

그녀의 눈길이란······.

로마에서 있었던 일에 대해 보고하는 동안, 한나는 내가 유령이라도 되는 듯 쳐다봤다. 음경과 발톱을 가진 흉물스러운 존재, 차를 마시는 괴물.

그 눈길을 난 결코 잊지 못하리라.

그녀는 한마디도 하지 않았다.

마냥 침묵하고 있을 수는 없어서 난 다시 뱀에 물렸을 때의 치사율 내지는 통계에 대한 일반적인 이야기를 했다.

한나는 귀머거리라도 된 것 같았다.

내가 자베트를 품었단 걸, 내 앞에 앉아 있는 한나가 그 애의 엄마란 걸, 내 연인의 엄마가 내 옛 연인이란 걸 단 1초라도 (더 길게는 생각할 수도 없지만) 생각하면 감히 그녀의 눈을 마주할 용기가 나지 않았다.

무슨 말을 해야 할지 모르겠다.

그녀의 손이 (말하자면 난 그녀 손에 대고 말하고 있었다) 눈길을 끌었다. 아이 손처럼 작고, 한나의 다른 데보다 더 늙고 신경질적이고 축 처진 못생긴 손. 사실 손이 아니라 뭔가 절단된 느낌이었다. 연약하고 뼈만 앙상하고 주름진, 주근깨를 덮어쓴 밀랍 같은 손. 사실 그렇게 못생기지는 않았다. 반대로 뭔가 사랑스럽지만 낯선 것, 경악할 만한 것, 어떤 슬픈 것, 어떤 맹목적인 것처럼 보였다. 나는 주절주절 말을 늘어놓았다가 침묵했다. 자베트의 손을 떠올려 보려고 했지만 소용없었다. 탁자 위 재떨이 옆에 놓인 손, 피부 아래 혈관이 지나가는 인간의 살, 구겨진 비단 종이처럼 부스러질 듯한 동시에 반질거리는 손만 쳐다볼 따름이었다.

난 죽도록 피곤했다.

"걔는 사실 아직 애야." 한나가 말한다. "아니면 남자 경험이 있다고 생각한 거야?"

난 한나의 눈을 쳐다보았다.

"차라리 그랬으면." 그녀가 말한다. "그러기라도 했으면!"

갑자기 그녀가 식탁을 치우기 시작했다.

난 그녀를 도왔다.

통계에 관한 한 우리 입장은 이랬다. 한나는 운명을 믿기 때문에 통계에 대해 통 알려고 들지 않았다. 그걸 분명하게 말한 적은 없지만 난 금방 알아챘다. 모든 여자가 미신을 믿는 경향이 있지만 한나는 고등교육을 받은 사람이기에 난 적잖이 의아하게 생각한다. 그녀는 신화에 대해, 마치 우리 중 누군가가 열량 불변의 법칙이나 모든 경험을 통해서만 증명되는 물리 법칙에 관해 말하듯, 아무렇지 않은 어조로 담담하게 말했다. 망가진 꽃병에 유치한 수준으로 그려진 오이디푸스며 스핑크스, 아테네, 에리니에스나 에우메니데스 뭐라 부르든 그것들이 그녀에게는 기정사실이다. 세상에서 가장 진지한 대화를 나누는 와중에 그런 얘기를 꺼내는 게 그녀에게는 아무렇지 않다. 내가 신화나 뭐 문학에 무관한 사람이란 건 차치하고라도 난 논쟁하고 싶은 마음이 없었다. 당장 눈앞에 놓인 걱정거리로도 충분했다.

5월 29일까지 파리로 돌아가야 했다.

5월 31일에는 뉴욕에 있어야 하고.

(늦어도) 6월 3일에는 베네수엘라에…….

한나는 고고학 연구소에서 일한다. 신들에 관한 일을 하는 셈이다. 내가 매번 다시 되새기지 않을 수 없는 건, 우리 중 누군가는 자기도 모르게 기형적인 전문가가 되었다는 거다. 한나가 이렇게 얘기할 때면 난 미소를 짓지 않을 수 없다.

"너의 신들이란!"

그런 다음 그녀는 곧 화제를 돌렸다.

"나 안 갈 거야." 내가 말한다. "애가 무사하단 걸 확인하지 않고는 말이야, 진짜로."

한나는 충분히 이해한 것 같았다. 내가 직업상 업무에 관해 간단히 이야기하는 동안 그녀는 설거지를 했고 난 그릇의 물기를 닦았다. 20년인가, 21년 전처럼 말이다.

"20년 맞아?"

"20년 아니야?" 내가 말한다.

한나가 21년이라고 계산한 이유를 모르겠다. 하지만 난 그녀가 다시 나를 가르치려 드는 게 싫어 더 이상 토를 달지 않았다.

"부엌이 예쁘네." 내가 말한다.

문득 그녀가 다시 묻는다.

"너 요아힘 다시 만난 적 있어?"

요아힘이 이 세상 사람이 아니라고 언젠가는 말해 줘야 할 테지만 하필 오늘, 이 첫날 저녁에는 그러고 싶지 않았다.

난 딴소리를 했다.

그 옛날 그녀의 하숙집에서 함께한 저녁 식사에 대해!

"오피코퍼 아주머니 기억나?"

"왜?" 그녀가 묻는다.

"그냥!" 내가 말한다. "내가 밤 열 시에도 아직 네 방에 있으면 매번 그 아주머니가 방문을 탕탕 두드렸잖아."

그릇을 씻고 말리는 일까지 마쳤다.

"발터, 커피 할래?"

기억들이란 재미있다.

"응, 20년이 흐르고 나니 이제 웃음이 나네."

한나가 물을 올렸다.

"발터, 커피 마실 거냐니깐……."

그녀는 과거 기억을 들먹이고 싶어 하지 않는다.

"응, 좋지." 내가 말한다.

왜 그녀의 삶이 엉망이 되었다고 하는지 영문을 모르겠다. 그 반대다. 누군가 옛날 머릿속에 그렸던 모습과 대충 부합한 삶을 살고 있다면 꽤 괜찮은 거 아닌가. 난 그녀에게 경탄한다. 솔직히 말하자면 난 언어학과 예술사로 밥벌이를 할 거라곤 믿지 않았다. 그렇다고 한나가 여성스럽지 않다고 말할 수도 없다. 직업을 가지는 게 그녀에게 잘 어울린다. 요아힘과 결혼 생활을 할 때부터 이미 쉬지 않고 그녀는 번역이나 그 비슷한 일을 한 것 같고, 이민 가서는 어차피 일을 해야 했다. 요아힘과 이혼하고 파리에서는 출판사에서 일했다. 그러다가 독일인이 들어오자 영국으로 피난 가서 혼자 아이를 키웠다. 요아힘은 러시아에서 의사로 일하고 있어 양육비를 지불할 수 없었다. 한나는 BBC 방송국에서 독일어 담당 아나운서로 일했다. 오늘날까지도 그녀는 영국 국적을 갖고 있다. 파이퍼 씨는 그녀 덕분에 목숨을 구한 것처럼 보인다. 공산주의자에 대해 이전부터 호감을 가졌던 한나는 (내가 이해하기로는) 포로수용소에서 나온 그와 별 생각 없이 결혼했다. 하지만 정작 파이퍼 씨는 공산주의자가 아니라 기회주의자란 걸 알고 그녀는 실망했다. 한나 말을 빌리자면, 정치 노선에 따라 배신을 식은 죽 먹듯 하더니, 그것도 모자라 유대인 수용소도 미화할 태세였다. "남자들이란!" 하면서 한나는 웃었다. 그는 자기 영화를 찍을 수만 있다면 어떤 슬로건도 따랐다. 1953년 6월 한나는 그를 떠났다. 그는 어제 자신이 무효라고 한 것을 오늘 유효하다고 공표하거나 그 반대가 되어도 아무렇지 않은 사람이었다. 결국 현실과 자발적으로 관계 맺을 수 없게 되었다. 한나는 그 사람 얘기를 별로 내켜 하지 않는 눈치였다. 그런데도 재미없는 대목일수록 더 자세히 얘기했다. 이 파이퍼라는 작자가 사는 방식, 말하자면 단절되고 맹목적인 삶을 한나는 딱하게 여겼고 모든 남자에게서 나타나는 전형적인 모습이라고 생각했다. 옛날에는 제법 유머 감각도 있었는데 지금은 서구 사회를 조롱하는 정도란다. 한나는 누구를 비난하기보다 자기 자신을 비웃을 따름이다. 남자들에 대한 그녀의 사랑을.

"네 삶을 왜 망쳤다는 거야?" 내가 묻는다. "한나, 정말 그렇게 생각하는 거야?"

한나는 내가 완전히 눈멀었다고 했다.

"난 보이는 것만 보지." 내가 말한다. "네 집, 네 학문적인 작업, 네 딸. 넌 신에게 감사해야 해!"

"왜 신한테?"

한나는 예전 모습 그대로였다. 사람들이 무슨 말을 하는지 정확히 알고 있다. 말에 대한 그녀의 욕망이란! 말에 목숨이라도 건 듯했다. 정말이지 진지하게 말하려 해도 갑자기 그녀는 어떤 말을 걸고넘어진다.

"발터, 대체 언제부터 신을 믿은 거야?"

"자, 커피나 끓여!" 내가 말한다.

내가 신과 전혀 무관한 사람이란 걸 한나도 잘 알고 있었다. 결국 신에 관해 말할라치면 한나가 내 말을 진지하게 받아들이지 않는다는 걸 확인할 뿐이다.

"왜 내가 종교적이라고 생각하는 거야?" 그녀가 묻는다. "갱년기 여성에게는 그것밖에 남은 게 없다고 생각하는 거야?"

난 커피를 끓였다.

자베트가 퇴원하면 어떻게 될지 상상이 안 되었다. 같은 공간에, 예컨대 이 부엌에 자베트와 한나 그리고 내가 같이 있는 모습이라니. 그녀의 아이에게 키스하지 않으려고, 적어도 어깨에 팔을 올려놓지 않으려 정신 차리고 있어야 하는 나와 그런 나를 간파한 한나. 내가 자기 어깨를 감싸고 있지만 원래는 (결혼반지를 빼 버린 사기꾼처럼) 자기 엄마의 애인이었단 걸 알게 된 자베트.

"걔는 스튜어디스가 되면 안 돼." 내가 말한다. "내가 말린다고 말려 봤지만."

"왜?"

"스튜어디스는 자베트 같은 애한테는 맞는 직업이 아니니깐." 내가 말한다. "걔는 그저 그런 여자애가 아니라고."

우리 커피가 다 되었다.

"왜 그 애가 스튜어디스가 되면 안 된다는 거야?"

그러면서 난 엄마인 한나도 이 계집애 같은 생각을 탐탁잖게 여긴다는 걸 알아챘다. 다만 내가 관여할 문제가 아니라는 걸 보여 주기 위해 고집을 피우는 거다.

"발터, 그건 그 애 일이야!"

그러다가 문득 이렇게 말한다.

"발터, 넌 그 애 아빠가 아니야."

"나도 알아!" 내가 말한다.

집안일을 끝내고 더 이상 할 일이 없어 자리에 앉으려다 순간 처음으로 두려움을 느꼈다. 이제 올 것이 오겠구나.

"자, 말 좀 해 봐!" 그녀가 말한다.

생각보다 가벼운 투였다. 거의 일상적인 대화를 나누듯.

"무슨 일이 있었는지 얘기 좀 해 봐."

그녀의 평정심에 난 놀랐다.

"병원에 가 보니 당신이 쪼그리고 앉아 잠들어 있더군. 내가 얼마나 경악했을지 상상이 가지?"

그녀의 목소리는 변함이 없었다.

어떤 의미에서는 20년의 세월이 멈춘 것 같았다. 더 정확히 말하자면 헤어졌지만, 그 세월을 함께 보낸 것 같았다. 우리가 서로에게 모르는 건 경력이나 뭐 그런 따위의 피상적인 것들이고 그건 별로 말할 가치가 없다. 무슨 말을 해야 할까? 하지만 한나는 기다리고 있었다.

"설탕 넣어 줄까?" 그녀가 묻는다.

난 내 직업에 대해 이야기했다.

"어쩌다 엘스베트와 같이 여행한 거야?" 그녀가 묻는다.

한나는 여자지만 아이비나 내가 아는 다른 여자들과 다르고 비교도 되지 않는다. 그녀와 많이 닮은 자베트와도 다르다. 한나와는 터놓고 말할 수 있다. 나를 바라보는 그녀의 눈길에는 싸우려는 의도가 없었다. 나는 의아했다.

"그 애를 사랑해?" 그녀가 묻는다.

난 커피를 마셨다.

"내가 그 애 엄마란 걸 언제 알게 된 거야?"

난 커피를 마셨다.

"요아힘이 죽었다는 소식 못 들었지?" 내가 말한다.

그걸 말하려고 했던 건 아니었다.

"죽었어?" 그녀가 묻는다. "언제?"

말할까 말까 마음이 갈팡질팡했는데 이미 뱉은 말이었다. 하필 이 첫날 저녁에, 난 과테말라에서 있었던 일을 죄다 털어 놓지 않을 수 없었다. 한나는 내 편에서 들은 얘기들, 그가 러시아에서 고향으로 돌아온 얘기며 농장에서 일한 거며 빠짐없이 알고 싶어 했다. 이혼하고는 요아힘 소식을 전혀 듣지 못했다고 했다. 하지만 결국 난 요아힘이 목매달아 죽었다는 말은 하지 않고 협심증이라고 거짓말했다. 그녀가 굳건히 잘 버티는 게 놀라웠다.

"애한테도 얘기했어?" 그녀가 묻는다.

한동안 우리는 말이 없었다.

그녀는 자기 얼굴을 받치듯 다시 뿔테 아래로 손을 밀어 넣었다. 난 내가 괴물처럼 느껴졌다.

"네 책임이 아니잖아!" 그녀가 말한다.

한나가 전혀 눈물을 보이지 않으니 마음이 더 무거웠다. 그녀가 일어났다.

"그만 자러 가자." 그녀가 말한다.

자정이었다. 내 시계가 없던 터라 그렇게 짐작할 뿐, 사실은 시간이 멈춘 것 같았다.

"엘스베트 방을 써."

우리는 그 애 방에 서 있었다.

"한나, 사실을 말해 줘. 요아힘이 그 애 아빠야?"

"응, 맞아!" 그녀가 말한다.

순간, 난 안도했다. 한나가 거짓말할 리는 없고, 지금 (미래는 어차피 생각할 수도 없으니) 무엇보다 중요한 건 그 애가 면역 혈청을 투여받고 목숨을 구했다는 거다.

나는 그녀에게 손을 내밀었다.

난 쓰러질 듯 피곤한 채로 서 있었다. 한나도 마찬가지였을 테고. 우리는 이미 잘 자라는 인사까지 나눈 터였다. 그런데 한나가 다시 이렇게 물었다.

"발터, 엘스베트랑 잤어?"

그러면서 그녀는 분명 답을 알고 있었다.

"대답 좀 해 봐!"

뭐라고 대답해야 할지 모르겠다.

"맞아? 아니야?" 그녀가 묻는다.

이미 엎어진 물이었다.

그녀는 못 들은 척 여전히 미소를 짓고 있었다. 마침내 털어놓고 나니 한결 마음이 가벼웠다. 솔직히 기운이 나고 적어도 홀가분했다.

"나한테 화났어?" 내가 묻는다.

마룻바닥에서 자는 게 더 낫겠다 싶었지만, 한나는 내가 제대로 쉬어야 한다고 고집을 부렸다. 침대에는 벌써 깨끗한 이불이 깔려 있었다. 그 모든 것은 반년 만에 외국에서 돌아오는 딸을 위해 준비한 거였다. 새 잠옷은 한나가 치웠고 침대 옆 협탁에는 꽃과 뜯지도 않은 초콜릿이 놓여 있었다.

"나한테 화났어?" 내가 묻는다.

"더 필요한 거 없어? 비누는 저기 있고……."

"난 몰랐다고." 내가 말한다.

"발터, 잘 시간이야." 그녀가 말한다.

그녀가 화난 것 같지는 않았다. 심지어 다시 내게 손을 내밀기까지 했다. 신경이 날카로워졌을 뿐 달라 보이진 않았다. 그녀는 서두르는 기색이었다. 그녀가 부엌으로 가는 소리가 들렸다. 더 치울 것도 없는데.

"뭐 좀 도와줄까?"

"아니, 그만 자!" 그녀가 말한다.

자베트의 방. 좀 작긴 해도 예쁜 방이었다. 여기도 책이 많았고 리카베투스산이 내다보였다. 열린 창가에 한참 서 있었다.

난 잠옷이 없었다.

남의 방을 쿵쿵대며 뒤지는 건 내 스타일이 아니지만, 마침 서가에 사진이 놓여 있고 그 애 아버지 요아힘을 잘 아는 터라 난 사진을 집어 들었다.

1936년 취리히에서.

원래 더는 아무 생각 하지 않고 잠자리에 들 생각이었다. 하지만 말했듯이 난 잠옷이 없었고 오로지 더러운 셔츠뿐이었다.

마침내 한나가 자기 방으로 들어갔다.

두 시쯤 되었을까, 난 깨끗한 침대에, 마치 노숙자들이 공공시설 벤치에 앞으로 고꾸라져 앉아 자듯 (그런 자세로 자는 사람들을 보면 늘 하는 생각이지만) 태아처럼 그렇게 앉아 있었다. 하지만 잠들지는 않았다.

난 세수를 했다.

한번은 그녀의 방 벽을 두드려 봤다.

한나는 자는 척했다.

한나는 나랑 말하고 싶어 하지 않았다. 이날 저녁 언젠가 그녀는 나더러 입 다물라고 말했었다. "네가 말하면 모든 게 너무 사소해져!"

어쩌면 한나는 정말로 잠들었는지도 모른다.

미국에서 보낸 자베트의 편지들이 탁자 위에 놓여 있었다. 한 묶음이나 되었는데, 예일 우체국 소인이 찍힌 것도 있고 르아브르와 이탈리아에서 보낸 엽서들도 보였다. 엽서 하나가 땅에 떨어지는 바람에 집어 올려서 읽었다. 아시시에서 보낸 안부 인사였는데(나에 대한 언급은 없었다), 엄마에게 보내는 수많은 입맞춤과 마음에서 우러나오는 포옹이 담겨 있었다.

다시 담배 한 대를 피웠다.

그러다가 셔츠를 빨기 시작했다.

어째서 다 지나갔다고, 어쨌든 최악은 지나갔다고 생각했는지, 왜 한나가 잔다고 믿었는지 모르겠다.

최대한 소리 죽여 빨래를 했다.

고백하건대 난 무슨 일이 일어났는지 15분 정도 그냥 잊고 있었다. 아니면 모든 게 한낱 꿈처럼 여겨졌다. 사형에 처해지는 꿈을 꾸지만 그것이 꿈이라는 걸 알 때처럼 난 단지 깨어 있어야 했다.

젖은 셔츠를 창밖에다 널었다.

사진 속 요아힘의 얼굴은 남자답고 정감 가는 얼굴이었지만 사실 자베트와 닮은 데라곤 없었다.

"한나, 자?" 내가 소리친다.

대답이 없다.

셔츠가 없어 한기가 들었지만 문에 걸린 그 애 가운을 입을 생각은 못 했다. 뻔히 보면서도 말이다.

대체 여자애들 물건이란!

책꽂이에는 그 애의 플루트가 보였다.

난 불을 껐다.

추측건대, 아마도 한나는 얼굴을 베개에 파묻고 한참을 숨죽여 흐느끼다 결국 어쩌지 못하고 꺼이꺼이 소리 내어 운 것 같았다. 울음소리에 나는 화들짝 놀랐다. 그녀가 거짓말했고 내가 아버지라는 생각이 퍼뜩 들었다. 흐느끼는 소리가 점점 더 커지자 난 마침내 가서 노크를 했다.

"한나, 나야."

한나는 문을 걸어 잠가 놓았다.

난 서서 그녀가 흐느끼는 소리를 듣기만 했다. 무슨 일인지 나와서 얘기 좀 해 보자고 했지만 소용없었다. 대답으로 돌아오는 건 흐느낌뿐. 낮게, 그러다가 다시 점점 커지는 소리가 그칠 줄 몰랐다. 문득 소리가 그치면 그게 더 견디기 힘들었다. 난 문에 귀를 바짝 대고 어찌할 바를 몰랐다. 그녀는 종종 목소리조차 내지 못하고 가냘프게 훌쩍거렸다. 차라리 다시 흐느끼는 소리가 들리면 안심이 될 정도였다.

주머니칼도 없고 다른 도구도 없었다.

"한나, 문 열어 봐!"

마침내 쇠갈고리로 문을 따자 그녀는 몸으로 막고 버텼다. 나를 보자 그녀는 비명을 질렀다. 내가 웃통을 벗고 있어서였을까. 그녀가 가련해 보였다. 난 더 이상 문을 억지로 밀쳐 열려고 하지 않았다.

"한나, 나야!"

그녀는 혼자 있고 싶어 했다.

* * *

불과 24시간 전에 (마치 젊은 시절을 회상하는 것 같다!) 자베트와 나, 우리는 일출을 기다리며 아크로코린트에 앉아 있었다. 결코 잊지 못할 광경이었다! 우리는 파트라스에서 출발한 뒤 코린트에서 내려 어느 신전의 원주 일곱 개를 둘러본 다음 근처 게스트하우스에서 저녁을 먹었다. 신전을 제외하면 코린트는 촌구석이었다. 묵을 방이 없다는 걸 알게 된 것은 어둑어둑해질 무렵이었다. 그냥 밤 산책을 다니다 무화과나무 아래에서 자자고 하자 자베트는 아주 멋진 생각이라고 했다. 원래는 농담으로 한 말이었지만, 자베트가 멋진 생각이라고 하자 우리는 정말로 무화과나무를 찾으러 마냥 들판을 가로질러 나간다. 그러다 목견들이 짖어 대고, 사방에 경보가 울리고 밤에 한바탕 소동이 벌어진다. 짖는 소리로 미루어 짐작해 보면 상당히 사나운 놈들임이 틀림없다. 게다가 그놈들에게 몰려 올라간 언덕에는 무화과나무는 없고 잡초만 무성하고 바람까지 분다. 잠자기란 글렀다! 6월 그리스의 밤이 그토록 추울 거라곤 미처 생각하지 못했다. 게다가 축축하기까지 했다. 더욱이 바위틈으로 난 좁은 산길이 우리를 어디로 이끌어 갈지 알 수 없다. 돌길에 먼지가 많아 달빛에 석고처럼 하얗게 비쳤다. 자베트가 "눈 같다!"라고 한다. 우리는 "요구르트 같다!"라는 데 의견의 일치를 본다. 또 우리 머리 위에 솟아 있는 시커먼 바위들을 보고 내가 "석탄 같다!"고 하자 자베트는 다시 뭔가 다른 말을 생각해 낸다. 그렇게 우리는 점점 경사진 길을 가며 재잘댄다. 밤을 뚫고 히힝거리는 당나귀 소리가 나자 자베트는 "첼로 조율하는 소리 같아요"라고 한다. 나는 "매끄럽지 못한 브레이크 같아"라고 한다. 그것 말고는 쥐 죽은 듯 조용하다. 우리 발소리가 더 이상 들리지 않자 개들도 마침내 입을 다물었다. 코린트의 새하얀 오두막집들은 각설탕 통을 쏟아 놓은 것 같다! 그냥, 우리의 게임을 계속하기 위해 내가 다른 말을 생각해 낸다. 마지막에 나타난 검은 실측백나무 한 그루를 자베트가 "느낌표 같아요!"라고 하고, 난 "느낌표는 끝이 위가 아니라 아래에 있지"라며 다툰다. 우리는 밤새 쏘다녔다. 마주치는 사람도 없다. 한번은 염소의 방울 소리가 우리를 화들짝 놀라게 하지만 곧 다시 검은 비탈 위로 고요가 깃든다. 비탈에서는 페퍼민트 향이 나고 고요 속에서 심장

박동 소리만 들릴 뿐. 갈증이 난다. 아무리 둘러봐도 마른 풀에 일렁이는 바람뿐이다. 자베트가 "비단을 찢는 것 같아요!"라고 하자 난 머리를 짜내야 한다. 종종 아무런 생각이 나지 않는다. 그러면 게임 규칙에 따라 자베트가 1점을 얻는다. 자베트는 거의 매번 말을 찾아낸다. 중세기 망루의 첨탑과 성벽은 '오페라 무대장치 같다'. 우리는 성문들을 하나하나 통과해 간다. 어디서도 물소리는 나지 않는다. 터키식 성벽을 따라 걸어가는 우리 발걸음이 메아리친다. 그러다 우리가 멈추면 다시 고요함이 찾아온다. 우리의 달빛 그림자를 자베트는 "종이로 오려 놓은 것 같아요!"라고 한다. 우리는 탁구를 할 때처럼 21점을 놓고 계속 게임을 하다 21점이 나오면 다시 새로 시작한다. 그러다가 마침내 한밤중이 되고 우리는 문득 산 정상에 있다. 우리의 혜성은 더 이상 보이지 않는다. 저 멀리 보이는 바다를 내가 "아연판 같아"라고 한다. 자베트는 춥긴 하지만 한 번쯤은 호텔에서 자지 않은 게 정말 멋진 생각이라고 한다. 그 애에게 그날은 야외에서 보내는 첫날 밤이었다. 일출을 기다리는 동안 내 팔에 안긴 자베트의 몸이 떨린다. 일출 전이 가장 춥지 않은가. 다음 순간 우리는 마지막 남은 담배를 나눠 피운다. 다가오는 이 하루가 자베트에게는 집으로 돌아가는 날을 의미하지만, 우리는 아무 말도 하지 않았다. 다섯 시경 처음으로 여명이 비치자 마치 '도자기 같다!' 시시각각으로 바다와 하늘이 점차 밝아오지만 대지는 아직 아니다. 아테네가 대략 어디쯤인지 짐작할 수 있고 동 트는 만(灣)에 검은 섬들이 나타난다. 물과 땅이 갈라지고 그 위로 자그마한 아침 구름이 몇 조각 둥실 떠 있다. 자베트가 "연지분 다발 같아요"라고 하고, 적당한 말을 찾지 못한 난 다시 1점을 잃는다. 19대 9로 자베트가 이기고 있다! 새벽 공기는 마치 '콜키쿰* 같다!' 난 "뒤에 아무것도 없는 셀로판종이 같아"라고 한다. 그러다가 벌써 해안에 부딪히는 파도도 알아볼 수 있다. "맥주 거품 같아!" 자베트는 "주름 장식 같아요"라고 한다. 난 맥주 거품을 취소하고 "유리섬유 같아!"라고 한다. 하지만 자베트는 유리섬유가 뭔지 모른다. 다음 순간 바다에서 첫 빛줄기가 올라온다. 볏단 같다, 창 같다, 유리가 균열되는 것 같다, 성체현시대(聖體顯示臺) 같다, 전자 조명을 쏘아 올린 사진 같다. 하지만 매 게임 1점만 쳐 준다. 대여섯 개의 비유를 말해 봐야 소용 없다. 그 직후 벌써 해가 눈부시게 솟아오른다. "용광로 속에 찔러 넣는 첫 삽질 같아!"라고 내가 말하는 동안 자베트는 아무 말 없이 1점을 잃는다……. 그 애가 눈을 감은 채 바위에 앉아 있는 모습, 묵묵히 햇살을 받고 있는 모습, 난 그 모습을 결코 잊지 못할 것이다. 행복하다고 그 애가 말한다. 난 결코 잊지 못할 거다. 완연히 짙어진 바다, 보랏빛으로 물드는 파란 바다, 코린트의 바다와 다른 것들, 아티카해(海)와 붉은 전답들, 녹청색 올리브 나무와 붉은 대지 위에 기다랗게 드리워진 그 아침 그림자, 처음으로 전해 오는 온기, 바다와 태양 그 모든 것을 내가 선물이라도 한 양 나를 안아 준 자베트, 이 모든 걸 잊지 못할 거다. 그리고 자베트가 노래하는 모습도!

* * *

한나는 아침을 차려 놓고 '곧 돌아올게, 한나가'라는 쪽지를 남겼다. 난 기다렸다. 면도를 하지 않아 거북해 면도날을 찾아 욕실을 온통 뒤졌다. 자잘한 병과 파우더 통, 립스틱, 튜브들, 매니큐어, 머리 묶는 고무줄뿐이었다. 거울에 비친 내 셔츠를 바라봤다. 핏자국이 약간 흐릿해지긴 했지만 대신 얼룩덜룩해져 어제보다 더 흉한 꼴이었다.

적어도 한 시간을 기다렸다.

한나가 병원에서 돌아왔다.

"애는 좀 어때?" 내가 묻는다.

한나가 영 이상했다.

"너 푹 자라고 뒀지." 그녀가 말한다.

나중에는 에두르지 않았다.

"엘스베트와 둘이 있고 싶었어. 그것 때문에 맘 상해할 필요는 없어, 발터. 난 20년 동안 그 애랑 단둘이 살았다고."

내 쪽에서 무슨 말을 하랴.

"비난하려는 게 아니야." 그녀가 말한다. "하지만 너도 이해해야 해. 그 애랑 단둘이 있고 싶었다고. 그냥 그랬어. 아이랑 애기 좀 하려고."

그 애는 대체 뭐라고 했을까?

"이것저것!"

"나에 대해서는?" 내가 묻는다.

"아니, 예일대학교, 그냥 학교 얘기만 했어. 하디라는 젊은 남자애 얘길 하더군. 그냥 순전히 이런저런 얘기지 뭐."

한나가 전해 주는 말이 마음에 걸렸다. 자베트의 혈압이 오르락내리락, 어제는 빨랐는데 오늘은 매우 느렸다. 게다가 한나 말에 의하면 얼굴에 홍조 현상이 있으며, 동공이 작아지고 호흡곤란 증세도 보였다.

"애를 봐야겠어!" 내가 말한다.

한나는 우선 셔츠를 사야 하지 않느냐고 했다.

거기까지는 나도 동의.

한나가 어딘가로 전화를 했다.

"됐어!" 그녀가 말한다. "연구소 차를 쓰기로 했어. 애 물건을 가지러 같이 코린트로 갈 수 있겠어. 네 물건도, 신발이랑 재킷 말이야."

한나는 매니저 같았다.

"됐어, 택시도 오라고 했고." 그녀가 말한다.

이리저리 분주히 움직이고 있어 한나와 대화를 나누기는 불가능했다. 재떨이를 비우고 나서 한나가 블라인드를 내렸다.

"한나, 왜 날 똑바로 쳐다보지 않는 거야?" 내가 묻는다.

한나가 미처 눈치채지 못했는지 모르지만, 사실이 그랬다. 그날 아침 한나는 나를 한 번도 쳐다보지 않았다. 일이 그렇게 된 게 왜 내 책임이란 말이야! 분명한 사실은 한나가 한마디 비난도 불평도 하지 않았다는 거다. 어젯밤에 쌓인 재떨이만 비울 뿐.

난 더 이상 참을 수가 없었다.

"한나, 우리 얘기 좀 할까?"

난 그녀의 어깨를 움켜잡았다.

"날 좀 바라봐!"

그녀를 잡았을 때 난 깜짝 놀랐다. 그녀의 몸은 딸보다 더 부드럽고 더 자그맣고 더 우아했다. 예전보다 더 작아진 걸까. 그녀의 눈은 더 아름다워 보였다. 제발 날 좀 바라봤으면.

"발터, 아파."

말도 안 되는 소리를 난 지껄였다. 단지 침묵을 견딜 수가 없어 말도 안 되는 소릴 지껄인다는 걸 그녀의 얼굴에서 읽을 수 있었다. 난 양손으로 그녀의 머리를 잡았다. 내가 뭘 원하느냐고? 한나에게 키스할 생각은 없었다. 그녀는 왜 저항하는 걸까? 내가 무슨 말을 하는지 나도 몰랐다. 난 경악하는 그녀의 눈을, 희끗희끗한 머리와 이마, 그리고 그녀의 코를 지그시 바라봤다. 모든 것이 우아하고, 혹은 사람들의 말을 빌리자면 기품 있고 여성스러웠다. 딸보다 더 기품 있었다. 턱 아래 피부는 도마뱀 같이 늘어지고 관자놀이에 가로 잔주름이 생겼지만, 지친 게 아니라 경악하는 그녀의 눈은 옛날보다 더 아름다웠다.

"발터, 너 정말 끔찍해!"

그 말을 그녀는 두 번이나 했다.

난 그녀에게 키스를 했다.

한나는 내가 손을 치울 때까지 노려보기만 했다. 아무 말도 하지 않았고 머리도 정돈하지 않았다. 그녀는 침묵했고 나를 저주했다.

그 순간 택시가 도착했다.

새 셔츠를 사기 위해 시티로 갔다. 그 말은 내가 돈 한 푼 없으니 한나가 그걸 산다는 의미였다. 낡은 셔츠를 입은 내 모습을 보이고 싶지 않아 난 택시에서 기다렸다. 한나는 감동적이었다. 심지어 내 사이즈를 물으려 잠시 후 돌아오기까지 했으니! 그러고선 약속대로 연구소로 가서 오펠 자동차를 빌렸다. 그런 다음 엘스베트의 옷과 내 서류 가방, 재킷(무엇보다 여권 때문에)과 카메라를 가지러 바닷가로 갔다.

한나가 운전대를 잡았다.

아테네를 지난 직후 다프니에는 작은 숲이 있었는데, 난 그곳에서 셔츠를 갈아입었으면 했다. 하지만 한나는 고개를 저으며 계속 달렸고 난 셔츠 꾸러미를 끌러 놓은 채로 있었다.

무슨 얘기를 한단 말인가!

엘레우시스에 못 미쳐 '그리스 국영 정유공장' 공사장이 커다랗게 나오자 난 그리스의 경제 상황에 대해 이야기하기 시작했다. 모두 독일 회사에 양도되었는데, 물론 지금 (평소에도) 한나에게는 관심 밖의 일이다. 하지만 우리의 침묵도 참을 수 없는 일이었다. 딱 한 번 그녀가 물었다.

"그 장소 이름이 뭔지 몰라?"

"응, 몰라."

"테오도호리인가?"

난 이름을 몰랐다. 우리는 코린트에서 버스를 타고 와 바다가 맘에 드는 곳에서 그냥 내렸었다. 아테네에서 76킬로미터 떨어진 곳이라는 것 정도만 알았다. 에우칼립투스가(街)에 있는 표지판이 기억났다.

운전대를 잡은 한나는 말이 없었다.

난 새 셔츠로 갈아입을 기회를 엿보고 있었다. 차에서 갈아입고 싶지는 않았다. 엘레우시스를 지났다.

메가라를 통과해서 달렸다.

난 화물차 운전사에게 줘 버린 내 시계에 대해 이야기했다. 시간 전체가 어떻고, 시간을 되돌릴 수 있는 시계가 있다면 어쩌구저쩌구…….

"멈춰 봐! 여기야." 내가 말했다.

한나가 차를 멈췄다.

"여기야?" 그녀가 물었다.

난 쇠 파이프를 실은 화물차가 올 때까지 그 애를 뉘어 놓았던 제방을 보여 주고 싶었을 뿐이다. 여느 제방과 다를 바 없이, 바위에는 잡초가 나 있고 그 사이로 붉은 양귀비가 피어 있었다. 곧이어 그 애를 안고 달렸던 쭉 뻗은 길이 나왔다. 자갈 섞인 타르가 깔린 시커먼 길을 지나자 올리브나무 아래 두레우물이 나타났다. 그리고 돌밭, 골함석 지붕을 인 하얀 오두막들…….

다시 정오였다.

"좀 천천히 가 볼래!" 한나에게 부탁했다.

맨발로 갈 때는 영원할 것만 같던 거리가 오펠 자동차로는 2분이 될까 말까 했다. 그 밖에는 어제와 다를 바 없었다. 다만 나귀가 끄는, 자갈 실은 손수레는 빗물 통 근처에서 보이지 않았다. 한나가 내 말을 곧이곧대로 믿는데 왜 굳이 이 모든 걸 보여 주려 했는지 모르겠다. 손수레가 자갈을 질질 흘리며 오던 곳은 당장이라도 찾을 수 있었다. 바퀴 자국과 나귀의 발자국이 나 있었다.

난 한나가 차에서 기다릴 거라고 생각했다.

하지만 한나는 차에서 내려 타르로 포장된 뜨거운 도로로 나를 따라왔다. 난 소나무를 찾아보고 금작화를 헤집으며 이리저리 뒤지고 다녔다. 한나가 왜 차에서 기다리지 않았는지 좀처럼 이해가 되지 않았다.

"발터, 저기 자국이 있어!"

하지만 우린 혹시 남아 있을지 모르는 핏자국을 찾기 위해 여기 온 게 아니라 내 서류 가방과 재킷, 여권과 신발을 찾으러 온 것 아닌가…….

모든 게 손 타지 않고 그대로 있었다.

한나가 담배를 한 대 달라고 했다.

모든 게 어제와 다름없었다.

겨우 24시간이 지났을 뿐. 모래사장도 같고, 작은 물결들이 가까스로 밀려오다 사그라지는 잔잔한 파도도 어제와 똑같았다. 같은 태양이다, 금작화에 이는 바람도 변함없었다. 다만 내 옆에 서 있는 사람이 자베트가 아니라 그 애 엄마 한나라는 것만 제외하면.

"너희 수영도 했어?"

"응." 내가 말한다.

"여기 좋네!" 그녀가 말한다.

끔찍했다.

* * *

사고에 관한 한 난 특별히 감출 게 없다. 편평한 해변이다. 여기서 적어도 30미터는 물속을 걸어가야 수영을 할 수 있다. 그 애의 비명을 듣는 순간 난 해안에서 적어도 50미터는 떨어져 있다. 자베트가 튀어 오르는 게 보인다. 무슨 일이야? 내가 소리친다. 그녀가 달린다. 아크로코린트에서 뜬눈으로 밤을 지새운 우리는 모래사장에서 잠을 잤다. 잠에서 깨어난 뒤 물속으로 들어갔다. 그 애가 자는 동안 혼자 있고 싶었다. 좀 전에, 애를 깨우지 않고 햇빛에 탈까 봐 속옷으로 어깨를 덮어 주었다. 드문드문 소나무가 있을 뿐 여기는 그늘이 별로 없다. 우리는 움푹 팬 곳에 잠자리를 잡았다. 그러나 예상할 수 있는 일이지만, 그늘 또는 해가 옮겨 다니고, 아마 나도 그러느라 갑자기 땀이 나서 잠에서 깬 것 같았다. 고요한 정오였다. 난 소스라치게 놀라 깼는데, 아마도 무슨 꿈을 꾸었거나 아니면 발걸음 소리를 들었다고 생각한 것 같다. 하지만 우리 둘뿐 사위는 고요하다. 어쩌면 자갈을 실은 손수레 소리나 자갈을 퍼 담는 소리를 들었는지도 모른다. 하지만 아무것도 보이지 않고 자베트는 곤히 잠들어 있다. 놀랄 까닭이 없는 평범한 낮이다. 파도 소리도 나지 않고 단지 자갈에 흘러내리는 물결들의 나지막한 속삭임만 있다. 촤르륵촤르륵 자갈 구르는 소리만 나지막이 날 뿐 사방에 정적이 흐른다. 가끔 벌 하나가 오간다. 심장이 이렇게 펄떡거리는데 수영을 하는 게 맞는지 골똘히 생각했다. 결정하지 못하고 잠시 그렇게 서 있었다. 자베트는 옆에 아무도 없다는 걸 알아채지만 사지를 한 번 쭉 뻗더니 다시 잠든다. 목덜미에 모래를 뿌려 보지만 그 애는 깨지 않는다. 마침내 난 수영하러 간다. 자베트가 비명을 질렀을 때 난 50미터쯤 나가 있었다.

대답도 없이 자베트는 달린다.

그 애가 내 외침을 들었는지 모르겠다. 다음 순간 물속에서 달려가려는 꼴이라니! 내가 거기 서라고 소리치고, 마침내 물 밖으로 나왔을 때는 몸이 거의 마비된 것 같다. 그 애가 멈출 때까지 난 성큼성큼 따라간다.

자베트는 언덕 위에 있다.

그 애는 오른손을 왼쪽 가슴에 댄 채, 내가 언덕을 올라와 (난 내가 알몸이란 걸 의식하지 못했다) 가까이 다가갈 때까지 말없이 기다린다. 그러다가 말도 안 되는 일이 벌어진다. 단지 자기를 도우려고 한 건데 그 애는 점점 내 앞에서 뒷걸음치더니 결국 언덕 위에서 뒤로 (그 순간 난 흠칫 멈춰 섰다) 나자빠진다.

그건 사고였다.

남자 키 정도로 2미터도 안 되는 높이지만 내가 그 애에게 달려갔을 때 그 애는 의식을 잃고 모래 속에 쓰러져 있었다. 뒷머리를 부딪힌 것 같다. 잠시 후에야 세 개의 작은 핏방울이 난 물린 자리를 보고 즉시 닦아 낸다. 허겁지겁 바지와 셔츠를 꿰차고 신발도 없이 그 애를 팔에 안고 도로로 나가지만 내 소리를 듣지 못한 채 포드가 지나간다.

* * *

내가 할 수 있는 한 정확하게 보고하고 언덕이며 그 모든 것을 보여 주는 동안 한나는 담배를 물고 사고 현장에 서 있었다. 객관적으로 봤을 때 한편으로는 정말로 내 책임이 아니지만, 엄마인 그녀가 나를 지독하게 저주할 거라고 단단히 각오하고 있었는데, 막상 한나가 나를 친구처럼 대하자 어리둥절할 따름이었다.

"자, 네 물건 챙겨." 그녀가 말한다.

아이가 목숨을 구했단 걸 확신하지 않았다면 물론 우리는 그당시 해안에서 한 것처럼 그런 대화를 나누지 못했으리라.

"걔가 네 애라는 거 알지?" 그녀가 말한다.

난 알고 있었다.

"자, 네 물건 챙겨." 그녀가 말한다.

물건들을 들고 우리는 서 있었다. 난 먼지 묻은 신발을 손에 쥐고 있었고 한나는 우리 딸의 검은색 카우보이 바지를 들고 있었다.

나는 무슨 말을 해야 할지 막막했다.

"자, 가자!" 그녀가 말한다.

그러다가 내가 묻는다.

"왜 나한테 비밀로 한 거야?"

답이 없다.

다시, 바다 위로 파란 열기가 피어오른다. 정오 무렵의 어제 풍경이 반복된다. 키 작은 물결들이 밀려들자마자 거품 속으로 사라진다. 연이어 자갈들이 달그락거리고 다시 찾아드는 고요함.

한나는 나를 잘 이해하고 있었다.

"내가 결혼한 몸이라는 걸 너 잊었구나." 그녀가 말한다.

또 한 번은 이렇게 말한다.

"엘스베트가 널 사랑한다는 걸 잊었구나."

모든 걸 계산에 넣을 수는 없지만, 어떤 식으로든 항상 해결책은 있는 법.

우리는 한참 동안 서 있었다.

"내가 이 나라에서 일거리를 왜 못 찾겠어?" 내가 말한다. "어디든 기술자는 필요해. 너도 봤잖아. 그리스도 산업화되는 중이고……."

한나는 내 말의 의미를 정확히 이해했다. 낭만적으로 한 말도, 도덕적으로 한 말도 아니다. 실용적으로 한 말이다. 같이 살고 같이 살림을 꾸리고 같이 늙어 가는 거다. 안 될 게 뭔가? 내가 예감조차 할 수 없었을 때 한나는 그걸 알고 있었다. 20년 동안 그녀는 알고 있었다. 그럼에도 그녀는 나보다 더 놀란 모습이었다.

"한나, 왜 웃는 거야?" 내가 묻는다.

어떤 식으로든 늘 미래는 있다고 생각했다. 세상이 그냥 멈춰 버린 적은 없었고 삶은 계속되지 않는가!

"그래, 하지만 우리하고는 아니겠지." 그녀가 말한다.

난 그녀의 어깨를 잡았다.

"한 번 결혼했었잖아, 발터. 사실이 그래! 내 몸에 손대지 마."

그런 다음 차로 돌아왔다.

한나 말이 옳았다. 난 항상 무언가를 잊고 산다. 그녀가 그걸 상기시켜 주었지만 무슨 일이 있어도 아테네로 이사하거나 이주하기 위해 사표를 쓰기로 결심했다. 어떻게 우리가 같이 살지는 이 순간 나 자신도 알 수 없지만. 끝내 해결책을 찾는 데 난 익숙하다……. 한나가 내게 운전대를 맡겼다. 한 번도 오펠 올림피아를 몰아 본 적이 없지만 한나도 밤새 잠을 못 잔 터였다. 그녀는 이제 잠든 척했다.

아테네에서 우리는 꽃을 샀다.

오후 세 시 직전이었다.

사람들이 우리를 대기실에서 기다리게 했다. 우리는 상황이 어떤지 전혀 모르고 있다. 한나가 꽃다발을 푼다.

그 순간 나타난 간호사의 얼굴이란!

어제처럼 한나가 창가에 서 있고 우리 둘 중 누구도 말이 없다. 서로를 쳐다보지 않는다.

곧 엘레우테로풀로스 박사가 왔다.

모두 그리스어로 말하지만 난 모든 걸 알아듣는다.

두 시 직전에 아이가 죽었다.

……다음 순간 그 애 침대 앞에 한나와 내가 있다. 도무지 믿기지 않지만 눈을 감은 우리 아이는 잠잘 때와 똑같다. 하지만 석고처럼 새하얗고 기다란 몸은 아마포 천으로 덮여 있다. 양손은 허리 옆에 있고 가슴에 우리 꽃이 놓여 있다. 위로로 하는 말이 아니라 정말로 그 애는 잠들어 있다! 오늘날까지도 난 믿을 수가 없다. "애가 자네!" 내가 말한다. 한나에게 한 말은 아니었

는데 갑자기 한나가 내게 소리치며 작은 두 주먹을 움켜쥐고 내 앞에 있다. 난 그녀를 더 이상 알아보지 못하고 저항하지도 않는다. 그녀가 주먹으로 내 이마를 쳐도 난 감각이 없다. 그래 봐야 무슨 소용이랴! 기진맥진할 때까지 한나는 울부짖으며 내 얼굴을 때린다. 내내 난 손으로 눈을 가리고만 있었다.

* * *

오늘날 확인된 바로, 우리 딸의 사인은 뱀독이 아니었다. 독은 면역 혈청 주사로 성공적으로 해독되었다. 그 애의 죽음은 작은 언덕 위로 넘어질 때 손상된, 하지만 미처 진단받지 못한 두개반 골절, 즉 뇌진탕의 결과였다. 뇌동맥 손상, 소위 뇌혈관 파열로,(사람들 말에 의하면) 당장 외과 수술을 받았더라면 치료할 수 있는 것이었다.

6월 21일에서 7월 8일까지 카라카스에서 쓰다.

두 번째 정거장

아테네 병원에서

7월 19일, 일기를 쓰기 시작하다

그들이 정오 휴식 시간이라고 내 에르메스베이비 타자기를 뺏어가 하얀색 장에 넣고 잠가 버렸다. 그러니 손으로 쓸 수밖에! 손으로 쓰는 건 정말이지 못할 짓이다. 난 웃통을 벗고 침대에 앉아 있고 한나의 선물인 작은 선풍기가 아침부터 저녁까지 돌아간다. 그 외에는 정적이 흐른다. 오늘 또, 그늘에서 잰 온도가 40도다! 이 휴식 시간이(13:00~17:00) 제일 힘들다. 게다가 미뤄 둔 일기를 쓸 시간도 거의 없다. 한나는 매일 나를 찾아오는데 흰색 이중문에 노크할 때마다 깜짝깜짝 놀란다. 검은색 옷을 입은 한나가 하얀 내 방으로 들어온다. 왜 한 번도 앉지 않는 걸까? 매일 무덤에 가고 매일 연구소에 간다는 게 현재 내가 한나의 일상에 대해 알고 있는 전부다. 난 누워 있는데 그녀가 열린 창가에 서 있는 게 영 신경 쓰인다. 그녀는 말이 없다. 나를 용서할 수 있을까? 처음으로 돌아갈 수 있을까? 그때 이후 한나가 어떻게 지내는지 난 모른다. 그에 대해서는 한마디도 말이 없다. 한나가 왜 자리에 앉지 않는지 끝내 물어봤다. 도무지 한나를 이해할 수가 없다. 물으면 미소만 지을 뿐 눈길은 나를 스쳐 간다. 때때로 난 그녀가 미쳐 버리지 않을까 걱정된다. 오늘이 6주째다.

6월 1일, 뉴욕

윌리엄스 집에서 토요일마다 열리는 야외 파티가 있는 날이었다. 내키지 않았지만 난 가 봐야 했다. 아무도 강요하지 않았지만 제 발로 갔다는 말이다. 난 무얼 어떻게 시작해야 할지 몰랐다. 적어도 다행히 베네수엘라의 터빈이 마침내 조립 준비를 마쳤다는 소식이 나를 기다리고 있었다. 그러니 가능하면 빨리 비행기를 타고 가야 했다. 내가 그 일을 감당할 수 있을지 자신 없었다. 낙관론자 윌리엄스가 내 어깨에 손을 올리고 난 고개를 끄덕였지만, 확신이 서지 않았다.

"자, 발터, 한잔하게나!"

늘 하던 대로 여기저기 빙 둘러서서 노닥거렸다.

"로마의 휴일이라, 어머, 너무 멋지다!"

난 딸이 죽었다고 아무한테도 말하지 않았다. 이 딸이 세상에 존재했다는 걸 아는 사람도 없지 않은가. 사람들이 무슨 일인지 묻는 게 싫어서 검은 리본을 달아 상중임을 표하지도 않았다. 그들 모두와 전혀 상관없는 일이니까.

"어이, 발터, 한 잔 더해!"

난 연거푸 마셔 댄다.

"발터에게 문제가 생겼어요." 윌리엄스가 주위 사람들에게 말한다. "이 친구 집 열쇠를 못 찾았다네요!"

그는 내가 무슨 역할이라도 해야 한다고 생각한 거다. 아무 역할도 없는 것보다는 우스꽝스러운 게 낫다고. 그냥 구석에 서서 아몬드나 먹을 수는 없는 거니까.

"프라 안젤리코, 나 너무 좋아하는데!"

모두가 나보다 더 잘 알고 있다.

"마사초*의 프레스코화는 어땠어?"

무슨 말인지 모르겠다.

"의미론! 의미론을 한 번도 안 들어 봤다고?"

내가 바보처럼 느껴진다.

난 타임스 스퀘어 호텔에 묵고 있었다. 내 이름이 아직도 방에 붙어 있었다. 하지만 도어맨 프레디도 열쇠에 대해서는 아는 게 없었다. 아이비가 그에게 맡겨 두기로 했는데. 난 내 방 벨을 울렸다. 어리둥절했다. 사무실이며 영화관, 지하철 모든 게 열려 있는데, 내 방만 아니었다. 나중에, 단지 시간을 보내느라 관광객용 유람선에 올랐다. (늘 생각했던 거지만) 마천루가 묘석처럼 보였다. 맨해튼에서 11년 동안 살지 않았던 사람처럼 난 스피커에서 나오는 방송에 귀를 기울였다. 록펠러 센터, 엠파이어 스테이트 빌딩, 유엔 등. 그런 다음 영화관으로 갔다. 나중에는 늘 그렇듯 전철을 탔다. 업타운 특급인 IRT였다. 인디펜던트 역이 호텔에서 더 가까웠을 테지만 난 콜럼버스 서클 역에서 갈아

타지 않았다. 11년 동안 한 번도 갈아타지 않고 항상 내리던 곳에서 내렸다. 그리고 늘 그렇듯, 날 알아보는 중국인 세탁소에 들렀다. "안녕하세요? 페이버 씨." 몇 달 동안 날 기다린 셔츠 세벌을 들고 호텔로 돌아왔지만 여전히 속수무책이었다. 하릴없이 몇 번이고 내 전화번호를 누르다 (물론 될 리가 없다!) 결국 이리로 온 거였다. 유감스럽게도.

"어서 오시게." 등등의 인사.

그전에 난 내 스튜드베이커가 잘 있는지 알아보려고 차고로 갔다. 하지만 물을 필요도 없었다. 멀리서도, 립스틱 색깔처럼 빨간 차가 검은 방화벽 사이 마당에 서 있는 게 보였다.

그런 다음, 말했듯이 이리로 왔다.

"발터, 무슨 일 있어?"

이 토요일 파티를 난 진작에 싫어했다. 천부적으로 난 유머 감각이라곤 없는 사람이다. 하지만 그렇다고 내 어깨에 올릴 손이 필요하지는 않다.

"발터, 바보같이 굴지 마!"

난 내 일을 감당할 수 없다는 걸 알았다. 난 취해 있었고, 그걸 알았다. 내가 그걸 느끼지 못한다고 그들은 생각했다. 난 그들을 잘 알았다. 지금 사라져도 아무도 알아채지 못할 것이다. 난 더 이상 그 자리에 있지 않았다. 공중전화에서 다시 한번 내 번호를 눌러 볼 양으로 (바라건대 마지막으로) 타임스 스퀘어 밤 거리를 지나갔다. 누가 어떻게 전화를 받았는지는 오늘날까지도 미스터리다.

"저는 발터라고 하는데요." 내가 말한다.

"누구요?"

"발터 페이버입니다." 내가 말한다. "저는 발터 페이버인데요……."

모르는 사람이었다.

"죄송합니다." 내가 말한다.

아마도 번호를 잘못 눌렀나 보았다. 난 커다란 맨해튼 전화번호부 책을 잡고 내 번호를 찾아 다시 한번 시도해 보았다.

"누구시죠?"

"저는 발터인데요." 내가 말한다. "발터 페이버요."

좀 전과 같은 목소리가 대답해서 난 잠시 할 말을 잃는다. 도대체 무슨 영문인지 모르겠다.

"네, 그런데요?"

사실 내가 대답 못 할 일도 아니잖은가. 난 상대방이 전화를 끊기 전에 마음을 가다듬고 그냥 뭐라도 해야겠기에 주소를 묻는다.

"여긴 트라팔가 4-5571인데요."

난 취한 상태다.

"그럴 리가 없는데요!" 내가 말한다.

내 집을 세놓은 걸까, 아니면 번호가 바뀐 걸까. 둘 다 가능한 얘기라고 정신을 차리려 하지만 소용없다.

"트라팔가 4-5571, 그건 제집인데요!" 내가 말한다.

그가 손을 수화기에다 대고 누군가(혹시 아이비인가?)와 이야기하는 소리가 들린다. 웃음소리가 나더니 "당신 누구야?"라고 묻는다.

내가 되묻는다.

"당신이 발터 페이버예요?"

끝내 상대방이 전화를 끊고 난 바에 앉아 있다. 어지러워서 더 이상 위스키를 마실 수도 없는 지경이다. 그러다가 바텐더에게 발터 페이버 씨의 전화번호를 찾아 전화를 좀 걸어 달라고 부탁한다. 그가 전화를 걸어 수화기를 건네준다. 오랫동안 전화벨이 울리더니 누군가 전화를 받는다.

"트라팔가 4-5571입니다. 여보세요?"

난 말없이 전화를 끊었다.

94.6퍼센트의 성공률을 보이는 이 수술에 대한 통계에 따르면 내가 받을 수술은 모든 고통을 영원히 없애 줄 것이다. 다만 매일매일 이렇게 하염없이 기다리는 일에 난 신경이 예민해진다. 난 환자로 지내는 데 익숙하지 않다. 통계를 믿지 않는 한나가 나를 위로할 때도 난 예민해진다. 난 통계를 전적으로 믿는다. 게다가 뉴욕이나 뒤셀도르프, 아니면 취리히에서 수술을 받지 않아 기쁘다. 한나를 만나고 그녀와 이야기를 나눌 수 있으니. 한나가 이 방 밖에서는 무얼 할지 상상이 잘 안 된다. 먹기는 하나? 잠은 자나? 그녀는 매일 (08:00~11:00) 연구소로 가고 매일 우리 딸의 무덤으로 간다. 그 밖엔 무얼 하지? 난 그녀더러 앉으라고 청했다. 왜 그녀는 말을 하지 않는 걸까? 한나가 앉을라치면 금방 뭔가, 재떨이나 라이터나 필요

한 게 생겨 곧 자리에서 일어나 다시 서 있다. 나란 놈이 꼴 보기 싫으면 왜 오는 걸까? 그녀는 내 베개를 바로잡아 준다. 이게 암이면 그들은 당장 내 몸에 칼을 댔을 거다. 그건 논리적인 일이고, 난 그걸 하나한테 설명해 줬다. 그녀가 그걸 믿길 바란다. 오늘은 주사가 없네! 난 하나와 결혼할 거다.

6월 2일, 카라카스로 가는 비행기

이번에 나는 마이애미, 메리다, 유카탄을 경유해 비행한다. 유카탄에서 거의 매일 카라카스로 가는 비행기 편이 있다. 하지만 위통으로 메리다에서 비행을 중단한다.

그러다가 다시 한번 캄페체로 간다.

메리다에서 버스로 여섯 시간 반이 걸린다.

침목들 사이로 선인장이 나 있고 협궤 철로가 있는 작은 역에서 헤르베르트 헹케와 난 두 달 전 언젠가 눈을 감고 사지를 쭉 늘어뜨리고 벽에 머리를 기댄 채 기차를 기다렸다. 이 기차를 마지막으로 기다린 뒤 일어난 모든 일이 마치 환각처럼 느껴진다. 여기는 변한 게 하나도 없다.

끈적거리는 공기.

비린내와 파인애플 냄새.

비쩍 마른 개들.

아무도 묻어 주지 않은 개의 시체들, 시장 지붕 위에 늘어앉은 검은 대머리수리들, 열기, 바다에서 불어오는 썩은 내음, 바다 위로 삐죽 얼굴을 내민 태양. 땅 위에서는 먹구름이 몰려오더니 석

영 등 불빛이 파르르 떨리는 것처럼 파르스름하게 번개가 쳤다.

다시 기차를 타다니!

팔렝케에 다시 가니 반가운 마음이 들었다. 우리의 그물침대며 맥주, 앵무새가 있는 선술집 등 하나도 변한 게 없다. 사람들이 아직 나를 알아본다. 심지어 아이들도 나를 알아보는데, 난 멕시코 설탕 과자를 사서 나눠 준다. 한번은 유적지까지 가 보았는데, 어차피 하나도 바뀐 게 없다. 그 당시처럼 사람이라곤 없고 새들이 윙윙거린다. 두 달 전과 꼭 같다. 팔렝케의 디젤 엔진이 멈추고 난 밤도 마찬가지다. 베란다 앞 우리에 갇힌 수컷 칠면조가 번개가 무서워 새된 소리를 내지르고, 노루와 말뚝에 묶인 검은 암퇘지, 솜처럼 하얀 달, 말이 밤에 풀 뜯어먹는 소리…….

어딜 가든 하릴없이 생각에 잠긴다.

지금이 그때라면! 아무것도 변하지 않았던 두 달 전으로 돌아갈 수만 있다면. 왜 4월로 돌아갈 수 없는 걸까! 모든 게 환각일 순 없을까! 그러다가 혼자 랜드로버를 탄다.

나는 헤르베르트와 얘기를 나눈다.

마르셀과도 얘기를 나눈다.

우수마신타강에서 수영을 한다. 그런데 강이 많이 변했다. 강물이 불고 유속이 빨라 수포도 없다. 지금으로선 익사하지 않고 랜드로버로 강을 건널 수 있을지 의심스러울 정도다.

하지만 어쨌든 갔다.

수염을 기른 헤르베르트는 한눈에 봐도 사람이 달라 보였는데, 불신하는 태도가 특히 그랬다.

"아니, 여기서 뭐 하는 거예요?"

헤르베르트는 내가 자기 가족이나 회사의 청탁으로 뒤셀도르 프로 데려가기 위해 온 거라 생각해 그냥 얼굴 보러 왔다는 말을 믿지 않았지만, 그건 사실이다. 사람들에게 친구가 그렇게 많지는 않지 않은가 말이다.

그는 안경을 부러뜨려 먹었다.

"왜 안 고쳤어요?" 내가 묻는다.

내가 안경을 고쳐 준다.

소나기가 오는 동안 우리는 막사에 불도 없이 앉아 있다. 마치 노아의 방주 같다. 그 당시 라디오를 작동시켰던 배터리가 오래전에 떨어졌기 때문이다. 세상 소식에 대해 그는 전혀 관심을 보이지 않는다. 괴팅겐 교수의 성명서 발표처럼 독일에서 일어난 사건에도 반응이 없다. 난 개인적인 일에 대해서는 운을 떼지 않는다.

난 내시 자동차가 어떻게 되었는지 알아본다.

헤르베르트는 한 번도 팔렝케에 가지 않았다!

헤르베르트가 언제든 나갈 수 있도록 가솔린 다섯 통을 가져갔지만 그는 그럴 생각이 없다.

수염 아래서 그가 히죽히죽 웃었다.

우리는 서로를 전혀 이해하지 못했다.

전기도 없고, 수염 난 걸 싫어하고 또 여행을 계속해야 해서 내가 낡은 면도날로 면도하는 모습을 보며 그가 이죽거린다.

자기는 아무 계획이 없단다!

그의 내시 55는 지난번처럼 바싹 마른 커다란 이파리로 덮여 있고 심지어 열쇠도 꽂혀 있었다. 이 인디오들은 시동 거는 방법조차 모르는 게 분명하다. 하나도 훼손되지 않고 그대로였지만 상태는 그야말로 귀신이 나올 정도라서 난 즉시 작업을 시작했다.

"형씨한테 그게 재미있으면, 좋으실 대로요." 그가 말한다.

헤르베르트가 이구아나를 포획한다.

내가 보기에 엔진은 폭우에 완전히 진흙투성이가 되어 죄다 청소해야 한다. 전부 엉클어지고 끈적거리며 기름에 들러붙어 부패한 꽃가루 냄새가 나지만 난 이 일이 재미있다.

마야의 아이들이 내 주위에 몰려든다.

아이들은 내가 엔진을 분해하고, 바닥에 깔아 놓은 바나나 잎 위에 분해한 부속을 올려놓는 모습을 며칠이고 지켜본다. 비는 오지 않고 번개만 친다.

어머니들도 나를 뚫어져라 쳐다본다. 그들은 애만 낳는 것처럼 보인다. 새로 임신한 배를 받치면서 갈색 가슴에는 막내 젖먹이를 안고 있다. 내가 엔진을 청소하는 동안 그들은 자리에 서서, 말도 통하지 않는 터라 한마디 말도 없이 바라보기만 한다.

헤르베르트가 이구아나 다발을 들고 나타난다.

놈들은 살아 있지만 건드리지 않으면 미동도 하지 않는다. 잘 물기 때문에 이구아나 입을 짚으로 묶어 놓았다. 구우면 닭고기처럼 맛있다.

저녁에는 해먹대에 매달린다.

맥주는 없고 이 야자유만 있다.

번개가 친다.

부속품이 없어지면 구할 데도 없어, 난 도난당하면 어쩌나 걱정하지만 헤르베르트는 꿈쩍도 하지 않는다. 헤르베르트는 그들이 부속품을 건드리지 않는다고 굳게 믿고 있다. 폭동은 말할 것도 없고! "그 사람들은 심지어 일도 실퍽하게 해요"라고 헤르베르트가 말한다. "그럴 필요 없다는 걸 잘 알면서도 복종한다고요."

수염 아래서 그가 이죽거린다.

독일 시가의 미래죠!

대체 무슨 생각을 하는지 내가 묻는다. 계속 있을 건지 아니면 뒤셀도르프로 돌아갈 건지, 무슨 계획이 있는지.

아무것도 없단다!

한번은 내가 한나를 만났다고, 한나와 결혼할 거라고 말했지만 듣기나 했는지 모르겠다.

헤르베르트는 인디오 같다!

열기가 피어오르고.

반딧불이 날아다닌다.

사우나에 있는 것처럼 땀이 흐른다.

이튿날 갑자기 비가 왔다. 15분 정도 홍수라도 난 듯 쏟아지더니 금세 다시 해가 나왔다. 하지만 갈색 웅덩이에 물이 찼다. 하필 이곳에 웅덩이가 생길 거라고는 상상도 못 하고 난 바깥에서 작업하기 위해 내시를 오두막에서 끌어내 놓은 터였다. 전혀 우스꽝스러운 상황이 아니었는데도 헤르베르트에게는 그 반대였다. 분해해서 땅 위에 펼쳐 놓은 엔진 부속품은 말할 것도 없고 빗물이 자동차 축까지 차올랐다. 그걸 보고 난 경악했다. 헤르베르트는 나를 안심시키기 위해 스무 명의 인디오를 붙여 주고는 자기와 상관없는 일이라는 듯 행동했다. 인디오들은 내 지시에 따라 나무를 베고, 차 밑으로 들어가기 위한 정비대를 만들었다. 엔진 부속품을 모으는 데만 꼬박 하루가 걸렸다. 헤르베르트가 전혀 관심을 보이지 않는 터라 난 희뿌연 웅덩이에 걸어 들어가 미지근한 진흙을 더듬는 둥 모든 일을 혼자서 해야 했다.

"그만둬요!" 헤르베르트는 그렇게만 말할 뿐이었다. "뭐 하려요!"

물을 다 빼내기 위해 난 스무 명의 인디오에게 도랑 파는 일을 시켰다. 모든 부속품을 찾으려면 그 방법밖에 없었지만, 어떤 부속품들은 이미 진흙 속에 가라앉아 마구잡이로 빨려 들어가 버려 그 또한 쉽지 않았다.

그가 두 번째로 한 말은 "안 될걸요!"였다.

나는 아무런 대꾸도 하지 않고 그가 헛소리를 지껄이게 내버려 두었다. 내시 없이는 헤르베르트에게 방법이 없다. 그가 뭐라 하든 상관하지 않고 난 작업을 계속했다.

"차 없이 어쩌려고요?" 내가 말했다.

마침내 다 조립한 엔진이 돌아가자 그는 빙그레 웃으며 "브라보!"라고 한 뒤 내 어깨를 두드렸다. 나더러 자기 차를, 내시를 가지라는 거다, 선물이라고.

"나야 쓸 데도 없는데요, 뭘!" 그가 말했다.

헤르베르트는 헛짓거리를 멈추지 않았다. 정비대에 차를 올려놓은 채 다시 한번 모든 것을 점검하기 위해 내가 운전대에 앉아 시동을 거는 동안 그는 교통경찰관 노릇을 한다. 마야의 아이들, 하얀 셔츠를 입고 죄다 젖먹이를 데리고 있는 어머니들, 나중에는 덤불 속에 서 있던 남자들이 모두 낫을 들고 사방에서 모여든다. 그들은 몇 달 동안 엔진 소리를 듣지 못했다. 내가 시동을 걸고 액셀을 밟자 허공에서 공회전을 한다. 헤르베르트가 '스톱!' 하고 손짓을 하면 내가 멈춘다. 내가 경적을 울리고 헤르베르트가 '통과' 손짓을 한다. 우리가 장난치는 동안 인디오들은 (그 숫자가 점점 늘어나는데) 웃지도 않고 말없이 우리를 뚫어져라 쳐다본다. 우리가 뒤셀도르프의 러시아워 교통 놀이 하는 (그런데 왜 하는 거지!) 모습을 그들은 엄숙하게 쳐다본다.

한나와 진지하게 토론을 하다니! (한나에 따르면) 기술은 우리가 세계를 체험할 필요 없도록 세계를 정리하는 술책이다. 기술자는 자연의 창조물을 파트너로 여기지도 않고 그 의미에 대해서 전혀 모르기 때문에 그것을 이용하려는 광기를 부린다. 기술은 세계로부터 저항으로서의 세계를 만들어 내는 술책이다. 예컨대 우리가 세계를 체험할 필요 없도록 속도를 통해 세상을 희석시키는 방법이 있다(한나의 이 말이 무슨 뜻인지 난 모르겠다). 기술자들은 세계와의 직접적인 관련성을 상실한다(한나의 이 말이 무슨 뜻인지 난 모르겠다). 한나는 나를 비난하지 않는다. 내가 자베트에게 그렇게 행동한 걸 이해하지 못하는 건 아니다. (한나 말은) 내가 모르고 있었던 일종의 관계를 체험한 건데, 사랑에 빠진 거라고 반박하면서 내가 그 관계를 곡해했다는 거다. 그건 우연한 오류가 아니라 내 직업이나 그 밖의 내 삶이 그렇듯 나다운(?) 오류라고 한다. 나의 오류는 우리 기술자들이 죽음을 생각하지 않고 산다는 거다. 말 그대로 옮기자면, "넌 삶을 형상이 아니라 단순한 덧셈으로 다룬다"는 거다. 그러니 죽음에 대한 관계도 설정하지 못하고, 그 결과 시간에 대한 관계도 없다. 삶이란 시간 속의 형상이라는 거다. 자기가 아는 것을 잘 설명할 수 없다고 한나도 인정한다. 삶은 기술로 정복할 수 있는 질료가 아니라고 한다. 자베트와 관련한 나의 오류란 반복이다. 다시 말해, 나이가 중요하지 않은 듯이, 그리하여 자연에 역행해서 내가 행동했다는 거다. 계속 더하기하면서, 말하자면 우리 자식과 결혼하면서 우리 나이를 지양할 수는 없는 거라고.

6월 20일, 카라카스 도착.

마침내 일에 진척이 있었다. 터빈이 제자리를 잡았고 필요한 인력도 준비되었다. 난 할 수 있는 한 정신을 차리려 했다. 마침내 조립을 시작한 이때에 위통으로 빠진다는 건 불운한 일이지만 어쩔 도리가 없었다. 직전에 방문했을 때는 (4월 19일과 20일) 내 건강 상태가 양호했지만 나머지 것들이 준비되지 않았었다. 그렇지만 조립을 감독할 수 없게 된 건 내 책임이다. 난 2주 이상 호텔에 누워 있었는데 무료하기 짝이 없었다. 카라카스에서 한나의 편지를 기대했다. 그 당시 내가 보낸 전보에도 대답이 없긴 마찬가지였다. 한나에게 편지를 보내고 싶어 몇 번이나 편지를 썼지만 한나가 어디에 박혀 있는지 알 길이 없었다. 할수 있는 거라곤 (이 호텔에서 뭐라도 해야 하지 않겠나!) 발송할 일도 없으면서 보고서를 작성하는 것뿐이었다.

조립은 착착 진행되었다. 나 없이.

간호사가 마침내 내게 거울을 갖다주었다. 내 모습에 경악했다. 점점 체중이 줄고 있긴 했지만 지금 정도는 아니었다. 우리에게 축축한 묘지 같은 방을 보여 준, 저 팔렝케의 늙은 인디오처럼 보인 적은 없었다. 내 꼴이 정말 끔찍했다. 면도할 때를 제외하면 난 거울을 잘 들여다보지 않는다. 거울 없이 빗질을 하지만 내 모습이 어떤지, 어떤 모습이었는지 잘 안다. 옛날부터 내 코는 매우 길었지만 귀가 그렇게 눈에 띄지는 않았다. 물론 지금은 칼라 없는 잠옷을 입고 있어 목이 너무 길어 보이고 고개를 돌리면 목에 힘줄이 잡힌다. 힘줄 사이가 움푹 패어, 전에는 한 번도 눈에 띄지 않았던 골이 생긴다. 귀는 또 어떤가. 머리를 민 수감자 같다! 두개골이 작아졌다는 건 도무지 상상조차 할 수 없는 일이다. 내 코가 호감형인가 스스로 묻고는 코란 결코 호감 가는 신체 부위가 아니라 불합리하고 음탕한 것이라는 결론에 도달한다. 그 당시 (두 달 전에 말이다!) 파리에서는 이런 꼴이 아니었던 게 분명하다. 그랬다면 자베트가 나랑 같이 오페라에 가지 않았을 거다. 피부는 여전히 갈색으로 그을려 있는데 목만 약간 하얗다. 마치 털 뽑힌 닭 모가지마냥 구멍이 숭숭 나 있다! 딱히 이유는 없지만 입과 눈은 그런대로 괜찮아 보인다. 그런데 눈은 여권에 그렇게 쓰여 있어서 내가 항상 그렇게 믿고 있던 갈색이 아니라 회녹색이다. 그 밖에 다른 데는 과로한 낯선 사람 같다. 나는 치아가 늘 불만이었다. 걸을 수 있게 되면 당장 치과에 가야겠다. 치석도 있고, 잇몸 염증 때문에라도 가야 한다. 별다른 통증은 없고 다만 턱이 좀 뻐근하다. 난 편하다는 이유로 항상 짧은 머리를 했는데, 옆머리나 뒷머리의 머리숱은 전혀 가늘어지지 않았다. 흰 머리가 난 지 오래되어 금발과 은발이 섞여 있지만 별로 신경 쓰지 않는다. 등을 뒤로 하고 누워 몸 위로 거울을 들고 보면 내 외모는 예전 그대로다. 다만 약간 말라 보이는데 그건 물론 다이어트를 했기 때문이다. 어쩌면 블라인드를 통해 하얀빛이 이 방으로 들어와서 그런지도 모른다. 그런 빛이라면 누구라도 창백하게 만든다. 말하자면 그을린 피부에 비추면 하얗게까지는 아니더라도 누렇게 만든다. 치아만 상태가 안 좋다. 풍화되는 건 어쩔 수 없지만 치아는 내게 늘 골칫거리였다. 인간이란 그런 존재다! 전체적인 구성은 그런대로 괜찮지만 재료는 졸작이다. 육신은 재료가 아니라 저주다.

추신. 지난 석 달처럼 그렇게 많은 죽음을 접한 적은 없었다. 일주일 전 취리히에서 개인적으로 이야기를 나누었던 O 교수도 이제 유명을 달리했다.

추신. 면도를 하고 피부를 마사지했다. 순전히 무료해서 온갖 생각을 해내다니 얼마나 웃기는 일인가! 그렇다고 놀랄 일은 아니고, 지금 내게 필요한 건 단지 움직임과 신선한 공기뿐, 그게 다다.

7월 9~13일, 쿠바에서.

어떻게든 뉴욕을 경유하고 싶지 않았기에 아바나에서 내가 한 일은 카라카스발 KLM에서 리스본행 쿠바나 항공편으로 비행기 표를 바꾸는 거였다. 난 그곳에 나흘간 머물렀다. 나흘 동안 관광 외에는 달리 할 일이 없었다.

엘프라도 거리를 걷는다.

늙은 플라타너스가 늘어선 구시가는 바르셀로나의 람블라 거리와 비슷하다. 저녁의 산책로. 믿기지 않을 정도로 멋진 사람들로 넘쳐나는 가로수길. 난 걷고 또 걷는다. 달리 할 일도 없잖은가.

저녁 무렵 노란 새들이 왁자지껄 부산스럽다.

구두닦이들이 모두 내 신발을 닦겠다고 난리다.

스페인계 흑인 여자를 보고 경탄하자 그녀가 혀를 쏙 내민다. 갈색 얼굴에 혀는 분홍빛이 돈다. 난 웃으며 인사를 보낸다. 그녀 역시 웃는데 (그렇게 표현해도 될지 모르겠지만) 앵두 같은 입술 사이로 드러난 하얀 치아와 눈이 눈길을 끈다. 그녀와 어떻게 해 볼 마음은 없다.

"하우 두 유 라이크 아바나?"

백인이라는 이유만으로 날 미국인 취급하는 데 울컥 화가 난다. 포주들이 졸졸 따라온다.

"예쁜 애 있어요! 무슨 말인지 알죠? 영계라고요!"

모두가 어슬렁거리고 모두가 웃는다.

모든 게 꿈만 같다.

하얀 제복을 입은 경찰관들이 시가를 피운다. 해병이 시가를 피운다. 사내아이들이 엉덩이가 꽉 끼는 바지를 입고 있다.

모로 요새. 필립 2세 동상.

난 구두를 닦으라고 한다.

앞으로는 다르게 살겠노라 결심한다.

기분이 좋다.

난 작은 사이즈로 시가 두 상자를 산다.

해가 진다.

바닷가에는 벌거벗은 사내아이들이 있고 그들의 젖은 피부 위로 태양이 내리쬔다. 열기가 피어오른다. 난 앉아서 시가를 피운다. 하얀 도시 위로 검보랏빛 먹구름이 끼고 빌딩 위로 마지막 햇살이 꽂힌다.

엘프라도 거리.

푸르스름한 여명. 아이스크림을 파는 상인들. 가로등 아래, 담장 위에 무리 지어 앉은 여자애들의 웃음소리.

타말레.

바나나 껍질에 싼 옥수수다. 길거리에서 파는 간식이다. 걸어가면서 먹으니 시간이 절약된다.

불안한가? 그런데 왜?

아바나에서는 할 일이 하나도 없었다.

호텔에서 쉴 때는 몇 번이고 샤워를 하고 옷도 입지 않은 채 침대에 누워 선풍기 바람을 쐰다. 누워서 시가를 피운다. 방문을 잠그지 않는다. 바깥에서 복도를 청소하며 노래하는 소녀도 스페인계 흑인이다. 난 줄담배를 피운다.

나의 욕망…….

왜 욕망이 일어나지 않지!

게다가 피곤하다. 너무 피곤해서 재떨이를 가져오기도 힘들 지경이다. 등을 대고 누운 채 시가를 피우고 있어서 하얀 재가 떨어지는 게 아니라 똑바로 서 있다.

시가는 파르타가스다.

프라도로 가면 다시 환각을 보는 것 같다. 순전히 예쁜 여자 애들뿐이고 남자들도 멋지다. 흑인계와 스페인계가 섞인 사람들이 하나같이 멋져 보여 도무지 눈을 뗄 수가 없다. 꼿꼿하고 유연한 걸음걸이, 종 모양의 짧은 치마를 입은 아가씨들, 그들이 머리에 쓴 하얀색 스카프, 흑인 여자들이 흔히 하는 수갑 같은 장신구들. 드러난 등은 플라타너스 그늘처럼 어두워서 얼른 보면 파란색 혹은 연보라색 치마나 하얀색 머리 스카프, 그들이 웃을 때면 드러나는 하얀 치아와 눈의 흰자위만 눈에 들어온다. 그들의 귀걸이가 반짝거린다.

'캐리비언 바.'

또 담배를 피운다.

이번에는 '로미오와 줄리엣'이다.

내가 처음에 포주가 아닌가 생각했던 한 젊은이가 자기가 아빠가 되었다며 내 위스키값을 치르겠다고 고집을 부린다.

"첫애예요!"

몇 번이고 나를 껴안는다.

"멋진 일이지 않아요?"

그는 자신을 소개하고 내 이름이 뭔지, 아이가 몇 명인지, 특히 아들이 몇인지 궁금해한다.

"다섯요." 내가 말한다.

그는 즉각 위스키 다섯 잔을 주문한다.

"발터, 당신은 제 형제예요!" 그가 말한다.

건배하자마자 그는 자리를 옮겨 다른 사람에게도 위스키를 산다. 아이가 몇 명인지, 그중에서 아들이 몇 명인지 물어보면서.

전부 미친 짓 같다.

갑자기 천둥 번개가 친다. 난 아케이드 아래 노란색 그네 의자에 앉아 있고 사방에서 주룩주룩 비가 내린다. 바람을 동반한 갑작스러운 폭우다. 거리는 경보라도 울린 듯 순식간에 사람들이 사라지고 차양 막에서는 폭격 맞은 소리가 난다. 밖에서는 아스팔트 위로 빗물이 튄다. 마치 수선화 화단이 갑자기 생겨난 것처럼 하얗다. 특히 가로등 아래가.

그네를 타며 세상을 바라본다.

지금, 여기가 좋다.

가끔 아케이드 아래로도 샤워하듯 빗물이 들이친다. 색종이 가루 같은 꽃잎이 날리더니 후끈 낙엽 내음이 나다가 갑자기 피부가 서늘해진다. 가끔 번개가 치지만 빗물 떨어지는 소리가 천둥소리를 합쳐 놓은 것보다 더 크다. 난 그네를 타며 웃는다. 바람, 옆자리가 비어 있는 그네의 흔들림, 쿠바 국기.

난 휘파람을 분다.

미국에 대해 분노한다!

오슬오슬 한기를 느끼며 그네를 탄다.

미국식 생활방식이라니!

난 다르게 살기로 결심한다.

번갯불이 튀고, 그러고 나면 눈이 멀겠다. 순간순간 보이는 것들. 폭풍우 속 황록색 야자수, 용접용 버너에 파랗게 달구어진 빛을 받은 듯 자줏빛으로 변한 구름, 바다, 덜거덕거리는 골함석. 그 소리가 울려 퍼지자 난 아이처럼 즐겁다. 더할 나위 없이 행복해 콧노래를 부른다.

미국식 생활방식이란 이런 거다.

그들은 먹고 마시는 것부터 다르다. 와인이 뭔지 모르는 이 겁쟁이들. 차가운 차를 마시고 모래톱 같은 것을 씹으며 빵이 뭔지도 모르는 비타민 복용자들. 이 코카콜라 국민이라면 난 지긋지긋하다.

그런데 난 그들의 돈으로 먹고산단 말이야!

난 내 구두를 닦으라고 한다.

그들의 돈으로 말이야!

언젠가 한 번 내 구두를 닦은 적 있는 일곱 살짜리 아이가 지금은 술 취한 고양이 꼴이다. 난 그 애의 곱슬머리를 쓰다듬는다.

아이가 빙그레 웃는다.

그 애의 머리카락은 까만색이 아니라 잿빛에 가까운 갈회색이다. 말갈기처럼 느껴지지만 곱슬거리고 짧다. 그 아래 아이의 작은 두개골이 느껴진다. 털을 민 푸들을 잡을 때처럼 따뜻하다.

아이는 빙그레 웃을 뿐 계속해서 구두를 닦는다.

그 애가 맘에 든다.

아이의 이.

연약한 피부.

아이의 눈은 텍사스의 휴스턴을 떠올리게 한다. 내가 어지럼증으로 땀을 비 오듯 흘렸을 때 화장실에서 내 옆에 무릎을 꿇고 앉았던 그 흑인 청소부 여자 말이다. 여느 눈동자와 다르게, 짐승의 눈처럼 아름다웠던 커다란 눈의 흰자위. 아니, 그녀의 살덩어리 전체가 떠오른다!

우리는 자동차 브랜드를 두고 수다를 떤다.

아이의 손이 재빠르다.

소년과 나, 우리 외에는 다른 사람들이 없다. 사방에서 무섭게 비가 쏟아진다. 아이가 쪼그리고 앉아 헝겊으로 내 구두에 광을 내는 소리가 싹싹 난다.

미국식 생활방식.

여기 사람들과 비교하면 그들은 외모부터 못생겼다. 구운 소시지 같은 그들의 붉은 피부는 쳐다보기도 싫고, 그들이 살아 있는 건 페니실린 덕택이다. 그게 전부인 데다 자기들이 미국인이라서, 또 스스럼없어서 행복하다는 투로 부자연스럽게 행동한다. 그러면서 그들은 굼뜨고 시끄럽기만 하다. 내가 모범으로 삼았던 딕과 같은 녀석들이 그렇다! 그들이 빙 둘러 서 있는 모습을 보면 왼손을 바지 주머니에 찌르고 어깨는 벽에 기댄 채 다른 손에는 술잔을 들고 있다. 취할 때까지는 꾸밈이 없고 인류의 보호자로서 어깨를 툭툭 치며 낙관적이다. 그러다가 취하면 발작적으로 울부짖고 백인종을 다 팔아 먹고 엉덩이들 사이가 텅 빈다. 나 자신에게 분노가 인다!

(다시 한번 삶을 살 수만 있다면.)

밤에는 한나에게 편지를 쓴다.

다음 날 해변으로 드라이브를 갔다. 구름 한 점 없이 뜨거운 날이었다. 정오 무렵 파도가 살랑거린다. 물결이 잦아들면 자갈이 달그락거린다. 어떤 해변을 가도 테오도호리 해변이 떠오른다.

난 울음을 터뜨린다.

물이 맑아 바다의 바닥이 보일 정도다. 나는 바닥을 보기 위해 얼굴을 물에 처박고 수영을 한다. 바닥에 비친 내 그림자가 자주색 개구리 같다.

딕에게 편지를 쓴다.

미국이 제공하는 것들이란 안락함, 세계 최고의 시설, 사용 준비 완료, 미국화된 진공 상태로서의 세계다. 그들이 가는 곳마다 고속도로가 뚫리고 양쪽 벽에 광고판이 붙은 세상이 열린다. 도시라고 할 수도 없는 그들의 도시들은 불빛 조명에 지나지 않는다. 다음 날 보면 퀭한 뼈대만 남을 뿐. 야단스럽고 유치하다. 밤과 죽음이 오기 전 네온으로 처바르며 낙관주의를 광고한다.

그러다가 보트를 하나 빌렸다.

혼자 있고 싶어서!

수영복만 입고 있어도 사람들은 그들이 달러를 가졌음을 안다. 아피아 가도에서처럼 도무지 못 들어 줄 그들의 목소리. 어딜 가나 껌 씹으며 지껄이는 그들의 목소리. 유복하신 평민들.

마르셀에게 편지를 쓴다.

마르셀 말이 옳다. 그들의 건강은 거짓이고 젊음도 거짓이다. 자신들이 늙어 간다는 걸 인정하지 못하는 그들의 여자들. 시체에도 화장을 하고 어디서나 죽음과도 외설적인 관계를 맺는다. 그들의 대통령은 모든 책의 표지에서 볼 빨간 아기처럼 웃어야 하고, 그렇지 않으면 재선에 성공하지 못한다. 그들의 음탕한 젊음.

나는 배를 저어 멀리 나아갔다.

바다에서 열기가 피어오른다.

세상에 나 혼자뿐이다.

난 딕과 마르셀에게 쓴 편지를 읽어 보고는 객관적이지 않기에 찢어 버렸다. 물 위로 하얀 종잇조각이 둥둥 떠간다. 내 가슴 털도 하얗다.

난 세상에 혼자다.

나중에는 치기 어린 남학생 같은 짓을 한다. 뜨거운 모래에 여자 몸을 그리고, 모래에 지나지 않는 그 여자 위에 누워 큰 소리로 말을 건다.

애마 부인!

이날은 뭘 해야 할지, 날 어떻게 해야 할지 몰랐다. 이상한 날이었다. 나 자신조차 몰라봤고 그날이 어떻게 지나갔는지도 몰랐다. 오후가 영원히 끝나지 않을 것처럼 보였다. 파랗고 힘겨운 날이지만 아름답고 무한했다. 그러다가 결국 저녁에 다시 프라도 담에 앉아 눈을 감는다. 내가 아바나에 있노라, 프라도 담에 앉아 있노라, 떠올려 보려 하지만 머릿속에 그려지지 않는다. 끔찍하다.

모두가 내 구두를 닦고 싶어 안달이다.

순전히 잘생긴 사람들만 있다. 나는 낯선 동물 같은 그들에게 감탄한다. 어둑어둑할 무렵 그들의 이는 새하얗고 어깨와 팔은 갈색이다. 그들의 눈. 사람들이 웃고 있다. 자신들의 삶을 즐기기에, 하루 일과가 끝나서, 또 잘생겨서.

쳐다보고 싶은 나의 욕구.

나의 욕망.

엉덩이 사이 빈 곳.

난 구두닦이를 위해서만 존재하는 사람이다!

포주들.

아이스크림 장수들.

그들의 차량이란 낡은 유모차와 간단한 설비를 조립한 것인데, 반은 자전거를 붙이고 녹슨 블라인드를 차양 막으로 만든 거다. 카바이드 불빛이 비치고 어둠이 녹색으로 물들면 사방에 종 모양의 파란색 짧은 치마들이 보인다.

연보라색 달이 뜬다.

그러고선 택시에 얽힌 얘기가 시작된다. 아직 이른 저녁이었지만 산 자들의 행렬 속에서 송장보다 못한 꼴이었던 난 호텔로 돌아가 수면제를 먹을 참이었다. 택시를 잡았는데, 차 문을 여니 벌써 여자 두 명이 타고 있다. 하나는 흑인이고, 하나는 금발이다. 난 "죄송합니다!" 하고는 차 문을 닫지만 운전사가 튀어 나와 나를 불러 세운다. "손님!" 하고 부르며 다시 차 문을 열어 준다. "손님을 위해 준비했습니다!" 그렇게까지 '서비스'를 하다니, 난 웃으며 차에 오른다.

값비싼 만찬!

그리고 밀려오는 수치심.

한번은 그렇게 되리라 알고 있었다. 나중에 호텔 방에 누웠지만 잠이 든 건 아니다. 정신이 말짱하다. 열대야라 내 것 같지도 않은 몸을 더러 샤워하지만 수면제는 복용하지 않는다. 내 몸은 이리저리 회전하는 선풍기 바람을 쐬는 데 제격이다. 선풍기 바람이 가슴에서 다리로, 다시 가슴으로 온다.

위암이 아닐까 하는 망상이 든다.

그것 빼고는 행복하다.

동틀 무렵 새들이 시끄럽게 지저귄다. 난 에르메스베이비 타자기를 가져와 베네수엘라에서의 조립이 완료된 것에 대해, 유네스코에 제출할 보고서를 마침내 작성하기 시작한다.

그런 다음 정오까지 잠을 잔다.

일은 끝났고, 뭘 할지 몰라 굴을 먹는다. 연방 시가를 피워 댄다. (그래서 위통이 생겼는지도 모른다.)

저녁에 깜짝 놀랄 일이 벌어진다.

그냥 전혀 모르는 여자애한테 가서 프라도 담에 앉아 말을 건다. 그런데 바로 그저께 분홍빛 혀를 내밀었던 애가 아닌가. 그녀는 기억을 못 한다. 내가 미국인이 아니라고 하자 그녀가 웃는다.

내 스페인어가 너무 느리다.

"영어로 하세요!"

그녀의 손은 길고 가늘다.

내 스페인어 실력은 직업상 협상하는 데는 그런대로 쓸 만하다. 웃기는 건 내가 하고 싶은 말을 하는 것이 아니라 그 언어가 원하는 것을 말한다는 사실이다. 그러자 그녀가 웃는다. 나는 부족한 어휘의 희생자다. 나에게조차 하찮게 여겨지는 내 삶에 대해 나 자신이 가끔 놀라는데, 그녀도 놀란다. 그럴 때면 눈이 사랑스럽다.

후아나는 열여덟 살이다.

(내 아이보다 더 어리다.)

난 스위스라고 말하지만, 그 애는 내내 스웨덴으로 알아듣는다.

그녀는 갈색 팔을 받쳐 뒤로 사지를 뻗은 채 머리는 주철 가로등에 기대고 있다. 하얀색 스카프를 쓴 머리카락은 검다. 그녀의 발은 믿을 수 없을 정도로 아름답다. 우리는 담배를 피운다. 내 하얀 두 손이 오른쪽 무릎에 뻣뻣하게 놓여 있다.

그녀는 솔직담백하다.

그녀는 한 번도 쿠바를 떠난 적이 없단다.

여기서 보내는 세 번째 저녁이지만 모든 게 익숙하다. 녹색으로 어둑어둑해질 무렵이면 들어오는 네온 광고, 아이스크림 장수들, 반점 있는 플라타너스 나무껍질, 새들의 지저귐과 바닥에 그물처럼 드리워진 그림자, 새의 입에 물려 있는 붉은 꽃.

그녀는 무슨 일이 있어도 뉴욕에 가고 싶단다!

하늘에서 새똥이 떨어진다.

그녀는 솔직담백하다.

후아나는 포장하는 일을 하고 주말에만 창녀로 일한다. 아이가 하나 있고 아바나에 거주하진 않는다.

다시 젊은 선원들이 어슬렁거린다.

난 죽은 내 딸에 대해, 내 딸과의 신혼여행에 대해, 코린트에 대해, 왼쪽 가슴 위를 문 살모사에 대해, 딸의 장례에 대해, 나의 미래에 대해 이야기한다.

"그녀와 결혼할 거야."

그녀는 내 말을 잘못 알아듣는다.

"죽었다고 하지 않았어요?"

내가 바로잡아 준다.

"아!" 그녀가 웃는다. "그 애의 엄마와 결혼하려는 거군요, 알겠어요!"

"가능하면 빨리."

"좋네요!" 그녀가 말한다.

"내 아내는 아테네에 살고 있어."

그녀의 귀걸이, 그녀의 피부.

그녀는 여기서 오빠를 기다리고 있다.

난 후아나에게 구원받지 못할 죄 내지는 신을 믿는지 묻는다. 그녀의 하얀 웃음. 난 후아나에게 (아주 일반적으로) 신들이나 악마가 뱀을 조종한다는 걸 믿는지 묻는다.

"아저씨는 어떻게 생각하세요?"

잠시 후 줄무늬가 들어간 할리우드 셔츠를 입은 사내가 나타난다. 나한테도 말을 건 적 있는 그 어린 포주가 그녀의 오빠다. 그가 악수를 하며 "헤이, 동무!"라고 한다.

별다른 건 없다. 모두가 유쾌하다. 후아나는 힐로 시가를 눌러 끄고는 갈색 손을 내 어깨에 올린다.

"이 아저씨, 자기 부인이랑 결혼할 거래. 이분은 신사셔!"

그러고는 가 버렸다.

"기다려!"라고 하면서 그가 나를 붙잡기 위해 뒤돌아본다. "선생님, 잠깐만요, 잠깐만!"

아바나에서의 마지막 밤.

이 지상에서 잘 시간이 더는 없는 거다!

특별한 이유는 없었지만, 난 행복했다. 지금 보고 있는 모든 것을 떠나게 될 테지만 잊지 못할 거라는 걸 잘 안다. 그네를 타며 아케이드의 밤을 보고 듣는다. 합승 마차를 끄는 말이 힝힝거린다. 스페인풍의 파사드, 그곳의 검은 창에서 노란 커튼이 펄럭인다. 다시 어딘가에서 골함석이 덜거덕거리는 소리가 사무치게 들린다. 즐겁다. 나의 욕망. 바람, 종려나무를 흔드는 바람뿐. 구름 한 점 없이 바람이 분다. 난 그네를 타며 땀 흘린다. 초록빛 종려나무는 휘어진 가지처럼 꺾여 있고 그 나뭇잎들에서는 칼 가는 소리가 난다. 먼지가 인다. 주철 가로등이 피리 소리를 내기 시작한다. 난 그네를 타며 웃는다. 가로등 불빛이 움찔움찔 켜졌다 꺼진다. 제법 큰 소용돌이가 인다. 말이 힝힝거리지만 마차를 붙잡지는 못한다. 모든 것이 달아난다. 황동 이 발소 간판이 야밤에 구르는 소리. 바다가 보이지는 않지만 담장 위로 물보라가 인다. 몇 번이고 천둥이 땅에 꽂힌다. 그 위로 에스프레소 기계같이 쉭 하는 소리가 난다. 갈증이 나고 입술에선 소금기가 느껴진다. 빗방울 하나 떨어지지 않는데 쓸어 버릴 듯 폭풍이 인다. 구름 한 점 없으니 빗방울이 떨어질 리 만무하다. 보이는 거라곤 별들과 공기 중에 떠다니는 뜨겁고 메마른 먼지 뿐. 공기는 오븐 속처럼 달구어져 있다. 그네를 타며 스카치를 딱 한 잔 마신다. 더는 소화를 못 시킨다. 그네를 타며 노래를 한다, 몇 시간이고. 내가 노래를 하다니! 노래는 엉망이지만 어차피 듣는 이도 없다. 마차에 매인 말이 텅 빈 아스팔트에 놓여 있다. 치마를 펄럭이며 가는 소녀가 마지막으로 보인다. 치마가 날릴 때면 얼핏얼핏 보이는 갈색 다리. 마찬가지로 날리는 검은 머리카락. 어딘가에서 떨어져 나온 녹색 블라인드. 먼지 속으로 터져 나온 하얀 웃음. 녹색 블라인드가 아스팔트 위로 미끄러져 바다 위로 날아간다. 하얀 도시에 찾아든 밤. 먼지 속 도시 위로 불그스레한 색이 물든다. 열기. 쿠바 국기. 난 그네를 타며 흥얼거린다. 달리 뭐 할 게 있으랴. 그네의 옆자리는 비어 있고 주철 가로등이 피리 부는 소리를 낸다. 꽃들이 소용돌이친다. 삶은 얼마나 아름다운가!

7월 13일 토요일, 다음 목적지로 비행한다.

환전하러 은행에 다녀왔다. 프라도의 아침 거리는 인적이 드물고 새똥과 하얀 꽃잎들로 미끄럽다.

햇살이 눈부시다.

모든 게 잘 돌아가고 있다.

새 떼들.

그때 한 사내가 시가에 불을 좀 붙여 달라고 부탁한다. 사무적인 말투였는데, 부득부득 나를 따라오며 묻는다.

"아바나, 맘에 드세요?"

"아주요!" 내가 말한다.

그 역시 포주다. 부쩍 나한테 관심을 보인다.

"행복하시죠, 그렇지 않아요?"

그는 내 카메라를 칭찬한다.

"진짜 예쁜 애 있어요! 무슨 말인지 알죠? 영계 있어요."

내가 곧 떠나야 한다고 말하자 몇 시까지 공항에 가야 하는지 묻는다.

"열 시요, 열 시, 이 친구야."

그가 시계를 본다.

"음, 지금 아홉 시네요. 시간 충분해요!"

난 다시 한번 바닷가로 가서 어슬렁거린다.

저 멀리 고기잡이배들이 보인다.

이제 헤어질 시간이다.

난 물가 블록에 앉아 시가를 한 대 더 피운다. 촬영은 더 이상 하지 않는다. 한나 말이 옳다. 더 이상 앞에 없으면, 나중에 영상으로 그걸 볼 수는 있지만, 그래도 지나간 건 마찬가지인 법.

이제 헤어질 시간이다.

한나가 거기 서 있었다. 하얀 옷을 입고서! 난 그녀에게 신부 같다고 했다. 갑자기 그녀가 더 이상 상복을 입지 않고 온다. 핑계는 바깥이 너무 더워서란다. 검은 대머리수리 얘기를 너무 많이 한 터라, 이제 그녀는 검은 새 모양으로 내 침대 옆에 앉고 싶어 하지 않는다. 그러면서 그녀는, 내가 옛날에 (몇 주 전까지도) 눈치 없는 사람이었으니 자신의 배려를 눈치챌 리가 없다고 말한다. 한나는 곧잘 이야기했다.

추신. 옛날에, 한나가 어릴 적 자기 동생과 몸싸움을 했는데, 동생이 등을 밀치자 한나는 남자를 절대 사랑하지 않기로 결심했다. 신이 남자애를 더 강하게 만들었다는 이유로 한나는 하느님에게 화가날 정도였다. 그녀는 그가, 그러니까 자기 동생이 아니라 하느님이 불공평하다고 생각했다. 한나는 뮌헨 슈바빙에 있는 모든 남자애보다 영리해지기로 결심하고 여호와를 척결하기 위한 비밀 소녀클럽을 결성했다. 어쨌든 여신들도 존재하는 천상을 만들고 싶어 했다. 마리아가 중심 권좌에 앉은 성화(聖畵)에 자극을 받아 한나는 우선 성모 마리아를 섬겼다. 그녀의 가톨릭 신자 여자 친구들처럼 그녀도 무릎을 꿇고 성호를 그었다. 그 사실을 아빠가 알아서는 안 되었다. 그녀가 신뢰하는 유일한 남자는 아르민이라는 이름의 노인이었다. 그는 그녀의 소녀 시절 상당히 중요한 역할을 했다. 한나에게 동생이 있다는 건 나도 몰랐다. 한나 말로 동생은 지금 캐나다에 살고 있고 제법 유능해서 남들보다 잘사는 것 같다. 난 한나에게 그 당시 요아힘과의 결혼 생활이 어떠했는지, 어디서 어떻게 얼마나 살았는지 물었다. 내가 연거푸 질문하지만 한나는 매번 "너도 알잖아!"라고 한다. 그녀는 대부분 아르민 얘기를 한다. 그는 장님이었다. 그가 죽은 지 혹은 소식이 끊긴 지 오래되었지만 한나는 여전히 그를 사랑하고 있다. 무릎까지 올라오는 양말을 신은 여학생이었던 한나는 영국 정원에서 정기적으로 그를 만나 뮌헨 곳곳으로 이끌었다. 공원에서 그는 항상 같은 벤치에 앉아 있었다. 그는 뮌헨을 사랑했다. 쉰 살에서 예순 살 사이로 상당히 나이를 먹었는데, 그 당시 한나의 개념으로는 태곳적 사람이었다. 한나가 바이올린 수업을 받는 화요일과 금요일에는 늘 시간이 부족했다. 날씨가 어떻든 그들은 만났고, 한나가 그를 데리고 가서 쇼윈도를 보여 줬다. 아르민은 완전히 장님이었지만 사람들이 그에게 말을 해 주면 뭐든 상상할 수 있었다. "아저씨랑 같이 세상으로 나아가는 건 정말 멋진 일이었어"라고 한나가 말한다. 난 우리 아이가 태어났을 때 어땠는지도 물었다. 그 자리에 없었으니 내가 어떻게 상상이나 할 수 있으랴? 물론 요아힘이 거기 있었다. 그는 자기가 아버지가 아니라는 걸 알고 있었지만 친아버지 같았다. 한나 말에 따르면 출산은 순조로웠다. 그녀가 기억하는 거라곤 엄마로서 무척 행복했다는 거다. 내가 또 몰랐던 사실은 그 애가 내 아이라는 걸 우리 어머니는 아셨다는 거다. 그 밖에는 취리히의 누구도, 우리 아버지도 전혀 몰랐다. "아시면서 왜 소식을 전해 주지 않으신 거야?" 내가 물었다. 여성들 간의 연대인가? 여자들은 우리가 이해하지 못하는 걸 말해 주지도 않으면서 우리를 미성숙한 인간으로 취급한다. 한나에 따르면 우리 부모님은 내가 생각한 그런 분들이 아니었다. 적어도 한나에 대해서는 그랬다. 한나가 우리 어머니에 대해 이야기하면 난 그냥 귀 기울여 듣게 된다. 마치 장님처럼! 한나와 어머니, 그들은 오랫동안 편지를 주고받았다. 그리고 난 어머니가 색전증으로 돌아가신 줄 알고 있었는데 그게 아니었다. 내가 모르는 게 많자 한나가 의아해했다. 1937년, 한나는 어머니 장례식에 갔었다. 고대 그리스인들에 대한 그녀의 사랑은 영국 정원에서 시작됐다고 한나가 말한다. 아르민은 그리스어를 할 줄 알았는데, 그가 외울 수 있도록 소녀는 그에게 교과서를 읽어 주었다. 그건 말하자면 그의 폭행 같은 거였다. 그가 한나를 자기 집으로 데려간 적은 없다. 그가 어디서 어떻게 살았는지 한나는 모른다. 한나는 영국 정원에서 그를 만나 영국 정원에서 헤어졌다. 한나가 어른이 되고 자립하게 되면 함께 그리스로 가자고 두 사람이 약속한 건 이 세상 누구도 몰랐다. 한나가 그에게 그리스 신전을 보여 주게 되리라. 그 중년의 남자가 진심으로 한 말인지는 확실하지 않지만, 한나 쪽에서는 진심이었다. 무릎까지 올라오는 양말을 신은 한나의 모습을 상상해 보라! 문득, 한나가 취리히에 있는 카페 오데온에서 어떤 노인을 정기적으로 만나 전차로 데려갔던 기억이 되살아났다. 망명인, 지성인, 보헤미안 들이 모이는 카페 오데온이라는 데를 난 정말이지 싫어했다. 교수들과 시골에서 올라온 사업가에게 교태 부리는 늙은 여자들이라니. 난 오로지 한나 때문에 이 카페에 갔다. 그는 폰타나 하숙집에 살고 있었는데, 두 사람이 만날 때면 난 글로리아슈트라세에 있는 작은 공원에서 (숨어서) 그녀가 늙은 아저씨를 데려다줄 때까지 기다렸다. 그러니까 그자가 아르민이었던 거다!

난 그가 누군지 전혀 몰랐는데, 한나 말에 따르면 그는 내가 누군지 알았다. 오늘날까지도 한나는 그가 살아 있는 듯이, 그가 모든 걸 보는 듯이 그자에 대해 이야기한다. 왜 그 사람과 한 번도 그리스에 가지 않았는지 한나에게 물었다. 그 모든 게 농담이라는 듯, 유치한 장난이라는 듯 한나가 나를 비웃는다. 한나는 파리에서 제법 유명한 프랑스 작가와 살았다(1938~1940). 그의 이름은 잊었다. 내가 몰랐던 또 한 가지 사실은 한나가 모스크바에서 두 번째 남편과 살았다는 거다(1948). 한번은 그녀가 우리 딸 없이 혼자 다시 취리히를 거쳐 간 적 있었다(1953). 아무 일도 없던 것처럼 한나는 취리히를 아주 맘에 들어 했고 카페 오데온에도 가 봤다. 아르민이 어떻게 죽었는지 내가 물었다. 한나는 런던에서 그를 다시 한번 만났었다(1942). 아르민은 이민을 가고 싶어 했고, 한나는 그를 배에 태워 주었다. 그가 볼 수 없었던 그 배는 아마도 독일 잠수함에 의해 침몰된 것 같다. 어쨌든 그 배는 영원히 목적지에 도착하지 못했다.

7월 15일, 뒤셀도르프에서.

헹케 보슈사 간부들이 내게 붙여 준 그 젊은 기술자가 나에 대해 어떻게 생각하는지 모르겠다. 내가 말할 수 있는 건, 그날 오전에 가능한 한 정신을 차리려고 했다는 거다.

크롬으로 만든 고층 건물.

난 과테말라에 있는 플랜테이션 상황이 어떤지 회사 간부들에게 알려 주는 게 우정에서 우러나온 나의 의무라고 생각했다. 즉 뒤셀도르프에서 딱히 할 일이나 할 말이 없다는 생각을 깊이

하지도 않고 리스본에서 뒤셀도르프로 비행기를 타고 가서 환대를 받으며 그 자리에 앉게 되었다.

"제가 찍어 온 게 있는데……." 내가 말했다.

나는 그들이 플랜테이션을 이미 없는 셈 치는 것 같고 단지 예의를 갖추느라 관심을 보이는 척한다는 인상을 받았다.

"영상 분량이 얼마나 되나요?"

그러니까 내가 그들 시간을 뺏고 있던 거다.

"왜 사고라는 거죠?" 내가 말했다. "내 친구는 목매달아 죽었어요. 모르고 계셨어요?"

물론 그들도 알고 있었다.

사람들이 나를 진지하게 생각하지 않는다는 느낌이 들었지만, 난 과테말라에서 찍은 컬러 영상을 보여 주지 않을 수 없었다. 중역 회의실에서 영상을 상영하는 데 필요한 장치를 설치하기 위해 내게 붙여 준 기술자는 내 신경만 건드릴 뿐이었다. 그는 아주 젊은 데다 친절하기까지 했지만, 별 도움이 안 되었다. 내게 필요한 건 영상을 틀 장치와 스크린, 케이블이지 기술자가 아니었다.

"고맙습니다!" 내가 말했다.

"아닙니다, 선생님."

"이 장치는 내가 잘 알아요." 내가 말했다.

그는 나를 놔주지 않았다.

나로서도 편집하지 않은 그 영상을 보는 건 처음이어서 겹치는 내용이 많을 거라 마음의 준비를 하고 있었다. 달리 방법이 없었다. 일몰 장면이 얼마나 많은지 나도 놀랐다. 타마울리파스 사막에서만 세 번이나 나왔다. 일몰의 대변자로 여행을 간 것 아니냐고 놀릴 수도 있으리라. 난 특히 그 젊은 기술자 앞에서 부끄러웠고, 그래서 조바심이 일었다.

"선생님, 더 선명하게는 안 되는데요."

우리의 랜드로버가 우수마신타강 근처를 지난다.

검은 대머리수리가 한창 작업 중이다.

"계속요." 내가 말했다.

그런 다음 주인님이 죽었다고 우리에게 알려 준, 아침에 처음 만났던 인디오들이 나오고 릴이 끝난다. 릴을 교체하는 데 다소 시간이 걸린다. 그사이 엑타크롬*에 대한 이야기가 오간다. 난 쿠션이 있는 안락의자에 앉아 하릴없이 담배를 피운다. 내 옆자리 임원들의 안락의자는 비어 있다. 바람에도 의자들은 흔들리지 않는다.

"자, 계속하시죠." 내가 말했다.

이제 철삿줄에 목을 맨 요아힘이 나온다.

"아, 스톱요!" 내가 말한다.

아쉽게도 영상이 너무 어두웠다. 실제 모습대로 보이지 않는다. 노출이 부족해서 그렇다. 직전에 아침 해가 뜨는 야외에서 나귀 위에 앉은 검은 대머리수리를 촬영할 때 쓰던 조리개로 막사 안을 촬영했기 때문이다.

"저 사람이 요아힘 헹케 박사예요." 내가 말한다.

그의 시선이 스크린을 향한다.

"더 선명하게는 안 되네요, 유감입니다만."

그게 그가 말할 수 있는 전부다.

"계속 보지요!" 내가 말한다.

다시 철삿줄에 매달린 요아힘이 나오는데, 이번에는 측면에서 찍은 거라 상황이 어떤지 더 잘 보인다. 그런데 참 이상한 일이다. 그 젊은 기술자뿐 아니라 내게도 별다른 감흥이 일지 않는다. 많이 보아 왔던 영화나 뉴스 영상 같다. 악취, 바로 현실이 빠진 거다. 그 젊은이와 나는 노출에 대해 이야기한다. 그러는 사이 무덤가를 둘러싸고 기도하는 인디오들이 나타난다. 모든 것이 아주 느리게 진행되다 갑자기 팔렝케의 유적지, 팔렝케의 앵무새가 보인다. 릴이 끝난다.

"혹시 창문 좀 열 수 있을까요?" 내가 말했다. "열대 지방에 있는 것 같아요."

"네, 선생님."

불운은 세관원이 내 릴을 뒤죽박죽으로 만든 데서 시작되었다. 혹은 내가 배를 탄 뒤 최근 릴에 더 이상 제목을 달지 않은 데서도 일어났다. 난 11시 30분에 오기로 한 헹케 보슈 간부들에게 과테말라에 관한 영상을 상영할 참이었다. 내게 필요한 건 헤르베르트를 마지막으로 방문한 영상이었다.

"스톱! 저거 그리스네요." 내가 말했다.

"그리스요?"

"멈춰요!" 내가 소리쳤다. "스톱!"

"네, 선생님."

그 젊은이를 보니 돌 지경이었다. 친절을 베푸는 듯한 그놈의 "네, 선생님" 소리. 그런 기계 장치를 이해하는 건 오직 자기밖에 없다는 투의 시건방진 "네, 선생님". 하나도 모르면서 광학에 대해 떠들어 대는 모습 하며, 특히 "네, 선생님" 하면서 잘난 척하는 꼴이라니.

"다른 방법이 없는데요, 선생님. 그냥 다 돌려서 보는 수밖에요! 릴에 제목을 달지 않았으면 달리 방법이 없습니다."

릴에다 제목을 달지 않은 건 그 사람 잘못이 아니다. 따라서 그의 말이 옳다.

"헤르베르트 헹케로 시작할 거예요." 내가 말했다. "수염을 기르고 해먹에 누운 남자예요. 내가 기억하는 한 말이죠."

불이 꺼지고, 깜깜한 가운데 영상이 윙윙 돌아간다.

순전히 도박이다! 몇 미터만 보면 충분하다. 맨해튼 부두에 서 있는 아이비, 내 망원렌즈에 담긴 그녀의 손짓, 허드슨강의 아침 해, 검은 예인선들, 맨해튼의 스카이라인, 갈매기들……

"그만요. 다음 거요." 내가 말했다.

릴을 바꾼다.

"지구의 반은 도셨나 보네요, 선생님. 저도 그러고 싶습니다만……"

열한 시였다.

회사 간부들이 왔을 때 컨디션을 유지하기 위해 물도 없이 알약을 삼켰다. 아무 눈치도 못 채게 하고 싶었다.

"아니에요, 그것도 아니에요." 내가 말했다.

다시 릴을 교체한다.

"이건 로마 역이네요, 그렇죠?"

난 대답하지 않았다. 다음 릴을 기다렸다. 즉시 멈추게 하려고 긴장한 채 들여다봤다. 배에 탄 자베트. 짧은 콧수염 남자 친구와 같이 상갑판에서 탁구를 하는 자베트. 비키니를 입은 자베트. 내가 찍는다는 걸 알고는 혀를 쭉 내미는 자베트. 이 모든 게 내가 아이비로 시작한 첫 번째 릴에 있었던 게 분명해 제쳐 두었었다. 탁자 위에는 아직도 예닐곱 개의 릴이 남아 있었는데, 어찌할 새도 없이 갑자기 그 애가 툭 튀어나온 거다. 실제 크기로 자베트가 스크린 속에 있었다. 컬러 화면으로.

난 자리에서 일어났다.

아비뇽의 자베트.

그 기술자가 저건 과테말라가 아닐 거라고 몇 번이나 알려 줬지만 난 멈추지 않고 릴 전체가 돌아가도록 했다.

난 이 필름을 지금도 보고 있다.

다시 볼 수 없는 그 애의 얼굴.

미스트랄 바람을 맞고 있는 자베트. 그 애는 성직자의 정원 테라스에서 맞바람을 맞으며 걸어간다. 머리카락이 휘날리고 풍선처럼 부푼 치마가 펄럭인다. 난간에 선 자베트가 손짓한다.

그 애의 몸짓들.

비둘기에게 모이를 주는 자베트.

그 애가 웃는다, 하지만 소리 없이.

아비뇽의 다리. 중간에 그냥 뚝 끊긴 오래된 다리다. 자베트가 뭔가를 가리키는데 내가 보지는 않고 촬영한다는 걸 알아채자 특유의 표정이 나온다. 양미간을 살짝 찡그리며 뭐라고 말한다.

풍경들.

차가운 론 강물. 자베트가 발가락을 담가 보려 하지만 고개를 내젓는다. 저녁 해에 내 그림자가 기다랗게 드리운다.

더 이상 이 세상에 없는 그 애의 육체.

님의 고대 극장.

플라타너스 아래에서의 아침 식사. 우리에게 다시 한번 브리오슈를 가져다주는 웨이터. 그와 수다를 떠는 자베트. 나를 바라보는 그 애의 시선. 자베트가 내 잔에다 블랙커피를 따른다.

더 이상 이 세상에 없는 그 애의 눈.

가르교.

엄마에게 소식을 전하려고 엽서를 사는 자베트. 검은 카우보이 바지를 입은 자베트는 자기를 찍고 있다는 걸 눈치채지 못한다. 목덜미에서 말총머리를 던지는 그 애의 모습.

호텔 앙리 4세.

자베트가 움푹 들어간 창문턱에 맨발로 다리를 포개고 앉아 길거리를 내려다보며 버찌를 먹고 있다. 씨를 무심히 밖으로 뱉는다. 비 오는 날이다.

그 애의 입술.

프랑스산 암노새와 이야기를 나누는 자베트. 그 애 생각엔 노새가 너무 무겁게 짐을 지고 있다.

그 애의 두 손.

우리의 시트로엥, 모델 57.

어디에도 존재하지 않는 그 애의 손. 그 애가 암노새를 쓰다듬는다. 어디에도 존재하지 않는 그 애의 팔.

아를에서의 투우 광경.

자베트가 머리끈을 싱싱한 이에 물고는 머리를 빗질한다. 내가 찍는다는 걸 또 알아채고는 입에 있던 머리끈을 집더니 뭐라고 한다. 아마도 그만 찍으라고 하는 것 같다. 갑자기 그 애가 웃음을 터뜨린다.

그 애의 건강한 치아.

다시는 들을 수 없는 그 애의 웃음소리.

그 애의 어린 이마.

(마찬가지로 아를 같은데) 어떤 행렬. 목을 쭉 뽑은 자베트가 손을 바지 주머니에 찌른 채 연기 때문에 눈을 찌푸리며 담배를 피운다. 사람들 무리 위로 보기 위해 자베트가 돌 받침대 위에 올라가 있다. 이동식 천개가 보이고 아마도 종소리가 난 것 같은데 들리지는 않는다. 성모 마리아상이 나오고 소년 성가대가 노래를 하지만 역시나 들리지 않는다.

프로방스 가로수길. 플라타너스가(街).

도중에 우리는 피크닉을 한다. 자베트가 와인을 마시는 모습. 병으로 마시는 게 뜻대로 되지 않자 눈을 감고 다시 해 본다. 그러다가 입을 닦고는 잘 안 되는지 어깨를 으쓱하며 내게 병을 돌려준다.

미스트랄 바람에 흔들리는 소나무들.

다시 한번 미스트랄 바람에 흔들리는 소나무들.

그 애의 걸음걸이.

자베트가 담배를 사러 편의점에 들른다. 자베트가 걸어가는 모습. 늘 그렇듯 검은 바지를 입고 그 애는 인도에 서서 말총머리를 찰랑이며 왼쪽, 오른쪽을 살피더니 도로를 비스듬히 가로질러 내게로 온다.

깡충깡충 뛰어오는 모습.

다시 미스트랄 바람을 맞고 흔들리는 소나무들.

아이 같은 입을 반쯤 벌린 채 자베트가 잠들어 있다. 머리를 풀고 눈을 감고 있는 게 진지해 보인다.

그 애의 얼굴, 얼굴.

숨 쉬는 그 애의 육체.

마르세유. 항구에서 황소를 싣는 광경. 갈색 황소들을 펼쳐진 망으로 끌고 간 다음 잡아당기면 허공에 매달린 소들이 화들짝 놀라 어쩔 줄 몰라 한다. 커다란 그물코에 사지를 버둥거리고 눈알이 희번덕인다.

다시, 미스트랄 바람을 맞은 소나무들.

르코르뷔지에의 유니테 다비타시옹*.

영상의 노출은 대체로 나쁘지 않다. 어쨌든 과테말라 영상보다는 낫다. 색깔이 선명해서 놀랄 정도다.

꽃을 꺾는 자베트.

내가 (마침내!) 카메라를 덜 흔들고 찍어서 대상의 움직임이 훨씬 선명하다.

일렁이는 파도.

그 애의 손가락. 자베트는 코르크나무를 처음 본다. 껍질을 벗겨 내게 던지는 그 애의 손가락.

(화면 장애.)

정오, 파도가 일렁일 뿐, 별다른 건 없다.

다시 빗질하는 자베트. 머리카락은 젖어 있는데 빗질하느라 머리를 비스듬히 숙이고 있어 내가 자기를 찍는 걸 보지 못한다. 빗질하면서 뭐라고 이야기한다. 젖은 머리카락이 평소보다 더 어둡고 붉다. 모래가 잔뜩 낀 빗을 그 애가 털어낸다. 대리석 같은 피부 위로 물방울이 떨어지고, 아이는 뭐라고 연신 이야기한다.

툴롱 근방의 잠수함.

어떤 젊은 떠돌이가 움직이는 바닷가재를 쥐고 있다. 바닷가재가 움직이자마자 자베트가 겁을 먹는다.

르트레야에서 묵었던 작은 호텔.

자베트가 방파제에 앉아 있다.

또 파도가 일렁인다.

(너무 길다!)

다시, 자베트가 바깥 방파제에 앉아 있는 모습. 우리의 죽은 딸이 이제 일어나 또 바지 주머니에 양손을 찌른 채 노래한다. 천애 고아라도 되는 양 노래하지만, 들리지는 않는다.

릴이 끝난다.

신사 양반들이 왔을 때 그 젊은 기술자가 나에 대해 어떻게 생각하고 뭐라고 말했는지는 모르겠다. 난 (스위스 익스프레스인지 샤우인슬란트 익스프레스인지 더 이상 기억도 나지 않지만) 식당 칸에 앉아 진을 마셨다. 헹케 보슈사를 어떻게 떠났는지 모르겠다. 설명도, 변명도 하지 않고 무작정 뛰쳐나와 버렸다.

필름은 남겨 두었다.

그 젊은 기술자에게 가야 한다고 말하고는 도와줘서 고맙다고 했다. 모자와 외투를 벗어 둔 대기실로 가서 아가씨에게 비서실에 맡겨 둔 내 서류를 달라고 부탁했다. 난 벌써 엘리베이터를 타고 있었다. 위통 때문에 (전혀 사실이 아니었다) 죄송하다고 말하고는 엘리베이터를 잡았을 때는 모두가 상영 준비를 마친 11시 32분이었다. 사람들이 차로 호텔이나 병원으로 데려다주려고 했다. 하지만 사실 난 위통이 전혀 없었다. 고맙다고 한 뒤걸어갔다. 서두르지도 않았고 어디로 가야 할지도 몰랐다.

뒤셀도르프가 어떤 모습인지 지금도 모른다. 난 뒤셀도르프의 정체 구간을 지나 걸었다. 신호등도 보지 않고, 마치 장님처럼 걸어갔다. 창구로 가서 차표를 사고는 다음 기차를 탔다. 지금 식당 칸에 앉아 진을 마시며 창밖을 보고 있다. 운 건 아니다. 다만 더 이상, 어디에도 존재하고 싶지 않다. 창밖은 왜 보는 걸까? 더 이상 볼 것도 없다. 어디에도 존재하지 않는 아이의 두손, 아이가 머리카락을 목덜미로 넘기거나 빗질할 때의 몸짓, 치아, 입술, 눈, 이마, 어디에도 없다. 어디서 그 애를 찾을까? 그냥 내가 더 이상 존재하지 않았으면 좋겠다. 취리히로는 왜 가는 걸까? 아테네로는 왜? 식당 칸에 앉아 생각한다. '왜 이 포크 두 개를 주먹으로 움켜쥐고 얼굴을 가격해 눈알을 뽑아 버리지 못하는 걸까?'

모레 수술이 예정되어 있다.

추신. 그 불행한 일이 있고 나서 한나가 무엇을 했는지 여행하는 내내 난 전혀 몰랐다. 한나에게서 편지 한 장 받지 못했으니! 오늘날까지도 모른다. 내가 물으면, "내가 뭘 할 수 있겠어!"라고만 한다. 난 더 이상 아무것도 이해하지 못한다. 그 모든 일을 겪은 뒤 어떻게 한나가 나란 사람을 견뎌 낼 수 있는 걸까? 그녀는 가기 위해 오고, 다시 오고, 내가 원하는 걸 가져다주며 내 말에 귀 기울인다. 그녀는 무슨 생각을 하는 걸까? 그녀의 흰 머리가 늘었다. 그녀는 왜 내가 자기 삶을 망가뜨렸다고 말하지 않는 걸까? 그 모든 일을 겪은 뒤 그녀의 삶을 난 상상할 수가 없다. 그 당시 죽은 애의 침상에서 두 주먹으로 내 얼굴을 때렸을 때 딱 한 번 그녀를 이해했었다. 그때 이후로는 그녀를 더 이상 이해하지 못한다.

7월 16일, 취리히에서.

뒤셀도르프에서 차를 타고 취리히로 갔다. 아마도 몇십 년 동안 내 고향 도시를 가 본 적이 없었기 때문이리라.

취리히에 딱히 볼일이 있었던 건 아니다.

윌리엄스는 파리에서 나를 기다렸다.

취리히에서 누군가 내 옆에 차를 세우고 인사하기 위해 차에서 내렸을 때 난 지난번과 마찬가지로 알아보지 못했다. 누런 가죽 같은 피부며 피부에 덮인 두개골, 풍선처럼 부푼 배, 뚝 떨어진 귀, 마음에서 우러나온 듯한 태도, 해골이 웃는 것 같은 웃음. 그의 눈은 여전히 생기가 돌지만 움푹 들어가 있었다. 아는 사람이란 건 알겠는데, 처음 순간 난 누군지 이번에도 알아보지 못했다.

"자넨 항상 바쁘군." 그가 웃었다. "항상 바빠."

취리히에서는 무슨 볼일이 있냐고?

"날 또 알아보지 못하는 게로군?" 그가 물었다.

그는 끔찍한 몰골을 하고 있었고, 난 무슨 말을 해야 할지 몰랐다. 물론 내가 아는 사람이었다. 처음에는 깜짝 놀랐고, 그다음에는 말해서는 안 되는 말이 툭 튀어나올까 봐 두려웠다. 결국 난 "시간 되고 말고요" 하고 말았다.

그런 다음 함께 카페 오데온으로 갔다.

"죄송합니다." 내가 말했다. "지난번 파리에선 못 알아뵈었지요."

하지만 그는 섭섭해하지 않고 웃어넘겼다. 난 그가 하는 말을 들으며 그의 노쇠한 치아를 쳐다봤다. 그는 다만 웃는 것처럼 보일 따름이었고 치아는 너무 컸다. 근육이 늘어져 얼굴에 웃음기를 담기도 어려웠다. 해골과 이야기하는 것 같았던 난 O 교수에게 대체 언제 돌아가실지 묻지 않기 위해 정신을 차려야 했다.

그가 웃으며 말했다. "파버 군, 뭘 그리고 있는 건가?"

자그마한 대리석 탁자에 난 별거 아닌 나선을 그리고 있었다. 노란색 대리석에 굳은 달팽이 한 마리가 있기에 나선을 그린 거였다. 난 픽스펜슬을 도로 넣고는 세상 돌아가는 일에 대해 이야기를 나눴다. 그의 웃음소리는 그냥 할 말을 잃을 정도로 거부감이 들었다.

나더러 말이 없단다.

오데온의 웨이터 중 한 사람인 페터는 오스트리아 빈 출신 노인인데, 여전히 나는 알아봤다. 내가 하나도 안 변했다면서.

O 교수가 웃었다.

그는 내가 그 당시 (소위 맥스웰의 도깨비에 관한) 박사 논문을 쓰지 않은 게 아쉽다고 한다.

그 당시처럼 오데온에 앉아 교태를 부리는 여자들.

"오데온이 헐린다는 거 자네 모르나?" 그가 웃었다.

그러다가 문득 묻는다.

"자네 그 예쁜 따님은 잘 지내는가?"

그 당시 파리에서, 그의 말을 빌리자면 최근 파리에서 우리가 카페에서 헤어졌을 때 그가 자베트를 봤다. 자베트와 나, 우리가 오페라를 보러 가기 직전 오후였고, 신혼여행 가기 전날이었다.

난 아무 말도 하지 않고, "제 딸인 거 어떻게 아셨어요?"라고만 했다.

"그냥 그렇게 생각했다네!"

그러면서 웃는다.

취리히에서 더 볼일이 없었던 난 O 교수와 오데온에서 한담을 나눈 뒤 다음 목적지로 날아가기 위해 클로텐 공항으로 갔다.

마지막 비행이다!

또 슈퍼컨스텔레이션이었다.

사실 그 정도면 조용한 비행인 셈이었다. 다만 젊은 시절부터 어느 정도는 알고 있었지만 처음으로 넘어 보는 알프스산맥을 지날 때는 약한 푄 바람이 불었다. 푸른 오후 하늘에 흔한 푄 층운이 보였다. 루체른 호수가 보이고, 오른쪽에는 베터호른산, 그 뒤로는 아이거와 융프라우가 있었다. 핀스터아어호른산인 것 같기도 했다. 우리 나라 산들을 난 정확히 알지 못한다. 머릿속으로는 다른 생각을 한다.

그런데 무슨 생각을 한 거지?

늦은 오후, 비스듬히 햇살을 받은 골짜기들. 그림자 진 산등성이와 골짜기. 그 속에 흐르는 하얀 시냇물. 비스듬히 햇살을 받은 목초지. 해를 받아 붉게 물든 건초용 헛간. 어느 숲 가장자리 너머 자갈밭에 오글오글 모여든 한 무리의 가축. 하얀 구더기 같다! (자베트는 물론 다르게 말할 테지만, 난 달리 표현하지 못하겠다.) 차가운 창에다 이마를 대고 난 하릴없이 이런저런 상념에 잠긴다.

건초 냄새를 맡았으면!

다시는 비행기를 타고 싶지 않아!

땅에 발을 딛고 걷고 싶다. 저기, 태양 속에 서 있는 마지막 소나무들 아래로 가서 송진 냄새를 맡고 물소리를 듣고 싶다. 아마도 꽤나 요란하겠지. 그 물을 마셨으면!

모든 것이 주마등처럼 지나간다!

흙을 만지고 싶다.

그러기는커녕 우리는 점점 더 높이 올라간다.

삶의 영역이란 얼마나 작은지, 300~400미터 정도 올라가면 대기가 벌써 희박해지고 너무 춥다. 사람들이 거주하는 곳은 사실 오아시스인 셈이다. 그건 녹색의 골짜기 바닥이고 그로부터 가늘게 갈라져 나온 지류다. 그런 다음 오아시스는 끝난다. 숲은 마치 잘라 놓은 것처럼 보인다(스위스는 2천 미터, 멕시코는 4천 미터에 달한다). 한참 동안 가축 떼가 보인다. 삶이 가능한 가장자리에서 한가로이 풀을 뜯는다. 알록달록한 꽃들은 향기롭지만 자그마하다. 볼 수 있는 건 아니지만 난 그걸 안다. 곤충들이 있고 그런 다음 자갈밭이 나온다. 그다음엔 빙하지대가 나오고…….

새로운 저수지 하나가 나타난다.

물은 페르노처럼 탁한 녹색이다. 그 속에 비친 하얀 만년설. 노 젓는 배 한 척이 물가에 놓여 있다. 부채꼴 모양의 댐이 보이고 사람이라곤 없다.

그런 다음 막 피어오른 안개가 질주하듯 쫓아온다.

갈라진 빙하가 맥주잔처럼 초록빛이다. 자베트라면 "에메랄드 같다!"라고 할 것이다. 그럼 다시 21점 내기 게임을 하는 거지! 늦은 오후의 햇살을 받은 바위는 황금 같다. 내가 보기엔, 밋밋하고 거의 투명해서 호박(琥珀) 같거나, 창백하고 금방이라도 깨질 듯한 뼈 같다. 우리 비행기의 그림자가 빙퇴석과 빙하 위에 드리워진다. 마치 그림자가 빨려 들어간 것 같다. 그럴 때마다 그림자를 잃어버렸거나 묻어 버렸다고 생각하지만, 그림자는 이내 바로 옆 암벽에 들러붙어 있다. 얼핏 보면 포석 주조용 국자로 그림자를 냅다 던진 것 같지만 그림자는 모르타르처럼 남아 있지 않고 산마루 너머 허공 속으로 다시 미끄러져 내린다. "우리 비행기 그림자가 박쥐 같아!" 자베트라면 그렇게 말할 거고, 할 말을 찾지 못한 난 1점을 잃을 거다. 하지만 내겐 다른 생각이 있다. 만년설에 난 흔적, 인간의 흔적이 대갈못을 박아 놓은 것 같다. 자베트라면 하얀 만년설 가슴에 두른 커다랗게 매듭진, 파르스름한 목걸이 같다고 하리라. 이런 생각을 해 본다. 저 정상에 선다면 난 무얼 할까? 내려가기도 늦었다. 골짜기가 벌써 어둑어둑해지기 시작하고 저녁 그림자가 전체 빙하를 지나고 산울타리를 넘어 수직 암벽으로 뻗어 나간다. 어떻게 하려는 걸까? 우리는 거기를 지나 비행한다. 산꼭대기 십자가가 보인다. 하얗게 빛나지만 외로운 빛이다. 등산객이라면 그 전에 하산해야 하니 결코 만날 수 없는 빛. 죽음을 지불해야 할지도 모를 빛이지만, 한순간 아름답다. 그런 다음 구름이, 예견한 대로 남쪽 알프스를 구름으로 덮은 수직 기류가 나타난다. 구름은 솜 같고, 석고 같고, 콜리플라워 같고, 색깔을 머금은 비눗방울 거품 같다. 이 모든 걸 자베트는 뭐라고 할지 모르겠다.

변화무쌍해서 간혹 구름 사이로 구멍이 생겨 깊은 곳으로 검은 숲과 시내가 보인다. 숲은 고슴도치 같지만 그것도 잠시, 곧 구름이 뒤엉킨다.

위층 구름의 그림자가 아래층 구름에 드리우고 그림자는 커튼 같다. 비행기는 그 사이를 통과해 우리 앞에 놓인, 태양 속 적운을 향해 돌진한다. 마치 비행기가 거기에 부딪혀 산산조각이라도 나야 하듯. 수증기 산맥들. 하지만 그리스 대리석처럼 팽팽하고 하얗고 거칠다.

우리는 그 안으로 날아 들어간다.

타마울리파스 사막에 비상 착륙한 이래 늘 난 비행기 랜딩 기어가 나오는 걸 볼 수 있는 자리에 앉았다. 타이어가 땅에 닿는 마지막 순간 활주로가 사막으로 바뀌지 않는지 궁금해하면서.

밀라노.

간다고 한나에게 전보를 친다.

거기가 아니라면 어디겠는가?

당연한 일이지만 매끈한 금속에다 윤활유를 바르고 관 모양에다 스프링을 단 두 쌍의 타이어로 된 랜딩 기어가 땅에 닿기 무섭게 왜 돌연 악마처럼 행동하는지 영문을 모르겠다. 활주로를 갑자기 사막으로 바꾸는 그런 악마. 물론 나 자신도 진지하게 생각하지 않는 망상 같은 짓거리다. 내 평생 아직 악마를 만난 적은 없다. 잘 알려진 대로 실제 악마가 아닌, 소위 말하는 맥스웰의 도깨비를 제외하면 말이다.

로마.

사직서를 쓰겠다고 윌리엄스에게 전보를 친다.

차츰 난 평정심을 되찾는다.

우리가 다시 비행을 시작했을 때는 밤이었고, 자정 무렵인 데다 너무 북쪽으로 치우쳐 있어 코린트만(灣)을 식별할 수 없었다.

모든 게 평소대로다.

밤에 스파크가 이는 배기장치.

비행기 날개에 초록색 점멸등이 들어온다.

비행기 날개에 달빛이 비친다.

보닛이 빨갛게 달아오른다.

난생처음 비행기를 타는 것처럼 흥미진진하게 바라봤다. 랜딩 기어가 느리게 빠져나오고, 주익 아래 전조등이 들어오고, 그 하얀 불빛이 프로펠러 원반에 비치면 곧 전조등이 꺼진다. 발아래 반짝이는 불빛들, 아테네 혹은 피레우스의 거리가 보인다. 하강하고 나면 지면의 노란색 유도등, 활주로, 다시 우리의 전조등이 보인다. 그런 다음 랜딩 기어 뒤로 예의 먼지가 뿌옇게 일면서 늘 그렇듯 (앞으로 고꾸라져 의식을 잃는 일 없이) 가볍게 부딪힌다.

안전벨트를 푼다.

한나가 공항에 와 있다.

창문으로 그녀가 보인다.

검은 옷을 입고 있다.

가진 거라곤 서류 가방과 에르메스베이비 타자기, 외투와 모자뿐이어서 세관을 금방 통과한다. 내가 제일 먼저 나오지만 손을 흔들 엄두를 내지 못한다. 출구 직전에서 (한나가 나중에 말하길) 난 우뚝 멈춰 한나가 내 쪽으로 오기를 기다렸다. 한나가 검은 옷을 입은 모습을 처음 봤다. 그녀가 내 이마에 입을 맞췄다. 그녀는 에스티아 엠보론 호텔을 추천했다.

오늘 차만 마신 채 다시 온갖 검사를 받고 나서 완전히 뻗어 버렸다. 드디어 내일 수술이다.

사람들이 날 여기서 (난 검사 하나만 받을 요량이었는데) 꼼짝도 못 하게 하는 바람에, 오늘까지 딱 한 번 그 애 무덤에 가 봤다. 뜨거워서 반나절 만에 꽃이 시들었다.

저녁 6시.
그들이 내 에르메스베이비 타자기를 가져가 버렸다.

저녁 7시 30분.
한나가 한 번 더 왔다.

밤 12시.
난 아직 한잠도 자지 않았고 자고 싶지도 않다. 난 모든 걸 안다. 내일 그들은 나를 가르고, 그들이 이미 아는 것, 말하자면 더 이상 손을 쓸 수 없다는 걸 확인하게 될 것이다. 그들은 나를 다시 꿰매고, 내 의식이 돌아오면 내가 수술을 받았다고 할 것이다. 난 모든 걸 알고 있지만, 그 말을 믿을 것이다. 통증이 다시 시작되었다고, 전보다 더 강한 통증이라고 난 고백하지 않을 것이다. 위암에 걸리면 차라리 총으로 머리를 쏠 거라고들 하지 않는가. 난 그 어느 때보다 이 삶에 매달린다. 끝장난 걸 알면서도 난 일 년이라도, 비참한 일 년이라도, 아니 3개월, 2개월(9월과 10월이 되겠지)이라도 있으면 좋겠다고 희구한다. 난 혼자가 아니다. 내 친구 한나가 있으니 난 혼자가 아니다.

2시 40분.
한나에게 편지를 썼다.

4시.
사후(死後) 조치: 보고서나 편지, 작은 노트와 같은 내 삶의 모든 증거는 폐기할 것. 하나도 맞지 않음. 세상에 존재하는 것은 빛 속에 있는 것. 어딘가에서 (최근에 만난 코린트의 노인처럼!) 나귀를 모는 거야말로 우리의 일이지! 금잔화, 아스팔트, 바다 위를 비추는 빛 속에서 우리 자신이 스러질 것임을 알면서도 그 빛을 견뎌 내는 것, (노래할 때의 우리 아이처럼) 즐거움을 견뎌 내는 것. 시간을, 혹은 순간 속 영원함을 견뎌 내는 것. 영원함이란 존재했던 것들이다.

4시 15분.
이제 더는 집도 없다고 한나가 오늘(어제!)에야 말했다. 그녀는 지금 하숙집에 묵고 있다. 그러니까 카라카스에서 내가 보낸 전보를 하나도 못 받은 거다. 이 시각쯤 한나는 승선했을 것이다. 우선 그녀는 일 년 정도, 델로스에서 발굴할 때 알게 된 그리스 지인들이 사는 섬에 가 있을 작정이다. 이 섬들은 생활비가 얼마 안 든다. 한나의 말에 의하면 미코노스섬에서는 200달러면 집을 사고, 아모르고스섬에는 100달러면 된단다. 내 예상과 달리 한나는 연구소 일도 그만두었다. 가재도구도 옵션으로 해서 집을 세놓으려고 해 봤지만 서둘러서 그런지 잘 되지 않았다. 결국 그녀는 모두 팔아 치우고 그 많은 책도 나눠 주었다. "그냥 아테네에 더 있고 싶지 않아서"라고 그녀가 말했다. 배에 오를 때까지만 해도 그녀는 파리도 생각하고 런던도 생각했단다. 하지만 자기 나이에, 이를테면 비서직 같은 새로운 일자리를 찾는 게 쉽지 않아 미래가 불투명했다. 내게 도움을 청할 생각은 눈곱만큼도 없었다. 그러니 편지도 쓰지 않았지. 기본적으로 한나는 한 가지 목표만 갖고 있었다. 그리스를 떠날 것! 그녀는 자기를 아주 높게 평가하는 연구소장을 제외하고는 지인 누구와도 작별 인사를 하지 않고 이 도시를 떠났다. 출발하기 전 마지막 몇 시간을 그녀는 무덤가에서 보냈다. 오후 두 시경에는 보딩을 마치고 오후 세 시에 배가 출항하기로 되어 있었지만 무슨 이유인지 한 시간 동안 출항이 지연되었다. 불현듯 (한나가 말하길) 떠나는 게 무의미하게 느껴져 그녀는 짐을 갖고 배에서 내렸다. 화물칸에 선적된 세 개의 커다란 트렁크를 꺼내기엔 너무 늦었다. 트렁크는 나폴리로 간 다음 돌아오게 될 것이다. 그녀는 일단 에스티아 엠보론 호텔에 묵었지만 장기 투숙하기엔 너무 비싼 곳이었다. 연구소에 다시 연락을 취했지만 그사이 연구소 동료가 3년 계약으로 그녀 자리를 넘겨받은 터였다. 그녀의 후임자는 충분히 오랫동안 기다렸고 자진해서 물러날 마음이 없었기 때문에 바꿀 수 있는 건 없었다. 연구소장은 무척이나 친절한 사람이었지만 자리를 두 개나 만들 정도로 연구소 재정이 넉넉하지는 않았다. 그녀에게 제공할 수 있는 건 그때그때 특수한 업무를 보거나 다른 데 취업하도록 추천해 주는 거였다. 하지만 한나는 아테네에 있고 싶어 한다. 한나가 여기서 날 기다린 건지 아니면 나를 다시 보지 않기 위해 아테네를 떠나려고 한 건지 잘 모르겠다. 로마에서 보낸 내 전보를 그녀가 늦지 않게 받은 건 순전히 우연이었다. 전보가 도착했을 때는 그녀가 열쇠를 관리소에 내주기 위해 마침 빈방에 있을 때였다. 한나가 지금 하는 일은 오전에는 박물관으로, 오후에는 아크로폴리스로, 저녁에는 수니온으로 관광객을 가이드하는 일이다. 그 중에서도 당일 코스로 오는 지중해 관광객 가이드 일을 맡고 있다.

6시.
한나에게 한 통의 편지를 더 썼다.

6시 45분.
한나가 자꾸 물어보지만, 요아힘이 왜 목을 매달았는지는 나도 모른다. 내가 어떻게 알겠나? 요아힘에 대해 자기보다 더 많이 아는 것도 아닌데 자꾸 말을 꺼낸다. "애가 살아 있을 때 그 애를 보고 한 번도 네 생각을 한 적 없었어. 그 애는 내 애였어, 오로지 내 자식"이라고 한나가 말한다. 요아힘에 대해서는, "바로 애 아빠가 아니었기 때문에 난 그 사람을 사랑했어. 처음 몇 년간은 잘 굴러갔지"라고 한다.

우리가 그 당시 헤어지지 않았다면 우리 아이는 세상에 태어나지 않았을 거라고도 한다. 그 점에 관한 한 한나는 흔들림이 없다. 그건 내가 바그다드에 도착하기 전에 이미 한나가 결심한 일인 것 같다. 갑자기 벌어진 일이긴 하지만, 그녀는 아이를 원했다. 내가 사라지고 나서야 그녀는 (말하길) 아버지 없는 아이를 원한다는 걸 알게 되었다. 그러니깐 우리의 아이가 아니라 자기 아이를. 홀로 남은 그녀는 임신을 해서 행복했다. 의논하러 요아힘을 찾아갔을 때는 이미 아이를 낳기로 결심을 굳힌 터였다. 그 당시 요아힘이 인생을 결정할 중대한 일이라며 잘 생각해 보라고 해도, 그녀를 사랑한다고 해도 막무가내였다. 그 직후 두 사람은 결혼했다. 얼마 전 그녀 집에서 "넌 암탉처럼 구네!"라고 내가 기분 나쁘게 한 말을 한나는 곱씹어 보았다. 고백하기를, 요아힘도 언젠가 같은 말을 했기 때문이란다. 요아힘은 교육에 개입하지 않았지만 아이를 극진히 보살폈다. 그 애는 그의 애도, 나의 애도 아니고 아버지 없는 아이, 그냥 그녀만의 아이였다. 남자와는 아무 관련이 없는 아이. 아이가 어린 동안 적어도 처음 몇 년간은 요아힘도 그런 사실에 불만이 없었다. 어차피 그 애는 한나의 자식이었고 요아힘은 기꺼이 아이와의 행복을 그녀에게 빌어 줬다. 내 이름조차 언급되지 않았단다. 요아힘이 질투할 이유가 없었고, 나와 관련해서는 사실이 그랬다. 내가 아비 취급받지 못한다는 걸, 그러니까 전혀 알 리 없는 세상 사람들뿐 아니라 한나에게도 아비 취급을 받지 못한다는 걸 그는 알고 있었다. 한나가 아무런 비난도 없이 그냥 나를 (한나가 몇 번이고 말하듯) 잊고 산다는 것 또한. 한나와 요아힘의 관계가 삐걱대기 시작한 건 아이 교육 문제가 불거지면서였다. 의견 차이는 별로 없어 크게 문제 되지 않았지만, 아이에 관한 한 한나가 사사건건 유일한 최고 심판자를 자처하는 모습을 요아힘은 기본적으로 참아 낼 수 없었다. 요아힘은 온화한 사람이었지만 이 문제에 관한 한 알레르기 반응을 보였다고 한나도 인정했다.

그가 점차 아이를 갖기를 바랐던 게 분명하다. 자기에게 아버지의 지위를 가져다줄 두 사람의 아이를. 그러면 모든 것이 자연스러워질 거라고 생각했다. 엘스베트는 그를 아빠로 여기고 사랑했지만, 요아힘은 그 애를 불신하고 자신을 불필요한 존재로 여겼다고 한나가 말한다. 그 당시 아이를 더 낳지 않을 이성적인 이유가 특히 독일계 유대인 여성에게는 차고 넘쳤다. 한나는 오늘날까지도 마치 자기한테 반박이라도 하듯 이 이유들을 고집한다. 요아힘은 그녀가 대는 이유들을 믿지 않았고 의심했다. "당신은 이 집에 아버지가 있는 걸 원치 않아!" 그는 나중에 한나가 애 아버지는 빼고 아이만 원하는 사람이라고도 했다.

내가 또 몰랐던 사실이 있는데, 요아힘이 1935년에 해외로 이민 간 것은 그의 입장에선 한나와 헤어지지 않으려는 결심에서였다. 한나 역시 헤어질 생각을 한 번도 한 적이 없었다. 요아힘과 함께 캐나다나 오스트레일리아로 갈 생각이었지만, 한나는 세계 어디를 가더라도 그를 도울 수 있게 부수적으로 연구원 자리를 염두에 두고 공부했다. 하지만 그렇게 되지 않았다. 한나가 임신중절 수술을 했다는 사실을 알고 그는 돌이킬 수 없는 결정을 내려 버렸다. 가족이 지긋지긋하다는 듯 자유의 몸이 되고서는 자원입대해 버린 거다. 한나는 그를 잊지 않았다. 이후 세월 동안 그녀가 남자를 만나지 않은 것은 아니지만, 자신의 아이를 위해 그녀는 자기 생을 바쳤다. 그녀는 파리, 나중에는 런던, 동베를린, 아테네에서 일했다. 아이를 데리고 피난을 다녔다. 독일 학교가 없는 곳에서는 손수 아이를 가르치고 아이를 따라다니기 위해 마흔 살에 바이올린을 배웠다. 아이 일이라면 어떤 일도 마다하지 않았다. 독일군이 파리로 쳐들어왔을 때는 지하실에서 아이를 돌보고 약을 구하러 거리로 나가는 위험도 감수했다. 한나는 아이를 버릇없게 키우지 않았다. 한나가 며칠 전부터 자기는 여하간 바보천치라고 하지만, 그 점에서는 아주 영리한 사람이라고 난 생각한다. "그때 왜 그렇게 말한 거야?" 한나가 몇 번이나 거듭거듭 묻는다. "그 당시, 왜 우리 아이라 하지 않고 네 아이라고 한 거야?"

비난하는 말일까, 아니면 단지 비겁한 말일까? 난 그녀의 질문을 이해할 수 없다. 그 말이 무슨 의미인지 알고 했느냐고? "넌 암탉처럼 굴고 있어!" 최근에 이 말은 또 왜 한 건지. 한나가 어떻게 살아왔는지 알고 나서는 이 말을 몇 번이나 취소하고, 아니라고 했지만, 한나는 그 말에서 벗어나지 못하고 있다.

자기를 용서할 수 있느냐고! 한나가 울음을 터뜨렸다. 당장이라도 간호사가 들어올 수 있는데 무릎을 꿇고 내 손에 키스한다. 그 순간 그녀는 내가 아는 한나가 전혀 아니다. 내가 이해하는 건, 한나가 그 모든 일이 있고 나서 아테네를, 우리 아이의 무덤을 다시는 떠나고 싶어 하지 않는다는 거다. 우리 둘은 여기 남게 되리라. 한나가 빈방만 남은 자기 집을 처분한 것도 충분히 이해가 된다. 겨우 6개월이긴 했지만 아이를 혼자 여행하도록 하는 게 한나에게는 충분히 힘든 일이었다. 아이가 언젠가 떠나리라는 걸 늘 알고 있었다. 하지만 자베트가 이 여행에서 하필이면 모든 걸 파멸시킬 친아버지를 우연히 만날 거라고는 예감조차 하지 못했다.

8시 5분.
사람들이 온다.

11 **슈비처** 슈비츠(Schwyz)는 스위스 국명이 유래된 도시. 슈비처 (Schwyzer)는 슈비츠 사람이라는 뜻으로, 이 문맥에서는 스위스 인을 말한다. 원문에서는 이를 길게 발음하여 Schwyzzer로 쓰고 있다.

18 **내시** 미국산 자동차.

39 **테레진** 유대인 강제 수용소가 있던 체코의 도시.

42 **스튜드베이커** 미국산 자동차.

55 **톨텍족~아즈텍족** 멕시코 지역에 살던 옛 인디언족.

55 **우에보스 아 라 멕시카나** 잘게 썬 토마토와 풋고추, 살짝 튀긴 양파, 계란 등으로 만든 멕시코의 대중적인 아침 식사 요리.

64 **라펜** 스위스 화폐 단위. 100라펜은 1프랑켄.

70 **마키** 제2차 세계 대전 중 결성된 프랑스의 반독(反獨) 저항 운동 단체.

81 **아이들와일드** 존 F. 케네디 국제공항의 옛 이름.

118 **페르노** 프랑스가 원산지인 리큐어. 압생트의 대체품으로 음용되 었다.

152 **프라 안젤리코** 초기 르네상스 시대의 세밀화가이자 제단화가. 후 기 르네상스 화가들에게 영향을 미쳤다.

152 **캄파리** 이탈리아산 독주.

152 **올리베티** 이탈리아 사무기기 브랜드.

155 **『베데커』** 카알 베데커가 만든 여행안내서.

157 **에리니에스** 그리스 신화에 나오는 복수의 여신.

159 **오르비에토 아보카토** 이탈리아 중부 움브리아주에 있는 오르비에 토 지역에서 생산되는 백포도주.

160 **카사타** 아몬드, 과일 등을 넣은 이탈리아식 아이스크림.

164 **트래버틴** 온천이나 하천에 침전된 석회암의 일종.

165 **팁** Trkg.는 팁을 뜻하는 독일어 Trinkgeld의 약자.

215 **콜키쿰** 약용 식물의 일종인 백합과 여러해살이풀로, 씨에서 통증 치료제인 콜히친을 채취한다.

231 **마사초** 15세기 르네상스 회화의 창시자.

265 **엑타크롬** 1958년 미국의 이스트먼코닥사에서 처음으로 발매한 컬러 슬라이드 필름.

271 **유니테 다비타시옹** 건축가 르코르뷔지에가 설계한 프랑스 마르세 유의 공동주택 단지.

현대에서 고대로, 기술 문명에서 자연으로 거슬러 가는 여행

정미경(경기대학교 글로벌어문학부 교수)

    스위스 취리히 출신의 막스 프리쉬(1911~1991)는 프리드리히 뒤렌마트와 쌍벽을 이루며 베르톨트 브레히트 이후 가장 중요한 희곡 작가이자 소설가로 꼽힌다. 대표작으로는 희곡 『비더만과 방화범』, 『안도라』, 그의 3대 소설 『슈틸러』, 『호모 파버』, 『내 이름은 간텐바인』 등이 있다. 현대인의 정체성 혼란, 성 역할, 단절된 개인 등은 그가 즐겨 다루는 주제다. 1955년에 집필을 시작해 1957년에 발간한 『호모 파버』는 프리쉬의 작품 중 가장 많이 읽히는 책 중 하나이며 독일 학교에서 교재로도 사용된다. 1991년 독일 감독 폴커 슐렌도르프에 의해 영화 〈보이저(Voyager)〉로 만들어졌는데, 우리나라에서는 〈사랑과 슬픔의 여로〉라는 제목으로 소개된 바 있다. 작품에는 자전적 요소가 들어가 있다. 1934년 취리히에서 독문학을 전공하던 프리쉬는 케테 루벤존이라는 여성과 2년 정도 만남을 갖는다. 그녀가 유대인 시민 가정 출신이라는 점, 나치의 인종 차별을 피해 그녀에게 스위스 시민권을 주기 위해 결혼을 결심하지만 동정에서 나온 결심이라 하여 그녀가 결혼을 거부한 점 등은 이 소설에서 주인공 발터 파버와 한나 란츠베르크의 이야기에 반영되었다. 집필 기간에 이루어진 이탈리아 여행, 미국으로의 크루즈 여행, 멕시코, 쿠바, 그리스 여행도 이 작품에 영향을 미쳤다. 물론 소설은 현대 물질문명에 대한 통렬한 비판이자 경고로, 자서전적 체험을 넘어선다.

『호모 파버』는 총 2부로 구성되어 있다. 부제 '보고서'에 걸맞게 보고서 형식을 취한 '첫 번째 정거장'은 1인칭 서술자 발터 파버가 옛 친구 요아힘의 죽음에서부터 연인이자 딸인 자베트의 사고에 이르기까지를 서술한다. 파버는 우연한 비행기 사고로 과거의 인물 내지는 기억과 마주한다. 그 중심에는 젊은 시절 연인이었던 한나가 있다. 크루즈 여행에서 '우연'하게 친딸 자베트를 만나 사랑에 빠진 발터는 돌이킬 수 없는 죄를 짓게 되고 자베트는 사고로 목숨을 잃는다. '두 번째 정거장'은 위암 수술을 받기 위해 입원한 일주일 동안의 상황과 상념이 일기 형식으로 씌어 있다. 한나에게 유서를 남기고 수술실로 향하는 것으로 소설은 끝난다.

자연과 기술의 대립: 억압된 자연으로의 여행

근친상간 모티브를 담고 있는 이 불편한 소설은 다양한 관점에서 해석될 수 있다. 단연 눈에 띄는 것은 현대 문명사회를 비판하는 시각이다. 이는 주인공 발터 파버가 어떤 인물인지 보면 쉽게 이해된다. 그의 성 파버는 우연히 붙인 것이 아니며, 그의 연인으로부터 호모 파버라고 놀림당하는 대목도 단순한 말장난에 그치지 않는다. 주지하다시피 호모 파버는 도구적 인간을 의미하며 호모 사피엔스와 더불어 인류를 특징 짓는다. 작가가 발터 파버를 비판적으로 그리고 있다면 그 비판이 인류 전체로 확장될 수 있는 이유다.

유네스코 소속 엔지니어인 파버는 개발도상국 개발을 지원하는 일을 한다. 곧 그가 하는 일은 자연을 개발해 도로를 만들고 댐을 건설하는 일이 될 것이다. 우연찮게 설정된 이 직업은 자연에 대한 그의 태도와 입장을 함축한다. 그에게 자연은 정복과 지배의 대상이다. 반면 그가 추구하는 세계는 기계 문명 사회다. 그는 대도시 뉴욕에 거주하며 영어를 사용하고 수도 없이 비행기를 타고 다닌다. 기계와 자연의 대립은 이 소설의 세계를 구조화하는데, 파버는 전자를 대변하는 인물이다. "우리는 기술적으로 살며, 인간은 자연의 지배자요 엔지니어다. 여기에 반대하는 사람은 자연이 만든 것도 아닌 다리를 사용하면 안 된다."(151쪽) 그는 기술의 발달을 맹신하며 기계 인간의 출현을 긍정한다. 그의 일상은 어떠한가. 세상과 직접 소통하기보다 카메라 렌즈를 통해 세상을 기록하는가 하면, 하루라도 면도를 하지 않으면 마치 '식물'이 된 듯 불편함을 느낀다. 전기와 엔진이 돌아가는 문명사회와 멀어질수록 파버는 무기력하고 방향 상실감을 느낀다.

근대의 속성과도 맞닿는 이 자연 지배는 외적 자연뿐 아니라 내적 자연의 지배로도 나타난다. 계몽 과정에서, 자연성에 해당하는 욕망, 감정과 같은 내적 자연 역시 통제되고 억압되어야 하기 때문이다. 이 점에서도 발터 파버는 근대 및 계몽의 과정에 놓인 인간 유형에 속한다. 오직 이성의 힘만을 믿는 그에게 감정은 철저히 배제된다. "강철의 피로 현상처럼 감정이란 피로 현상일 따름이다."(130~131쪽) 그 결과 그는 유능한 기술자지만 친밀성 영역에서는 누구보다 미숙하다. 파버가 체스를 좋아하는 이유도 "체스 판만 들여다 볼뿐, 개인적인 일 따원 물어볼 필요도 없고 진지하게 체스 게임에 몰두해도 무례한 행동이 아니기"(31쪽) 때문이다. 당연히 사람과의 진정한 소통은 이루어지지 않으며 일을 할 때 가장 편안함을 느끼는 남성적 정체성을 보인다. 뉴욕의 연인 아이비와의 관계에서 사랑이나 감정은 거추장스러운 것일 뿐 그녀에게서 벗어날 궁리만 한다. 그런데 내적 자연을 지배하는 과정에서 자신에게 일어난 억압이나 그로 인한 결핍을 그 자신은 인식조차 못 한다는 데 파버의 불행이 있다. 파버가 보고하는 여정은 외적 자연과 기술의 충돌에서 비롯되어 자신의 감정을 발견하고 억압된 내적 자연을 발현시키는 쪽으로 진행된다.

이성만능주의자인 파버는 삶의 신비로운 체험이 무엇인지 이해하지 못하며 그 필요성도 못 느낀다. 비행기 비상 착륙 후 사막에서의 밤이 누구에게는 신비로운 체험으로 다가오지만 그에게는 보고 들을 수 있는 한에서 파악 가능한 대상에 지나지 않는다. "사람들이 체험담을 말할 때면 난 대체 그게 뭔지 종종 궁금했다. 난 엔지니어이고 사물을 있는 그대로 보는 데 익숙하다. 사람들이 말하는 대상을 난 모두 아주 정확히 본다. 난 장님이 아니지 않은가. 타마울리파스 사막 위로 떠오른 달을 본다. 그 어느 때보다 더 선명하다고 할 수 있겠다. 하지만 그건 우리의 행성을 돌고 있는 계산 가능한 덩어리이고, 중력의 문제로 흥미롭긴 하지만 어째서 그게 엄청난 체험이라는 건가?"(32쪽) 파버에게 보는 것은 주요한 지각 수단 중 하나다. 그것은 사물의 외면을 보고 분석해 설명하는 것을 의미한다. 이는 소설에서 파버가 렌즈를 통해 보고 기록하는 행위로 나타난다. 파버는 자신에게 일어난 일들을 모두 필름에 담는다. 사막에 비상 착륙했을 때도 그러하며, 요아힘의 주검을 발견했을 때도 "사진을 찍고 나서 매장했다"(77쪽). 필름은 그의 눈이 되어 그의 여인들도 기록한다. 자베트가 죽은 뒤 뒤셀도르프의 회의실에서, 그녀를 찍은 필름이 실수로 돌아간 것은 그러므로 이런 지각 방식에 대한 통렬한 비판이라 할 수 있다. 그 어떤 촬영이나 기록도 실제 체험을 대신할 수는 없기 때문이다. "재생산된 현실과 실제 현실의 차이에 대해" 절망하며 파버는 회의실을 박차고 나오고, 자신의 제한된 인식에 대해 뼈저리게 자각하기 시작한다.

파버는 눈에 보이는 것을 토대로 개연성을 수학적으로 계산하고 미래를 예측한다. 그에게 우연은 최소화된 확률에 지나지 않으며 운명이나 숙명 따위 있을 수 없다. 우연이 미래를 결정할 수는 있지만 운명은 아니라고 믿는다. 계산할 수 없는 것은 무의미하므로 꿈과 예감을 믿지 않으며 소설과 같은 허구는 그의 관심 밖이다. 이렇게 보면 발터 파버는 이성을 우위에 둔 근대의 속성과 더불어 현대 기계 문명의 논리를 체화한 인물이다. 과학적 사고와 수학적 계산으로 무장한 이 파버가 예의 익숙한 기계 문명을 벗어나 원시 상태를 '체험'하는 것으로 소설은 진행된다. 그 시작은 소설의 첫 부분이기도 한 비행기 사고다. 악천후라는 자연 앞에 문명의 이기(利器)는 더 작동하지 않고, 이를 계기로 그는 즉흥적으로 원시 밀림으로 계획에 없던 여행을 한다. 그것은 과거로의 여행이자 자연으로의 회귀이며 무의식으로의 여정이다. 바로 문명사회에서 이탈해 자연 상태로 들어감으로써 자신의 내면을 향한, 자연성으로의 여행도 시작되기 때문이다.

외면상으로는 젊은 시절의 친구 요아힘의 동생을 비행기 옆자리에서 우연히 만나면서다. 비행기 고장이 외적 자연의 지배가 실패한 경우라면, 요아힘의 동생을 만난 것은 내적 자연의 지배와 관련된다. 바로 요아힘은 그가 과거에 사랑했던 여인 한나의 기억으로 파버를 인도하기 때문이다. 그리하여 전체 이야기는 "자연에 대한 파버의 실패"로 모아진다. 기계적 인간인 파버는 "세상의 끝, 최소한 문명의 끝"(51쪽)에서 불편함과 낯섦을 느끼며, 실용주의적 관점에서 마야 문명의 유적에 오만한 태도를 보인다. 바퀴도 모르면서 피라미드를 만든 고대인들을 경시하며, 뜨거운 태양 아래 신성한 태도로 탁본을 뜨는 예술가도 몰이해의 대상이다. 이런 오만함, 곧 삶의 신비를 해체하고 기능주의적, 실용주의적 사고로 세상을 재단하며 배타적 태도를 취하는 것은 곧 현대 인간의 죄과에 해당할 것이다. 요아힘의 죽음을 확인한 뒤 파버는 다시 뉴욕으로 복귀한다. 생식, 번식, 부패, 죽음이 범람하는 자연 상태를 벗어나 원래 있던 기계 문명사회로 돌아옴으로써 파버의 일탈은 일회적으로 끝날 수도 있었으리라. '우연'에 의해 과거를 잠시 대면한 것과 마찬가지로 또 다른 '우연'이 ─ 전체적으로 소설은 우연히 사건이 벌어지고 파버 역시 그 모든 것이 우연일 따름이라고 주장하지만 자베트와의 만남은 예정된 운명처럼 보이며 아이러니하게도 운명을 거부한 자 파버가 운명 속으로 걸어 들어간 꼴이 된다 ─ 그를 과거로 인도하지 않았다면 말이다. 작동하지 않는 기계를 보면 그 원인을 파악해야 직성이 풀리는 습성으로 인해 고장 난 면도기를 만지다 늦어진 외출은 우연하게 그를 자베트와 같은 선박을 이용하도록 이끈다.

고대와 현대의 대립: 신화 세계로의 여행

파버의 두 번째 여행은 이 소설을 읽는 두 번째 관점과 연결

된다. 그것은 현대에서 고대로 방향 지어진 여행이며 오이디푸스적인 비극을 담고 있다. 다시 외면적으로는 한시라도 빨리 아이비에게서 벗어나기 위한 즉흥적인 결정으로, 비행기 대신 크루즈로 파리 출장을 나서면서다. 그곳에서 만난 자베트—본명은 엘리자베트이나 아버지가 제 아이의 이름을 짓듯 파버는 영문도 모른 채 그녀를 자베트라 칭한다—가 친딸임은 상상도 못 한 채, 두 사람은 연인 관계로 발전하고 파리에서 이탈리아를 거쳐 자베트의 어머니, 한나가 있는 그리스로 함께 여행한다. 첫 번째 일탈에 이어 두 번째 일탈로서의 여행이 시작된 것이다. 그것이 하필 유럽 문명의 발생지이자 고대 비극의 장소인 아테네로 향한 점은 의미심장하다. 그 사이에 자베트와의 근친상간을 배치한 것은 이 이야기의 구조를 더욱 견고하게 만든다. 바로 오이디푸스의 여정을 완성하는 길이기 때문이다. 모든 진실이 밝혀지는 곳으로 고대 신화의 도시 아테네보다 더 적합한 곳은 없으리라. 욕망의 포기에 기초한 문명의 대원칙을 자기도 모르게 위반하면서 파버는 이제 자기모순에 빠진 인물이 된다. 운명을 거부한 자가 운명의 덫에 갇힌 아이러니가 발생하기 때문이다. 그동안 삶의 심연을 거부하고 대신 확률적 계산을 앞세웠던 파버가 수학적 계산이 더 이상 작동하지 않는 세계, 운명과 숙명이 지배하는 비극의 공간으로 들어선 것이다. 이렇듯 파버의 여행은 탈신화 단계인 과학기술의 세계에서 신화의 세계로 거슬러 간다.

이 맥락에서 소설은 여러모로 소포클레스의 비극『오이디푸스왕』과 관련을 맺는다. 모자 관계를 대신한 부녀간의 근친상 간도 그러하고 '보는 것'과 관련해서도 비교해 볼 수 있다. 말했 듯, 파버는 보는 것에 의지해서 세상을 인식하고 분석하는 인물 이다. '보다'라는 문장이 자주 등장하는 것도 그런 이유에서다. 하지만 소설의 비극적 결말이 말하듯 그의 '보기/인식'은 제한 적이다. 수학적 계산은 객관적이지도 않으며―자베트가 자신 의 딸일 가능성이 있자 파버는 자신이 원하는 답이 나올 때까지 계속 날짜를 계산해 본다―확률적 계산에서 벗어날 때 그의 인 식은 한계를 드러내기 때문이다. 고대 비극『오이디푸스왕』도 비슷한 면모를 보인다. 오이디푸스는 괴물 스핑크스를 제압하 는 데 있어, 신화 속 여느 남성 영웅들과 달리 무력이 아니라 꾀 를 사용한다. 악행이나 성격적 결함이 아니라 인간적 실수로 인 해 엄청난 비극이 벌어지고 이를 통해 연민과 공포를 불러일으 키는 고대 비극에서 가장 경계하는 바는 신에 대한 불경함과 인 간의 오만함이다. 오이디푸스왕 역시 같은 길을 간다. 그는 자 신의 이성과 지식을 뽐내며 장님인 테이레시아스를 비웃는다. 하지만 장님인 예언자는 보지 못하되 오이디푸스가 누구인지 알지만, 정작 오이디푸스는 제 눈으로 보되 자신이 누구인지 모 른다. 오이디푸스왕이 스스로를 처벌하기 위해 하필 자신의 눈 을 찌른 것도 같은 맥락에 있다.『호모 파버』에서도 비슷한 구도 가 만들어진다. 10대 한나의 정신적 지주였던 맹인 아르님은 파 버와 정반대되는 인물이다. 앞을 보지 못하지만 아르님은 무엇 이든 상상할 수 있는 반면, 사물의 외면만을 보는 파버에게 보이지 않는 것은 의미가 없다. 아르님은 장님이지만 '상상'을 통해 세상을 폭넓게 인식할 수 있는데 반해, 시각적 인식에 의지하는 파버는 현대판 오이디푸스로서 자신의 딸조차 알아보지 못한다. 진실을 접하게 된 파버는 포크로 자신의 눈을 찌르지 못함을 한탄한다. "왜 이 포크 두 개를 주먹으로 움켜쥐고 얼굴을 가격해 눈알을 뽑아 버리지 못하는 걸까?"(274쪽)

파버와 대극점에 있는 또 다른 인물은 한나다. 뉴욕의 파버가 과학기술의 세계를 대변하는 데 반해, 아테네의 한나는 신화의 세계를 구축한다. "그녀는 신화에 대해, 마치 우리 중 누군가가 열량 불변의 법칙이나 모든 경험을 통해서만 증명되는 물리 법칙에 관해 말하듯, 아무렇지 않은 어조로 담담하게 말했다. 망가진 꽃병에 유치한 수준으로 그려진 오이디푸스며 스핑크스, 아테네, 에리니에스 내지는 에우메니데스 뭐라 부르든 그것들이 그녀에게는 기정사실이다."(201쪽) 한나와의 만남은 두 세계의 충돌을 극대화한다. 파버는 기술과 통계를 말하지만 한나는 신화와 운명을 이야기한다. 두 사람은 각기 다른 언어를 구사하며 접점도 쉽게 찾아볼 수 없다. 물론 결과적으로는, 현대판 오이디푸스로 화하면서 파버 스스로 비극적인 접점을 찾아낸 것이라 할 수도 있겠다.

"대체 내 죄가 무엇이란 말인가?"(174쪽) 파버가 스스로에게 던지는 질문이다. 신을 비웃고 자신의 꾀를 뽐낸 오이디푸스의 오만함이 죄라면 파버의 죄는 무엇인가? 존재조차 몰랐던 친딸을 알아보지 못한 파버 개인은 결백할 수 있지만, 이성의 힘을 과신하여 오만할 대로 오만해진 현대 인간으로서의 파버는 유죄라고 할 수 있다.『오이디푸스왕』을 탈신화화한 오늘날의 시각으로 읽으면 우리는 그 당시 관객과 다른 결론을 얻을 수 있다. 이성에 힘입어 신의 의지에 맞선 인간의 의지를 보여 주는 한, 소포클레스의 비극은 절망 속에서도 인간의 위대함을 노래하고 있다. 현대판 오이디푸스인 호모 파버의 오만함은 자연성으로부터 멀어져 자연을 억압하고 지배하려 한 데 있다. 여기에는 감정, 사랑, 예술을 경시하고 계산, 통계, 확률만을 중시하며 물질세계와 과학의 발달을 맹신하는 태도가 포함된다. 부활한 현대의 오이디푸스는 비극 속에서도 위대함을 지니지 않는다. 그는 오이디푸스의 후예인 동시에 나쁜 예다. 그런 한에서 발터 파버는 근친상간의 죄 이전에 그 세계관에서 자기 성찰이 필요한 인물이다. 소설은 죽음을 앞둔 파버가 자신의 죄를 인식하고 자각해 가는 과정을 담고 있다.

자기 발견의 여정

자연/문화의 대립과 더불어 예술/기술의 대립은『호모 파버』의 주요한 주제 영역 중 하나다. 파버를 규정하는 여러 특성 중에는 예술에 대한 무관심도 있다. 전체 이야기를 파버의 자기 성찰과 자기 발견 과정으로 읽을 경우, 예술은 그 가운데 중요한 매개체 역할을 한다. 자베트를 만나 변화를 겪기 전 파버에게 예술은 아무런 관심의 대상이 아니었다. 여러 번 파리를 갔음에도 루브르 박물관을 찾은 적이 없고, 여행 중 미술관에 간 것도 순전히 자베트 때문이었다. 과학기술의 대변자로서 파버는 예술 세계에 문외한일 뿐 아니라 적대적이다. 그는 "단지 전류에 대해 일자무식이라는 이유로 자신들을 더 고상하고 더 심오한 존재라고"(55쪽) 여긴다며 예술가들을 조롱한다. 예술은 여성적인 영역으로, 직업 활동에 매진하는 남성 파버와는 거리가 멀다.

앞서 언급했듯 파버의 인간 유형과 대극점을 이루는 한나가 고대 미술품을 발굴하는 고고학자로 등장하는 것도 우연이 아니다. 파버에 의해 "몽상가, 예술의 요정"(65쪽)으로 칭해지는 한나는 "호모 파버의 반대 상, 유희하는 인간, 즉 호모 루덴스"라 할 수 있다. 그녀의 딸 자베트 역시 그에 못지않게 예술에 열광하며 어머니의 계보를 잇는다. 그들의 상이한 관심사는 언어에도 반영된다. 자베트가 "선형의, 헬레니즘적인, 장식적인, 의식(儀式)적, 자연주의적, 표현주의적"(158쪽) 등과 같은 어휘를 구사하는 데 비해 파버의 언어는 "항해술이나 레이더, 만곡이나 전기, 엔트로피 따위"(105쪽)을 벗어나지 않는다. 자베트와의 만남을 통해 마지못해 예술품을 접하지만, 실제 특정한 예술은—〈비너스의 탄생〉과 〈잠자는 에리니에스의 두상〉—파버에게 깊은 인상을 남긴다. 예술에 대한 몰이해와 무관심은 과학기술의 논리에 갇혀 편협하게 세계를 인식함에 다름 아닌데, 그런 한 파버의 자기 발견 여정이 예술 세계를 거쳐 고대 신화로

이어지는 것은 자연스러운 설정이다.

소설은 전체적으로, 죽음을 앞둔 파버가 힘겹게 자기 성찰하는 과정을 그리지만, 실상 파버 자신이 서술자로 등장하면서 특히 '첫 번째 정거장'에서는 자기 합리화와 변호가 주를 이룬다. 특히 자베트와의 관계에서는 그 자신이 먼저 사랑에 빠진 것이 아니라는 소모적인 변명을 늘어놓는다. 이로써 서술자로서의 파버는 모순적인 상황에 빠진다. '보고서'라는 부제가 말해 주듯 서술자는 객관적 사실을 추구하나 그 내용에서는 주관적 진술을 벗어나지 못하기 때문이다. 대상을 분석하고 논리적으로 설명하는 과학적 태도는 문체상으로는 간결하고 명료한 진술로 나타난다. 하지만 그것은 또한 감정이 배제된 냉정하고 삭막하며 단조로운 엔지니어의 문체이기도 하다.

어떤 사건에 대해 시간과 장소를 정확히 밝히려고 노력하는가 하면 전문적인 용어를 사용해 논리적으로 설명하려 든다. 심지어 수학과 과학에 관한 서지 정보를 밝히고 개념 설명은 "다음을 참고하라"(30쪽)라며 학문적 글쓰기를 시도한다. 이렇듯 객관적이고 논리적인 글쓰기 형태를 취하지만 정작 자신의 감정이나 내면을 드러내는 데는 서툴다. 특정한 진술에서 솔직하지 못한 태도를 보이기도 하며 죄의식이 깔린 서술적 태도로 인해—서술은 근친상간이 이루어진 뒤 시점에서 이루어진다—어떤 대목은 회피되거나 왜곡된다. 그리하여 독자는 "보고자가 어느 시점에서 모순에 빠지는지, 어디에서 무엇을 간과하며, 어디에서 자신과 다른 사람들을 이해하거나 합당하게 인식할 능

력이 안 되는지" 주의를 기울여야 한다.

비극적 사건 이후, 그리고 자베트와의 관계가 밝혀진 후 '두 번째 정거장'에서 서술자 파버는 보다 솔직해지고 진지하며 자신의 내면을 드러내는 양상을 보인다. 곧 여행의 끝에서 그는 자신이 누구인지 묻고 성찰하기 시작한다. 그것은 지난 과거에 대한 반성이기도 하다. 자신의 기계적 사고와 편협한 삶에 대한 성찰은 그동안 쓴 보고서를 파기하라는 유서에서도 드러난다. 그전에 파버는 이전과 다른 삶을 꿈꾼다. 병으로 인해 더 이상 터빈 작업을 할 수 없게 된 파버는 아바나에서 며칠 체류하며 이제와 다르게 삶을 체험한다. 직업인이 아니라 하루 종일 어슬렁거리며 삶을 관조하는 파버. 더 이상 렌즈를 통해 세상을 보지 않고 세상과 직접 대면하고 체험하는 파버. 그는 실용주의적이고 상업적이며 인공적인 미국식 삶이 아니라 다른 삶을 살고자 한다. 아이러니하게도 그에게 남은 삶은 많지 않을 것으로 보이지만.

헤아려 보니 이 소설이 나온 지 어언 60여 년이 지났다. 지금은 접하기 힘든 비행기 내에서의 흡연 장면은 격세지감을 느끼게 한다. 하지만 감히 말하건대, 이 책에서 다루는 주제는 현재 그 어느 때보다 시의성 있다고 할 수 있다. 빅데이터, AI, 4차 산업혁명이란 용어가 일상화되고 포스트휴먼에 대한 논의가 전례 없이 뜨겁다. 이성 중심주의에 대한 비판이 이성을 포기하는 것이 아니듯, 과학기술에 대한 비판이라고 그것 없이 사는 세상을 말하는 것은 아닐 것이다. 그 어느 때보다 빠른 속도로 새로운 기술이 도입되고 인간 개념조차 새로이 규정되는 오늘날 이 소설은 우리가 또 다른 발터 파버는 아닌지, 같은 오류를 범하고 있지는 않은지 거울을 들이대듯 무겁게 묻고 있다.

판본 소개

1954~1955년에 막스 프리쉬는 인생의 중대한 변화를 겪는다. 수년간 건축가와 작가 생활을 병행해 오던 프리쉬는 소설 『슈틸러』의 성공에 힘입어 전업 작가를 선언하고 집필에만 전념한다. 1942년에 결혼한 첫 번째 부인 게르트루트 폰 마이엔부르크와 이혼하고 세 아이와도 떨어져 살며 1955년 말부터 『호모 파버』를 쓰기 시작했다. 1956년 국제 디자인회의 초청으로 콜로라도 아스펜에서 도시 건축에 대한 강연을 하게 되는데, 이 기회에 여러 나라를 여행했다. 이탈리아를 여행하며 소설에서와 같이 로마 국립박물관을 방문한 바 있고, 나폴리에서 배를 타고 뉴욕으로 갔다. 강연 후 샌프란시스코, 로스앤젤레스, 멕시코시티, 유카탄, 아바나를 여행했다. 1957년 초에는 그리스를 여행했다. 이들 여행지는 『호모 파버』의 배경이 되었다. 첫 버전은 수술을 기다리는 파버가 회상하는 구조로 되어 있고 사건도 연대기 순으로 진행되었다. 1957년 2월 23일, 출판인 페터 주어

캄프(Peter Suhrkamp)에게 원고를 보내지만, 4월 21일 프리쉬는 이를 철회한다. 며칠 후 전체 이야기를 다시 배열하는데, 그때 처음으로 '두 정거장'으로 나누어진다. '첫 번째 정거장'은 보고서 형식으로, 아테네 병원에 관한 이야기 없이, 자베트의 죽음까지만 서술한다. 사건은 연대기순이 아니라 인물의 연상에 따라 뒤섞인다.

그리스 여행 후 두 달 동안 프리쉬는 구조가 바뀐 소설을 완성한다. 6월 20일, 페터 주어캄프에게 작업이 끝났음을 편지로 알리지만 8월 12일까지 수정 작업을 한다. 초판본은 「취리히 신보(Neue Zürcher Zeitung)」와 알프레트 안더슈가 간행하는 『텍스트와 기호(*Texte und Zeichen*)』에서 나왔다. 단행본은 1957년 주어캄프 출판사에서 출간되었다(*Max Frisch: Homo faber*. Suhrkamp, Frankfurt am Main, 1957). 프리쉬는 기존 작품들을 계속 수정하곤 했지만 『호모 파버』는 오랫동안 손을 대지 않았다. 1977년에야 날짜가 어긋나는 부분을 고쳐 수정본이 나왔다(*Max Frisch: Homo faber*. Suhrkamp, Frankfurt am Main 1977 = suhrkamp taschenbuch. Band 354). 프리쉬 사후인 1998년, 발터 슈미츠의 해설을 수록한 판본이 나왔다(*Max Frisch: Homo faber*. Mit einem Kommentar von Walter Schmitz. Suhrkamp, Frankfurt am Main 1998 = Suhrkamp Basis Bibliothek Band 3). 본 번역은 1977년도 판본을 원문으로 사용하였다.

막스 프리쉬 연보

1911   스위스 취리히에서 건축가인 아버지 프란츠 브루노 프리쉬와 어머니 카롤리나 베티나 프리쉬 사이에서 둘째 아들로 출생. 제1차 세계 대전 중 아버지가 직장을 잃으면서 가세가 기울어짐.

1924~1930   취리히 레알 김나지움 졸업.

1931   취리히대학에서 독어독문학 전공. 신문에 첫 기고문이 실림.

1932   부친 사망 후 경제적인 이유로 학업을 중단함. 자유기고가로 활동.

1933   프라하, 부다페스트, 이스탄불, 아테네, 로마 등 여행.

1934   여행 경험을 담은 소설 『위르크 라인하르트. 어느 여름의 운명적 여행(*Jürg Reinhart*)』 출간.

1935   최초로 독일 여행. 독일 나치즘을 목도함.

1936~1941   취리히국립공과대학(ETH)에서 건축학 전공.

1937   소설 『정적으로부터의 대답(*Antwort aus der Stille*)』 출간.

1938   취리히시의 콘라트 페르디난트 마이어상 수상.

1939~1945   전쟁이 일어나 포병으로 복무.

1940   참전 경험을 담아 『전쟁 배낭 일기(*Blätter aus dem Brotsack*)』 출간.

1941 건축사 학위 취득. 건축가 둔켈 교수의 건축설계 사무소에 취직.

1942 취리히 레치그라벤 야외수영장 건설 현상공모전에 당선. 개인 건축설계 사무소 개업. 건축가와 작가 일을 병행함. 건축가 게 르트루트 안나 콘스탄체 폰 마이엔부르크와 결혼. 이후 두 명 의 딸과 한 명의 아들을 낳음.

1944 소설 『나를 불태우는 것을 난 사랑한다. 또는 어려운 사람들 (*J'adore ce qui me brûle*)』 출간.

1945 자전적 소설 『빈 또는 북경 여행(*Bin oder Die Reise nach Peking*)』 출간. 희곡 「이제 그들이 다시 노래한다(Nun singen sie wieder)」 초연. 에밀 벨티 재단의 희곡상 수상.

1946 희곡 「산타 크루즈(Santa Cruz)」, 「만리장성(Die Chinesische Mauer)」 초연. 카를 추크마이어와 만남. 전후 독일 방문.

1947 『마리온과의 일기(*Tagebuch mit Marion*)』 출간. 작가 프리드 리히 뒤렌마트, 출판인 페터 주어캄프를 만남. 베르톨트 브레 히트를 만나 영향을 받음.

1948 평화를 위한 세계지식인대회 참석. 프라하, 베를린, 바르샤바, 브로츠와프 여행.

1949 빈과 베를린 여행. 희곡 「전쟁이 끝났을 때(Als der Krieg zu Ende war)」 초연.

1950 『일기 1946-1949(*Tagebuch 1946-1949*)』 출간. 스위스 실러 재단의 명예훈장 수상.

1951 희곡 「외덜란트 백작(Graf Öderland)」 초연.

1951~1952 록펠러 재단의 지원으로 미국 및 멕시코 체류.

1953 방송극 「비더만과 방화범(Biederman und die Brandstifter)」 방송. 희곡 「돈 후안 또는 기하학에 대한 사랑(Don Juan oder Die Liebe zur Geometrie)」 초연. 건축협회에서 〈쿰 그라노 살 리스〉 제하로 강연.

1954	소설 『슈틸러(Stiller)』 출간. 브라운슈바이크시의 빌헬름 라베 상 수상.
1955	건축설계 사무소 폐업. 전업 작가로 활동. 스위스 실러 재단의 실러 문학상 수상. 방송극 「문외한과 건축가들(Der Laie und die Architektur)」로 독일 헤센 방송국의 슐로이스너 슐러상 수상.
1956	국제디자인회의에 참석하여 〈우리가 필요로 하는 도시를 우리는 왜 못 갖는가?〉 제하로 강연.
1957	소설 『호모 파버(Homo Faber)』 출간. 그리스, 아랍권 나라 여행.
1958	희곡 「비더만과 방화범들(Biederman und die Brandstifter)」, 「필립 호츠의 위대한 분노(Die Grosse Wut des Philipp Hotz)」 초연. 게오르크 뷔히너 문학상 수상. 취리히시 문학상 수상.
1959	게르트루트 안나 콘스탄체 폰 마이엔부르크와 이혼.
1961	희곡 「안도라(Andorra)」 초연.
1961~1965	로마에 거주. 잉에보르크 바흐만과 교제. 1965년 이후 스위스 티치노에 거주.
1962	마르부르크대학 명예박사 학위 취득. 뒤셀도르프시 예술대상 수상. 독일 노르트라인베스트팔렌주 젊은 예술가 지원상 수상.
1964	소설 『내 이름은 간텐바임(Mein Name sei Gantenbein)』 출간. 포드 재단 지원금 수상.
1965	바덴뷔르템베르크주의 실러 기념상 수상. 예루살렘시의 맨스 프리덤상 수상.
1966	『취리히 경유(Zürich-Transit)』 출간. 구소련, 폴란드 여행. 스위스에서 〈외국인 범람〉 제하로 강연.
1968	희곡 「전기: 연극(Biografie: Ein Spiel)」 초연. 마리안네 윌러스와 결혼. 구소련 여행. 에세이집 『파트너로서의 대중(Öffentlichkeit

als Partner)』출간.

1969 『극작론(*Dramaturgisches*)』출간. 일본 여행.

1970 미국 체류. 스위스작가연맹 탈퇴.

1971 소설『수업용 빌헬름 텔(*Wilhelm Tell für die Schule*)』출간. 뉴욕 체류. 뉴욕 컬럼비아대학 강연.

1972 『일기 1966-1971(*Tagebuch 1966-1971*)』출간. 뉴욕 체류.

1973 스위스 실러 재단의 실러 대상 수상.

1974 소설『복무일지(*Dienstbüchlein*)』출간. 미국문예아카데미 및 국립문예원 명예회원으로 선정됨.

1975 소설『몬타우크(*Montauk*)』출간. 헬무트 슈미트 서독 수상이 이끄는 대표단과 함께 중국 여행.

1976 프리쉬 전집 출간. 독일 출판협회의 평화상 수상.

1977 사민당 전당대회에서 〈우리에게 민주주의 공공성이 있는가?〉 제하로 연설

1978 희곡「세 폭짜리 성화(Triptychon. Drei szenische Bilder)」초연.

1979 소설『인간이 충적기에 출현하다(*Der Mensch erscheint im Holozän*)』출간. 마리안네 윌러스와 이혼.

1981 취리히국립공과대학에 막스 프리쉬 문헌보관소 개소.

1982 소설『블라우바르트(*Blaubart*)』출간. 뉴욕시립대학교 명예 박사 학위 취득.

1983 『막스 프리쉬. 당대의 요청들(*Mitteilungen an Max über den Stand der Dinge und anderes*)』출간.

1984 취리히로 귀향. 버밍엄대학 명예박사 학위 취득.

1986 〈노년의 대화(Gespräche im Alter)〉 촬영. 오클라호마 대학 노이슈타트 국제문학상 수상.

1987 베를린공과대학 명예박사 학위 취득. 모스크바에서 열린 〈핵 무기 없는 세계와 인류생존을 위한 국제평화포럼〉 참석.

1989	하인리히 하이네상 수상. 「군대 없는 스위스? 결론 없는 대화 (Schweiz ohne Armee? Ein Palaver)」 초연.
1990	사회문제에 대한 에세이집 『고향 스위스?(*Die Schweiz als Heimat?*)』 출간.
1991	4월 4일 취리히에서 사망.
1998	취리히시 막스 프리쉬상 제정.

새롭게 을유세계문학전집을 펴내며

을유문화사는 이미 지난 1959년부터 국내 최초로 세계문학전집을 출간한 바 있습니다. 이번에 을유세계문학전집을 완전히 새롭게 마련하게 된 것은 우리 가 직면한 문화적 상황에 적극적으로 대응하기 위해서입니다. 새로운 을유세 계문학전집은 세계문학의 역할이 그 어느 때보다 중요해졌다는 인식에서 출발 했습니다. 오늘날 세계에서 타자에 대한 이해는 우리의 안전과 행복에 직결되 고 있습니다. 세계문학은 지구상의 다양한 문화들이 평등하게 소통하고, 이질 적인 구성원들이 평화롭게 공존할 수 있는 문화적인 힘을 길러 줍니다.

을유세계문학전집은 세계문학을 통해 우리가 이런 힘을 길러 나가야 한다는 믿음으로 만들어졌습니다. 지난 5년간 이를 준비하기 위해 많은 노력을 기울 였습니다. 세계 각국의 다양한 삶의 방식과 문화적 성취가 살아 있는 작품들, 새로운 번역이 필요한 고전들과 새롭게 소개해야 할 우리 시대의 작품들을 선 정했습니다. 우리나라 최고의 역자들이 이들 작품 속 한 문장 한 문장의 숨결 을 생생히 전하기 위해 심혈을 기울였습니다. 또한 역자들은 단순히 번역만 한 것이 아니라 다른 작품의 번역을 꼼꼼히 검토해 주었습니다. 을유세계문학전 집은 번역된 작품 하나하나가 정본(定本)으로 인정받고 대우받을 수 있도록 최 선을 다했습니다. 세계문학이 여러 경계를 넘어 우리 사회 안에서 주어진 소임 을 하게 되기를 바라며 을유세계문학전집을 내놓습니다.

을유세계문학전집 편집위원단(가나다 순)
김월회(서울대 중문과 교수)
김헌(서울대 인문학연구원 교수)
박종소(서울대 노문과 교수)
손영주(서울대 영문과 교수)
신정환(한국외대 스페인어통번역학과 교수)
정지용(성균관대 프랑스어문학과 교수)
최윤영(서울대 독문과 교수)

을유세계문학전집

을유세계문학전집은 계속 출간됩니다.

을유세계문학전집 연표